Text
Interpretation
of
Nobel Prize
Winners
in
Literature

诺贝尔
文学获奖者的
文本解读

张冬梅

—————— 著

社会科学文献出版社
SOCIAL SCIENCES ACADEMIC PRESS (CHINA)

自　序

　　古希腊哲学家苏格拉底（Socrates）提出了"认识你自己"这一伟大的哲学命题，反映了人类在精神困境面前的反思与执着。在诸多的文学文本面前，研究者都面临如何认识文本和认识自我的问题。显然，解读与阐释是自我与他者之间最好的文化交流方式，而文化解读又是开放的、灵活的、历史的，是自我实现的最好确证方式。德国接受美学理论家沃尔夫冈·伊塞尔（Wolfgang Iser）认为文学文本是一个不确定性的"召唤结构"，它召唤读者在其文化视野下充分发挥再创造的才能，把作为"骨架"的文学文本，填充成为有血有肉的"生命"。因此，从文学文本解读的角度看，"文学作品"的诞生有赖于读者与文本的相遇和交流，它的最终完成必须依靠读者体验后的"填空"。可见，"文学作品"是读者与作者共同创造的产物。

　　文学自诞生以来，就以"人"为中心，甚至被称为"人学"。文学活动也就成了展示人的生存状况、展现丰富人性、表现人的喜怒哀乐的确证活动。人是文化的动物，人创造了文化，文化也在创造人。文学通过对文而化之的文明世界的反映，阐释不同文化下的人的各种人生状态。当然，一部文学经典与非经典都可以讲述同一个故事，但经典之所以成为经典，原因就在于它不仅历久弥新，而且常读常新，具有穿越时代的力量。

　　"诺贝尔文学奖文本解读"这一选题的提出，源自本人对教学需要的思考。虽然跨文化阅读过程中有许多难以逾越的高峰，但莫言荣获诺贝尔文学奖之后，我国许多文学爱好者对诺贝尔文学奖作品的文本分析与鉴赏产生了极大的兴趣，一度掀起阅读热潮，尤其是高校中的广大青年学生，他们急切地希望了解，哪些作家因写了怎样的作品反映了怎样的生活，达到了怎样的艺术高度而获此殊荣。因此，本书从诸多诺贝尔文学奖获奖者中选取有代表性的作家，对其作品进行文本细读和分类分派分析，如表现主义、意识流小说、存在主义、魔幻现实主义、新小说、荒诞派、现实主义等。

　　1949 年，福克纳在诺贝尔文学奖致谢辞中写道："我相信人类不但会苟且地生存下去，他们还能蓬勃发展。人是不朽的，并且在生物中唯独他留有绵延不绝的声音，而且人有灵魂，有能够怜悯、牺牲和耐劳的精神。诗人和作家的职责就在于写出这些东西。他的特殊的光荣就是振奋人心，提醒人们记住勇气、荣誉、希望、自豪、同情、怜悯之心和牺牲精神，这些是人类昔日的荣耀。为此，人类将永垂不朽。"可见，任何一部作品都有一个创作主题，一个作家在观察领悟生活时，注意到什么，怎样看待、评价与表现，反映了作家在漫长的社会生活实践中逐步形成的深层心理状态，这些也会在作品中展现出来。

　　本书通过选取作家的主要人生经历、情感倾向，建立其与所选作品之间的联系，讲述作家从本国、别国的文学遗产中继承了什么、学习了什么，从同时代的不同流派的作家中受到的影响，以及他们最重要的艺术追求与旨趣。本书依据经典译本的原貌，讲述文学的故事，突出作品中重要情节、事件的联系，并直接引用文本中的精彩片段，力求使读者在最短的时间内了解原著的故事内涵与艺术风格，同时以文化视野关注文本，针对不同文本，予以不同的文化解读与文化对话，试图在历史与文化领域内阐述每一部文本。

　　历史给予我们未来，文化给予我们思索。我们置身生活的洪流之中，很难真正看透生活的本来面目，总会感到自己孤独地陷身于一个个充满诱惑的旋涡之中，被一双不可知的命运大手随意地拨弄着。许多不该发生的事情发生了，许多确定的事情却还有变化，许多今天发生的小事，要在许多年以后我们才能领悟其中的意味，因为那些正在变化的小事往往孕育着事后才能让人懂得的巨变。我们的危险不在于缺少知识，而在于不具有自我反省和思考的能力，因为人们总是在说着和做着前人已经说过和做过的事情，所以往往不必事事亲历也可预见结果，而这种预见的能力大多来自对经典文本的阅读。因此，阅读一部优秀文学文本，就是一次精神与文化的旅行，可以帮助人们触摸到生活的底部和人类心灵的深层结构。我们在对经典文本的不断追问中懂得别人和自己的心灵，从而学会如何去理解那藏于心灵深处的人性。因此开启心智，走出自我，了解前人的情感，理解他人的心灵，也让我们走进自我，认识自己，学会从容地去面对今天纷繁复杂的生活。

2022 年 2 月 28 日

目 录

一 尤金·奥尼尔与《天边外》

（一）尤金·奥尼尔："美国悲剧"的表现主义者

尤金·奥尼尔（Eugene O'Neill，1888－1953）是美国民族戏剧的奠基人，他被誉为美国戏剧之父和美国的"莎士比亚"。两次世界大战之间，奥尼尔影响下的美国戏剧摆脱了商业化倾向，大踏步走向世界。奥尼尔于 1936 年获得诺贝尔文学奖，还曾四次荣获普利策文学奖，是表现主义文学代表作家之一。

1888 年 10 月 16 日，尤金·奥尼尔出生于美国纽约百老汇的一个爱尔兰家庭。奥尼尔的父亲詹姆斯是天主教教徒，自学成才做了演员，擅长饰演的角色是基督山伯爵。父亲虽然因为演剧得到了金钱和崇高的荣誉，但也因为角色的限制虚耗了自己的才华与天赋。奥尼尔的母亲埃拉是出身上流社会的大家闺秀，她十分倾慕詹姆斯的才华并与其相恋，但两人的婚后生活却不和谐。奥尼尔的出生就带有某种悲剧色彩，母亲生他的时候难产，父亲为了省钱并没有送妻子去医院，而是请了一位江湖庸医，庸医用吗啡给奥尼尔的母亲止痛，这导致了她之后长达 25 年的毒瘾。

10 岁时，尤金·奥尼尔被父亲送进康涅狄格州的斯坦福天主教寄宿学校就读，刻板枯燥的寄宿生活塑造了他忧郁的性格。后来他曾在普林斯顿大学读书，但一年后离开了学校，一说是因为他喝酒触犯校规被开除，一说是因为他讨厌学校的刻板教育，渴望生活的游历而进入"社会大学"。总之，他此后曾在南美、非洲各地当过矿工、包装工、缝纫工，在纽约当过信托员，在洪都拉斯淘过金，在海上做过水手，据说他还曾航海来过中国。1912 年，尤金·奥尼尔因罹患肺结核而住进疗养院。在这里，他深刻地思考了自己的生活与未来，并在阅读了索福克勒斯、莎士比亚、辛格和斯特林堡等人的经典作品后，开始立志做一个戏剧家。奥尼尔 1914 年创作的第一部独幕话剧《东航卡迪夫》，以虚构的英国格伦凯伦号轮船的航行为背景，以自然主义手法描写一个水手在操作中受伤后，孤独地在船舱中等待死亡的过程，以此刻画了海员们在艰苦单调的出海日子中孤苦无望乃至自暴自弃的心路历程。该剧暗喻人无法掌控自己的命运，充满了悲剧气息。奥尼尔的早期作品多以人与自然的斗争为表现中心，如《渴》《雾》《画十字的地方》《东航卡迪夫》等，都展现了人同海洋的斗争。《东航卡迪夫》用最直白的语言"大海大海大海"去抒发人物内心的感触，展现人与大自然的冲突。人与海的搏斗正是人与命运的斗争，因此奥尼尔笔下的主人公充满着古希腊悲剧英雄无所畏惧的斗争品质与英雄气概。整部戏剧洋溢着悲壮崇高的悲剧效果：在与命运相搏的过程中，主人公无论怎样与大海拼死抗争，始终摆脱不了受捉弄的命运，最终成为命运的牺牲品。这种知其不可而为之的具有斗争品质的悲剧精神，在奥尼尔笔下淋漓尽致地展现出来。

19世纪二三十年代，奥尼尔的创作逐渐成熟，逐渐从早期的自然主义风格发展成糅合着象征主义、表现主义和意识流手法等现代艺术意识和技巧的新型风格。他于1927年创作的《拉撒路笑了》，描写了拉撒路从坟墓中复活的过程，意喻人能征服死亡，得到爱情和幸福。1920年创作的《琼斯皇帝》、1921年创作的《毛猿》等作品则将表现主义艺术手法融于戏剧，形成独具特色的"奥尼尔派"。《琼斯皇帝》是奥尼尔表现主义戏剧的理想艺术范本。剧本主要讲述了在列车上做服务员的美国黑人布鲁斯特·琼斯的故事，他在赌博时失手杀死了同事杰夫，后又在监狱里劈死了白人狱卒，之后被英国白人亨利·史密瑟斯卖到了西印度群岛的一个小岛上。在白种人的世界中，黑皮肤带给琼斯的是被歧视与被轻贱。他虽然觉得屈辱，但也渐渐接受白种人的社会规则，承认白种人的种族优越性。他利用当地黑人岛民的蒙昧迷信，以欺骗的手段赢得岛上人的信任，当上了黑人部落的皇帝。但琼斯皇帝背叛了自己的种族，他用从白种人世界中学来的社会规则——"管理之术"，压榨当地黑人，残酷地搜刮民脂民膏，榨干黑人的血汗。最后遭到反抗，被黑人在森林中追杀，无论琼斯皇帝怎样奔跑，一夜之后竟又回到开始的地方，最后被黑人们杀死。从琼斯背叛自己种族文化的那一刻起，他就一直挣扎于内心深处对自我身份的追寻，显然人要逃避自己种族文化或外族文化的异化都是不可能的。《琼斯皇帝》不仅开了美国表现主义戏剧创作的先河，也奠定了奥尼尔在美国戏剧界乃至世界文坛的地位。

奥尼尔的代表作《毛猿》的主人公扬克是一艘豪华远洋邮轮上的司炉，他体魄健壮，性格自傲，充满职业自豪感，认为仅凭一己之力就能推动整个轮船。但是，当一位资产阶级小姐因误打误撞看到了赤身裸体、满身煤黑的扬克，而惊叫着"肮脏的畜生"时，他的自信崩毁了。这位上流社会的女性看到怪物式的尖叫声使他意识到自己并不如自己想象的那么重要，那么受人尊重。但是扬克不肯向命运低头，他要向资产阶级讨个说法，甚至要报复资产者对于他这样一个流汗者的轻慢。邮轮到岸后，他想找那个资产阶级小姐算算账。然而，那些衣冠楚楚、道貌岸然的绅士、淑女一个个与他擦肩而过，都用彬彬有礼但冷漠无情的腔调回答他的询问。扬克终于明白，他永远不会被这个看重金钱与外在包装的社会所接纳，他愤怒地殴打了被他撞倒的胖绅士，因此被关进监狱。出狱后，他向世界产业工人联盟申请入会，他以为那是无产者之家，不料当他谈到要炸掉由米尔德里德的父亲担任总经理的道格拉斯钢铁工厂时，工会秘书斥责他是"没有脑子的人猿"，并将他撵了出去。走投无路的扬克独自来到动物园，向铁笼中的大猩猩倾诉自己的苦恼。犹如"沉思者"的大猩猩看似很有耐心地倾听着他的诉说，这让他以为终于找到了能够理解他的伙伴，激动万分地称大猩猩为"兄弟"，还认为他们都是毛猿俱乐部的成员，应该一起去找有钱的上流社会"算算账"。但是可怜的扬克正与大猩猩热情拥抱时，他的肋骨被大猩猩"咔嚓"一声抱断了。扬克（Yank）是扬基（Yankee）即美国人的缩写。奥尼尔说："扬克就是你自己，也是我自己，他是所有的人……"这里的扬克是现代工业社会中底层劳动者的代表，他自认为是推动时代前进的"英雄"，但在现代工业社会中却找不到自己的社会价值。他不接受资产阶级给他的定义——"没有脑子的人猿"，但又不得不接受现代工业社会给他的非人角色。在这冰冷的金钱社会中，孤独感、陌生感和异化感促使不甘心认命的扬克一直努力探求自我的社会归属，但是与扬克处境相同的无数现代工业社会底层的劳动者早已失去了原有的与自然和谐相处的能力，也无法与工业机器生产化的时代和谐相处。扬克的死是作者对崇尚地位、文化、金钱、物质的现代工业社会的抨击。

奥尼尔认为戏剧就是"生活"。这里的"生活"指哲学层面的生存与人生，也指剧作中人物角色的具体经历。现实生活的不幸塑造了奥尼尔敏感的性格，也塑造了他阴郁的人生观。敏感的性格使得他关注社会问题，对美国社会生活的秩序表示怀疑，对现代人命运的凄苦多舛感到彷徨，怀有幽怨。奥尼尔觉得他所处的时代，缺乏协调、完整、信仰的节奏，并试图发掘这一切混乱的根源——人类欲望与失意之处。奥尼尔善于把乏味的日常生活和美好的梦想加以对照，他关注外在压力下人物性格的扭曲，揭示主人公精神世界的瓦解，乃至人格分裂的过程，从而创造了"心灵深处的美国悲剧"。奥尼尔的心理悲剧受现代心理学之父弗洛伊德的"精神分析"影响，也笼罩着古希腊悲剧色彩，二者相互融通，达到了戏剧心理化和艺术哲理化的高度。奥尼尔曾表示，只有悲剧性才包含真理价值，崇高的东西永远是最具有悲剧性的，这才是生活的意义，也是唯一的希望。奥尼尔在戏剧中融入了古希腊的悲剧意识和命运主题。命运这一强劲而又无形的力量总是左右着角色人生航船的方向，人物的灵魂在命运的黑水中沉浮、挣扎，却无论怎样抗争也无法浮出水面。

奥尼尔1924年创作的《榆树下的欲望》正是如此，它描写了一幕因争夺财产而上演的通奸、乱伦、杀婴的悲剧。庄园主凯布特的妻子死后，家中的三个儿子对吝啬、贪婪、薄情的父亲凯布特都有一些怨言。当父亲离开庄园去寻找新欢的时候，小儿子埃本大肆宣扬父亲的无情无义，引起两位兄长的愤怒，埃本唆使他们离家出走。而他的真实目的是要一个人继承父亲的财产，替死去的母亲夺回庄园的所有权。但他的父亲又领回一个年轻貌美的女人——艾碧尔。这个年轻的富有魅力的继母从一见到继子埃本时，就鬼使神差地深深爱上了他，并几次三番地勾引、诱惑埃本。虽然埃本一直将继母艾碧尔视作阻碍自己梦想实现的仇敌而反复拒绝，但在诱惑与责任的反复较量中，埃本最终以母亲的亡灵期待借通奸、乱伦报复父亲为由，与艾碧尔沉沦情欲，并使她诞下一个私生子。但埃本认为，这是艾碧尔要借子争夺财产的阴谋，艾碧尔为了证明自己对继子埃本的爱是纯洁无私的，被迫扼死了两人的儿子。奥尼尔借鉴了古希腊命运悲剧和复仇悲剧的情节母题，证明了一切人际关系一旦沾染上金钱就会演变成情感的悲剧。古希腊"舞台上的哲学家"欧里庇得斯的悲剧《希波吕托斯》，讲述了雅典国王忒修斯的后妻淮德拉无可救药地爱上了丈夫前妻的儿子希波吕托斯的乱伦爱情悲剧。淮德拉在反复诱惑勾引王子遭到拒绝后十分羞愤，反而向老国王诬告继子诱惑强暴她，不辨真相的老国王逼死了儿子。淮德拉也在羞愤悲伤与绝望中自杀。奥尼尔在《榆树下的欲望》中移植了这个乱伦题材，而剧中艾碧尔杀死自己孩子的情节设置，又是借鉴古希腊神话《美狄亚》的经典复仇情节。公主美狄亚为爱情背叛了自己的祖国、父亲，帮伊阿宋盗走了国宝"金羊毛"，为摆脱追杀还设计杀死了亲弟弟。但是伊阿宋却移情别恋，爱上他国公主，被逼远走他乡的美狄亚为报复负心的丈夫，愤而杀死亲生儿子。与此不同的是，一心复仇要夺下庄园的埃本在艾碧尔杀子的行动中，感知到了她真挚的爱意而最终放弃了对庄园的执念，并勇敢地与艾碧尔站在一起，共同接受杀子的惩罚。当他们面对毁灭时，一度沉沦的人性却在瞬间复归，赋予了这种毁灭以崇高悲壮的色彩。

1935年的诺贝尔文学奖停颁，原因就是对奥尼尔应否获奖有争议。有批评家认为："就其影响而言，奥尼尔无疑是一位杰出的戏剧家。然而，由于他偏爱描绘错综复杂的感情，偏爱处理复杂的情节，再加上他的技巧虽奇而不能制胜，因此，观众很快就感到兴味索然了。"[1] 但也有批评家著文说，奥尼尔的作品有英国伊丽莎白时代的风格，"还有人称奥尼尔的戏剧是古希腊剧的再版，他的戏剧天赋可以和瑞典本国的戏剧家斯特林堡相抗衡"[2]。奥尼尔最终"由于他剧作中所表现的力、热忱、与深挚的感情——它们完全符合悲剧的原始概念"[3] 而获得诺贝尔文学奖，还被誉为美国戏剧之父和美国的"莎士比亚"。晚年的奥尼尔患上帕金森病，1953年11月27日，奥尼尔逝世于波士顿。

（二）《天边外》：梦想幻灭的命运悲剧

尤金·奥尼尔的代表作《天边外》，于1920年在纽约百老汇首次演出，并大获成功。弗吉尼亚·弗洛伊德认为《天边外》有两大主题：一是鼓舞人的心灵；二是对隐匿于人类生命之后的神秘力量——理想幻灭和命运难逃的悲剧——的探求。

---

① 曾建华：《文坛群星——诺贝尔文学奖史话》，海南出版社，1993，第92~93页。
② 曾建华：《文坛群星——诺贝尔文学奖史话》，海南出版社，1993，第93页。
③ 曾建华：《文坛群星——诺贝尔文学奖史话》，海南出版社，1993，第93页。

　　1. 理想与现实的悖谬

　　《天边外》是一部写实主义戏剧，作者把三位主人公放在特定的社会环境中，描写了他们追求梦想的过程和梦想最终幻灭的悲剧，展现了人的理想和现实之间无法调和的矛盾。戏剧中的弟弟罗伯特酷爱读书，梦想着离开农庄，到"天边外"充满神秘的东方世界去感受自由自在的生活与一切美好。在《天边外》第一场第一幕中，弟弟罗伯特在即将随舅舅出海远航，实现长期以来前往"天边外"的梦想时，鼓起勇气对哥哥的心上人露丝表白心意："我并没打算告诉你，但是我觉得我必须得说。我要走得那么远，那么久，也许是永远，所以这对你没有什么影响。我这些年一直爱着你，但是直到我答应迪克舅舅要和他一起走，我才意识到这一点。然后我想到了要离开你，这个想法带来的痛苦一瞬间让我看到了事实——那就是我爱你，从我有记忆以来就一直爱着你。"① 没想到哥哥的情人露丝也疯了一样地迎合着罗伯特的爱意："（猛烈地爆发）我不！我不爱安德鲁！我不爱！（罗伯特吃惊地看着她，露丝声嘶力竭地哭泣）到底是什么——让你——有这么笨的一个想法？（她抱住他的脖子，头靠他肩上）噢，罗比！别走！求你了！你不能走！你不能！我不让你走！这让我——让我心碎了！"② 罗伯特意外获知露丝的情感，收获了他觊觎已久的爱情："我想爱一定就是那个秘密——那个在世界的边沿上呼唤我的秘密——每一个天边外的秘密。我没有去，它来到我身边了。"③ 他冲动地决定留下来与露丝一起生活。婚后的罗伯特仍然固执地向往着"天边外"充满魅力的神秘东方世界。不善务农的他虽然终日疲于农庄繁忙的事务，但农庄最终却陷入瘫痪。当他发现自己依然不能适应农庄生活时，他没有努力地去改变现状，没有规劝妻子及母亲和自己一起走出农庄，而是消极地将就生活，直至农庄破产。随后露丝向他表露心声，坦言自己"爱的是安德鲁"，加之女儿与母亲的病逝，这些生活的不幸与巨大压力使罗伯特得了肺病，命运终于把他推向了悲剧。罗伯特的"天边梦"的破灭似乎在启示人们，一份未经时间检验的爱情，背后的代价是自我梦想的放弃。罗伯特的爱情破产这一情节，印证了

---

① 〔美〕尤金·奥尼尔：《天边外》，王海若译，中国书籍出版社，2008，第51、53页。
② 〔美〕尤金·奥尼尔：《天边外》，王海若译，中国书籍出版社，2008，第53页。
③ 〔美〕尤金·奥尼尔：《天边外》，王海若译，中国书籍出版社，2008，第59页。

"天边外"的两重主题：未实现时的爱情，如同罗伯特心中神秘的东方世界，是罗伯特对美好与圆满生活的希望；破灭后的爱情则印证了神秘理想的幻灭与难逃的悲剧命运。

露丝的梦想就是能够嫁给美好的爱情，和丈夫过"日出而作，日落而息"的淳朴的衣食无忧的生活。但是，在那样的一个夜晚，她却被浪漫的罗伯特深深吸引，接受了他临行前的表白，嫁给了她自己冲动之下选择的浪漫爱情。婚后仅仅一个月，她就深深地感到悔恨，因为不谙农艺的罗伯特与露丝成家后，不仅未能妥善经营好农庄，而且无力承担照顾家庭的责任，书里"诗意的废话"根本不能填饱肚子，还连累露丝受苦。现实的困境终于使露丝明白，憨厚朴实的哥哥安德鲁才是她真正需要的丈夫。那个曾经金发碧眼、气质优雅、身材苗条、健康、充满青春气息的姑娘，在沉重的经济、家务负担下，一点点被压垮。露丝渐渐衰老，失去青春的气息，周身笼罩着辛苦与怨恨。她对罗伯特的爱被现实生活的压迫一点点消磨殆尽。文弱的罗伯特不能满足一家人最起码的温饱，露丝的富足生活梦被残酷的现实彻底粉碎。体格健壮、身材魁梧的安德鲁是块经营农庄的好料子，也是父亲的好帮手，更是农庄未来最合适不过的接班人。在所有人眼里他和露丝是天造地设的一对，他自小也向往着和露丝纯洁美好的爱情，对如何经营农庄也有自己的诸多想法与规划。他深爱露丝，希望与露丝建立起属于自己的幸福小家庭，他们共同经营爱情、打理农庄，他认为露丝的到来必然会使农庄愈加繁荣兴旺。然而，一切都是那么始料未及，心仪已久的姑娘却没有选择自己，满心欢喜的期待最终落空。为了成全弟弟，也为了自己的内心能得到安慰，安德鲁选择了代替罗伯特，和当船长的舅舅出海去做一名水手。他离开了父母亲人，也离开了自己热爱的农庄，离开了自己曾经最热爱的土地。他放弃了最初想当农民的想法，选择了一种自己从没想过的职业——水手。出海后的安德鲁成了一名商人，外面的世界拓宽了他的眼界，随着安德鲁口袋中的钱越来越多，他也渐渐从一个朴实的农村青年变得世俗功利、唯利是图。当他历尽千帆、疲惫不堪，想回到以往的生活中时，却发现已经回不到从前了。罗伯特为了"爱情"放弃了航海计划，在农庄与露丝结合，他的哥哥安德鲁却放弃热爱的土地代替他出海远航。奥尼尔对三位角色的理想与追求并无否定之意，而且对于人们为了追求理想不惜代价的精神持肯定态度。但为什么人心中美好的理想愿望竟与现实生活发生错位，《天边外》里的人物个个都没有得到自己所期盼的，甚至得非所愿呢？

2. 被命运捉弄的人生悲剧

奥尼尔的戏剧作品中渗透着古希腊悲剧的命运观，主人公们饱受命运戏耍，无法逃脱命运左右，但命运的抉择离不开人心的选择。单纯的露丝遵从内心一时盲目的选择，最终被命运无情地捉弄；安德鲁离开故土，代替弟弟出门远航；罗伯特则是一时冲动，被不计后果的爱情蒙蔽了。《天边外》是一部现代命运悲剧，其创作灵感正是来自奥尼尔的真实生活经历。不愿意走父亲老路的奥尼尔在没有完成大学学业的情况下便独自出去闯荡，到处谋求生存之道。谋生期间他曾到非洲流浪、淘过金、当过水手，后来他又孤身一人到商船上做海员。因此，大海一直是萦绕在奥尼尔脑海里的主题。奥尼尔早期的海员生涯使他饱受生活之苦，也正因如此，他对大海的感情充满矛盾。奥尼尔憎恶大海，却又依恋着它，他曾说过："海上生活是理想的，以船为家，与水手做朋友，周围是茫茫大海……"海上流浪漂泊期间，他结识了一位挪威的海员朋友，朋友常常向奥尼尔抱怨，认为自己这一生中最大的苦难和错误的选择，就是离开农庄独自到海上漂泊，他十分想念家乡的一切。以此为灵感，奥尼尔在《天边外》的人物塑造中将挪威海员分为被命运捉弄的两个形象：向往海洋，却为了爱情放弃大海的罗伯特；天生热爱农庄，却违背质朴本性出海远航，最终变成世故的投机商人的安德鲁。究其根本，《天边外》的悲剧性在于命运的捉弄：不擅务农的罗伯特去料理农庄，最后却连家人的温饱都成问题；本该与庄稼汉结合的露丝却嫁给了"上过学"的罗伯特，婚后才发觉自己的真爱是安德鲁；热爱土地的安德鲁踏上航海之路，做起了粮草投机生意，最终血本无归。实际上，无论主角罗伯特航向"天边外"的梦想是否实现，他都已经无法逃离命运的掌控。因为美好的东西就是用来撕碎、毁灭的，越是美好，当它趋于平淡、化为乌有的那一刻，也就越能触及内心最深的地方。奥尼尔塑造的"罗伯特"这一形象，意在向读者揭示，人不仅有理性智慧，也有非理性的主观愿望，但人的理性往往受到非理性情绪的干扰，并不能保证做出最符合实际的选择；身边人的意见也可能会左右你人生的方向；人生难得事事如意，在种种非理性力量的干扰下，逐渐走向悲剧的结局也同样不可避免。正如罗伯特没能找到自己的归宿那样，人们内心深处的理想世界总是在"天边外"，因为无论选择固守农庄还是出海漂泊，都不是他所期待的理想生活。

3. "原生家庭创伤"下的人生悲剧

正如列夫·托尔斯泰所说的那样，幸福的家庭都是相似的，不幸的家庭各有各的不幸。每一个幸福家庭的幸福感来源都是相同的——家庭成员之间相处和睦，夫妻同心，母慈子孝，生活美满；然而不幸家庭的不幸却是天差地别的。奥尼尔自小体会到的不是父母的爱，而是父亲的极端吝啬，还有母亲对婚姻选择的无尽懊悔。奥尼尔的哥哥继承了父亲酗酒的嗜好，整天生活在混沌的世界里。让奥尼尔最伤心的是，父母去世之后，他唯一的亲人——哥哥却篡改父亲的遗嘱，侵吞了父亲留下的遗产。[①] 经济问题导致的家庭悲剧是原生家庭留给奥尼尔的最大创伤，经济上的贫困常常使家庭成员处于既紧张又尴尬的状况中。"原生家庭的创伤"使得奥尼尔的戏剧中常常关注家庭成员相互关系的不和谐所导致的人生悲剧。《天边外》中，阿特金夫人是一个下肢瘫痪多年的残疾人，她最大的心愿就是希望女儿有段幸福美好的姻缘，女婿可以接替自家的农庄并妥善打理、用心经营，这样自己也就能够安度晚年了。她心仪的女婿是安德鲁那样地道的庄稼汉，但女儿露丝却糊涂地选择了罗伯特，这让她非常失望。女儿一家的生活最后还要靠她寥寥无几的赡养费去维持，这更加激起她的不满和抱怨，她的抱怨使家庭氛围更加紧张，整个家里丝毫感觉不到温暖与幸福。小女儿玛丽的出生，给罗伯特的生活带来短暂的幸福与光明。但不幸的是，玛丽从小便染上了肺病，由于经济压力，整个家庭已经破败不堪，没钱为玛丽治病，玛丽最终不幸离世。玛丽离世后罗伯特的身体状况愈加糟糕，本就不那么理想的家庭随着玛丽离世更加支离破碎。也许艰辛的生活会给爱情升温，会给婚姻增添相濡以沫的温情。可那不过是理想化的说法，就露丝和罗伯特的婚姻而言，用"贫贱夫妻百事哀"来形容似乎更贴切，理想化的爱情和婚姻总会被现实的贫穷、困顿的生活折磨得支离破碎。

---

①　刘斌、邱胜编著《诺贝尔文学奖获奖者的故事》，金盾出版社，2017，第 226 页。

安德鲁和罗伯特两兄弟的矛盾冲突，露丝与罗伯特和安德鲁之间的复杂感情，航海远行的梦想与娶妻生子的现实之间的碰撞，对生活现状的不满和对曾经做出的决定的悔恨，都一层一层地把故事推向悲剧的高潮。《天边外》中，露丝的出现打破了罗伯特与哥哥安德鲁两兄弟的平静生活，露丝的选择使两兄弟间的感情产生了不可弥合的裂隙。罗伯特放弃梦想留在农庄，做起了曾经他最厌恶的农活，和露丝过起了哥哥曾经一心向往的普通农家生活。而哥哥无法坦然面对失恋带给自己的痛苦，选择用逃避来抚平自己内心的伤痛，于是代替罗伯特随舅舅远走他乡，本应留在故土替父亲打理农庄的他成了一名水手。安德鲁在弟弟生活最困难的时候回过一趟农庄，但时间并没有冲淡一切，他们之间的情感伤痕依然无法抹平，他们之间再也没有往日的兄弟情谊。罗伯特就像染上了疑心病，总是提防着安德鲁横刀夺爱，也怀疑自己的妻子对哥哥旧情未了。作为亲兄弟的他们本该如儿时一般手足情深，但露丝对罗伯特感情的迎合，使兄弟二人的感情有了裂痕。一旦兄弟间的感情有了裂痕就很难再修补，这也造成兄弟之情无法复原的悲剧。

《天边外》并没有表现罗伯特与露丝的夫妻之爱，反而表现的是他们之间爱的失去。剧中罗伯特的性格是有缺陷的，他极度理想主义、固执己见，是一个耽于幻想的浪漫主义者。婚后他不能满足他和露丝生活的实际需要，当面临经济压力的时候，他不惜用农庄做抵押来维持生活，他甚至没有照顾一家人生活下去的能力。他固执地幻想着他曾经的梦想——"天边外"。罗伯特沉迷读书到常常连饭也忘记按时吃的地步，需要露丝一直为他热饭。在剧中的第二幕第一场中，这一点更是通过人物的表现和语言刻画得淋漓尽致。此时的场景是仲夏中午十二点半，太阳当头，非常闷热烦躁，露丝和婆婆抱怨道："罗伯特偶尔按时吃饭真是个奇迹。他认为我在这么热的天儿里没有别的事儿可做，只能在厨房里洗盘子吗？"① 她伺候完一家老小的饭，接着要哄女儿玛丽睡午觉，炎热夏日还要在闷热的厨房等着给丈夫热饭，难免会有情绪，但等来的也不是丈夫的理解，而是"（没精打采地）我无所谓，我不饿，太热了吃不

---

① 〔美〕尤金·奥尼尔：《天边外》，王海若译，中国书籍出版社，2008，第157页。

下"，"（暴躁地）哦，那么好吧。把饭拿进来，我试着吃点儿"①。此时的罗伯特作为一个丈夫，没有考虑到露丝的感受，也不能理解妻子的不容易，这个微妙的细节仿佛预示着爱情的消逝。罗伯特和露丝之间，抱怨渐渐掩盖了爱，这也是酿成他们家庭悲剧的原因之一。鲁迅曾在《伤逝》中说"人必生活着，爱才有所附丽"，"爱情必须时时更新、生长、创造"。露丝只把自己的幸福寄托在他人身上，不能自我成长，最终自酿婚姻悲剧的苦酒。安德鲁离开后第三年，露丝知道久别的他将重返故土的时候，便重新燃起了对生活的希望，她期待安德鲁的归来能改变自己的穷困生活。罗伯特却对露丝表现出的期待十分不满，两人激烈的争吵使戏剧达到了高潮。这也充分体现出，罗伯特与露丝在爱情的选择面前都做了错误的决定。日子一点点过去，露丝重新发现了自己的真正所爱，并对安德鲁表明爱意，但安德鲁并没有接受露丝的爱。当初露丝迷恋于诗人般的罗伯特，忽略了真正适合自己的安德鲁。对此可以理解为，罗伯特是露丝理想型爱情的对象，而安德鲁是露丝现实型婚姻的对象。年轻气盛时想要的总是理想型，经历过艰难生活后，人才幡然醒悟，现实生活常常处于"欲而不得"和"得非所愿"的拉扯之中，人真正需要的是现实型的爱人。在《天边外》中也是如此，角色先后退场，罗伯特的双亲郁郁而终，女儿早夭，罗伯特最终也因病亡故。这些都是主人公自由选择所要承担的后果，也是奥尼尔对罪与罚的理解。

4. 悲剧的审美精神

奥尼尔经历了美国现代史上最混乱的时代，物质繁荣的背后是人们精神的荒漠。《天边外》反映了理想与现实的悖谬，这悖谬来自梦想与现实、夫妻、兄弟、父母与子女之间的冲突，以及理想诗人同市侩逐利者之间矛盾价值观的对立。大海变化无常却象征干净纯洁，陆地虽安稳踏实却代表平庸。奥尼尔从中传递出悲剧的命运观念：人们苦苦追寻理想与自由，但多数人都无法反抗盲目的命运，幸福与自由一直在"天边外"。当然，奥尼尔始终坚信悲剧也有其存在的价值，悲剧能振奋人们的心情，更深刻地激发出人对生活的渴望，帮助人从生活层面的低级贪欲中解脱出来。因此他在《天边外》的结尾处写道："（他的声音里突然回响起希望的幸福）你

---

① 〔美〕尤金·奥尼尔：《天边外》，王海若译，中国书籍出版社，2008，第167页。

不要为我难过了。你没有看见，我最后得到幸福了——自由了——自由了！——从农庄里解放出来——自由地去漫游——永远漫游下去！（他用臂肘撑起身子，脸上容光焕发，指着天边）瞧！小山外面不是很美吗？我能听见从前的声音呼唤我去——（兴高采烈地）这一次我要走了。那不是终点，而是自由的开始——我的航行的起点！我得到了旅行的权利——解放的权利——到天边外去！噢，你应该高兴——为我高兴！"① 饱受命运折磨的罗伯特无法再实现梦想，但从他临终前那种乐观豁达的态度和神情中可以看出，正是因为他这一生都怀揣着梦想，才能始终对生活怀有希望。这就给悲剧的结局带来了乐观的色彩。《天边外》中人物的命运普遍悲惨，行动皆以失败告终，但仍能够令观者感觉到一种向上的、不屈与无畏的精神，这是一种对生活真谛的探索，也是一种震撼人心的崇高和悲壮。

① 〔美〕尤金·奥尼尔：《天边外》，王海若译，中国书籍出版社，2008，第349页。

二 赫尔曼·黑塞与《荒原狼》

（一）赫尔曼·黑塞：德国浪漫派最后一位骑士

赫尔曼·黑塞（Hermann Hesse，1877-1962），原籍德国，后加入瑞士籍。他一生爱好音乐、绘画以及文学，被称为一位漂泊、孤独且隐逸的诗人。黑塞1877年出生于德国一个牧师家庭。他的父亲是出生于爱沙尼亚的德国人，母亲则是出生于印度的法籍瑞士人，黑塞就在这样多种文化气息相融合的环境中成长起来。由于外祖父曾长期在印度传教，黑塞自幼便深受浓厚的宗教氛围影响，步入青年以后，他的思想在欧洲文化的基底之上，又受到中国与印度古老文化的影响。

黑塞7岁开始写诗，13岁曾言自己将成为"一个诗人或什么都不是"——许下如此誓言，希求终身与诗歌为伍。父亲希望他能够子承父业，做个牧师，但14岁的黑塞通过"邦试"考入毛尔布隆修道院读书后，因为无法忍受宗教学校对思想的禁锢和对人性的压制，而选择逃离学校，甚至曾用自杀来抵抗父亲的高压。离开学校的黑塞自食其力，年仅15岁就开始四处打工、游历，这段宝贵的人生经历为他之后的创作提供了非常丰富的生活素材。19岁时黑塞已经阅读了大量的书籍，东西方许多哲人的思想都曾深深打动过他的灵魂，这为他之后的写作提供了思想与理论方面的基础。他一直试图冲破宗教对人性的压迫，解放民众的思想，却得不到真正地理解和知音，他始终是孤独的。

1904年，黑塞凭借长篇小说《彼得·卡门青》一举成名。同年，他与出身书香门第的玛丽亚·贝诺利结婚，移居至波登湖畔，并在此后八年潜心创作。彼时社会安定无虞，生活也平静安逸。这段时间里，黑塞在自然与乡村中倾注了最大的热情，他的早期创作洋溢着自然风情，呈现出与田园诗相近的风貌。在角色设置上，黑塞小说中年轻的主人公们，不管最初经历了怎样的精神苦旅，总能够在世外桃源般的地方寻觅到自己灵魂的最终归宿。热爱大自然的黑塞，善于书写那些富有梦幻般浪漫色彩的小说以及诗歌，被雨果称为"德国浪漫派的最后一个骑士"。1914年第一次世界大战爆发，战争中饱受痛苦的伤兵以及无辜的牺牲者们的悲惨遭遇，使黑塞认识到，不能为了少数人的利益、为了资本的所谓"幸福"付出如此巨大的代价，不能沉溺于资本所宣扬的伟大时代的狂欢中，不能遗忘那些在战争中牺牲的人们。为此，他发出反对战争的呼声，也因此而被人攻击，与友人决裂，失去了自己的家庭、事业、财产。受俄国十月革命的成功的鼓舞，1918年德国爆发了十一月革命，但德国的革命并不彻底，新成立的魏玛共和国只是没有了皇帝，整个德国仍然被大资产阶级和将军们统治着，民众的生活及生命安全得不到保障，仍然生活在苦难之中。1923年，46岁的黑塞愤而选择放弃自己的德国国籍，加入了瑞士籍。此时，已步入中年的黑塞接连遭受父亲去世、家庭失和等重重打击，他的精神几近崩溃。

现实生活的打击与种种不幸遭遇迫使黑塞更深入地思考人生的意义、幸福、命运、悲剧等哲学主题。在苦苦思索的过程中，他逐渐醉心于研究尼采哲学、荣格的精神分析学说，同时向印度佛教和中国的老庄哲学求助。他希望能够从宗教、哲学和心理学等方面为人类探索出一条精神解放的途径。这种既反抗宗教却又希望能够从宗教中寻找救赎之路的矛盾心理，使得他一直生活在对自我不断肯定与否定的冲突之中；他也长期执着于对内在自我的剖析，并因此陷入追寻解决之道的极度痛苦之中。他这一时期的作品充满了对精神领域的深入剖析和对自己内心的深度探索。1927年黑塞发表的长篇小说《荒原狼》正是如此，主人公哈里·哈勒尔承受着理想与现实两极分裂所造成的心灵上的痛苦，在思想矛盾冲突中痛苦地徘徊、挣扎、探寻。哈里成了这一时期绝望而迷惘的青年们的代言人，《荒原狼》也被托马斯·曼（Thomas Mann）赞誉为"德国的《尤利西斯》"。从题材上来看，《荒原狼》以及《东方之旅》《彼得·卡门青》《玻璃球游戏》等作品多为对小市民生活的描绘，作家通过主人公的人生片段表现自己对过往时代的留恋，反映人们内心的绝望。黑塞一生曾多次获得各种文学荣誉，其中比较重要的奖项有：冯泰纳奖、诺贝尔文学奖以及歌德奖。1946年他荣获诺贝尔文学奖，颁奖词写道："他的富于灵感的作品具有遒劲的气势和洞察力，也为崇高的人道主义理想和高尚风格提供了一个范例。"1962 年，黑塞突发脑出血，在家中逝世。黑塞离开了这个世界，但他的生命并没有终止，而是不断在作品中延续，为读者提供启迪和镜鉴。迄今为止，黑塞的作品已经被译成五十多种语言，有七百多种译本。长篇小说《荒原狼》问世后，曾有一股"狼潮"在美国掀起，有摇滚乐队直接取名"荒原狼"。其主人公哈里成为离经叛道的年轻人的偶像与楷模。

（二）《荒原狼》：从分裂到和谐的现代人格

第一次世界大战结束之后，战胜国通过建立凡尔赛体系达成了暂时的和平，但表面的平静难掩不断涌动的暗流。战胜国对战败国的剥削，孕育了狭隘的民族主义，与此同时，现代工业的迅速发展也激起人们对物质的极度贪婪。人们遗忘了对于灵魂的养护，追名逐利、堕落狂欢，极少数的清醒者在利益的大潮中只能无奈地叹息。《荒原狼》是赫尔曼·黑塞探索现代人彷徨苦闷的存在状态的一部长篇小说，讲述了与周围环境格格不入的中年艺术家哈里·哈勒尔的精神危机。在他人眼中，哈里是不正常的人，他自称"荒原狼"。现代社会里，他与那些庸俗虚伪、追名逐利者格格不入，如同荒原里的野狼一般希望冲破种种世俗、宗教的禁锢，而荒芜的情感状态又使他极度渴望小市民式温馨安逸的生活。可见哈里·哈勒尔的思想情感极端矛盾，而他的这种精神特征正是黑塞本人第二次婚姻失败后的艺术写照。黑塞通过塑造自称为荒原狼的中年艺术家哈里·哈勒尔来剖析自己的内心世界，同时折射了整个时代的精神问题。"这是一个时代的记录，我今天才明白，哈勒尔心灵上的疾病并不是个别人的怪病，而是时代本身的弊病，是哈勒尔那整整一代人的精神病，染上这种毛病的远非只是那些软弱的、微不足道的人，而是那些坚强的、最聪明最有天赋的人，他们反而首当其冲。"[①] 第一次世界大战结束后的世界是那样的混乱与疯狂，分裂、挣扎、恐惧、折磨等都成为人们现实的生存境况，人们在荒诞中挣扎。拥有人性的"荒原狼"一脚踏入这样的时代，无所适从，在这样的社会环境中，哈里优异的天资与深邃的思想正是他痛苦的根源。

---

① 〔德〕赫尔曼·黑塞：《荒原狼》，赵登荣、倪诚恩译，上海译文出版社，2010，第 21 页。

1. 荒原狼的双重性格

1914 年第一次世界大战爆发，黑塞在报纸上发表了反战文章《啊！朋友，何必老调重弹!》，文章题目来源于贝多芬谱曲的《欢乐颂》的第一句歌词。然而这篇饱含着正义与良知的文章却受到了德国报刊界猛烈的攻击，致使黑塞成为"全民公敌"。这次经历也被记录在《荒原狼》的情节中。黑塞身处的历史境遇与他知其不可而为之的诗人精神之间形成强烈的冲突与张力，造成了他悲剧性的命运。在历史和现实的双重背景下，黑塞对真理的向往以及他不断追问存在意义的文本实践给予了迷茫的现代人以寄托和希望，但作家自身却挣扎于矛盾之中，挣扎于迷茫和澄明之间。黑塞将自己的人生经历与感悟赋予笔下的人物，塑造了挣扎在矛盾之中的主人公，他们生活在荒谬不堪的世界却又异常清醒，他们都忍受着理想与现实分裂带来的心灵痛苦，在矛盾冲突中徘徊、挣扎，并试图探寻能够使两者达成和谐、统一的途径，也以此表达了作家对庸俗颓废世界的批判。

小说《荒原狼》的主人公哈里·哈勒尔是一位正直、有着自己独立思想的作家。他十分鄙视现代社会的生活方式，因此很少外出，常常选择将自己隔离在家中。令人窒息的社会现实与他的思想格格不入，使得他最终陷入精神分裂的境地。哈里坚守古典艺术的审美传统，谴责世界的机械性、物质性，他的精神世界与世俗现实时常发生矛盾。用哈里自己的话来说，就是一位上了年纪而对生活又不满意的人过着不好不坏、不冷不热、尚能忍受和凑合的日子。可见哈里对庸俗物质的现实生活的不满与无奈。但哈里快被这种浑浑噩噩的日子折磨疯了，和很多想要平淡生活的人一样，哈里是自己选择来到这个充满市井气息的城市生活的，然而现在他厌恶这样的生活形态。在租住的小房间里、在潮湿的马路上、在普通的小球馆里，哈里被自己脑海中的纠结、矛盾与冲突折磨得痛苦不堪。他开始怀疑生活，怀疑人生，绝望到找不到任何出口。哈里偶然获得了一部名为《论荒原狼》的小册子，其中提供了关于"荒原狼"的概念。此时，拥有丰富的人生感悟、充满智慧，内心却动荡不安的哈里，将自己看作一只陌生的、野性而又胆怯的、来自另一个世界的"荒原狼"。他把在自己身上找到的一切精神、一切理性、一切教养都塞进"人"当中，而一切本能、一切野蛮、一切紊乱全都放进"狼"那里。

哈里心中的"荒原狼"将日常生活都看作人生的虚假面目，就如同《观音心经》中的"色不异空，空不异色，色即是空，空即是色"，又似《金刚经》里面的"一切有为法，如梦幻泡影，如露亦如电"。现代性下的日常生活浮于世表，混乱不堪又全无意义。"荒原狼"看出安逸下潜藏的危机，看出和平之下的混乱，时刻感受着危险的逼近以及精神的折磨。每当哈里靠近平静的生活时，他心中的荒原狼就会狷獗地嘲笑、撕扯他。

如果哈里再平凡一些，他或许可以心安理得地成为享受战后和平的一员；如果哈里能再聪慧一些，他或许就可以成为像歌德、莫扎特那样拥有大智慧的人，使自己逃离这无穷的苦难。但很可惜，他不平庸，也不伟大。他厌恶强权和剥削，但他银行有股票，吃利息即可生存，他也能够与权力机关和平相处；他自我放逐，四处流浪，但不会忘记在离开一个城市前付清所有的欠款；他内心充满了强烈的原始欲望，但又衣着得体，以礼待人；他渴望孤独，可真正得到孤独的时候又感到寂寞；他排斥市民阶级，厌恶他们不思进取，安于现状，但他又不得不向市民阶级靠拢，他向往小康家庭规规矩矩、井井有条的习惯近乎到了虔诚的地步，也怀念母亲的温暖与家庭的氛围——尤其在灵魂被折磨得不堪忍受的时候。种种矛盾使哈里将自己分成了两部分——人与狼，这两部分又常常不肯和平共处。哈里所表现出来的人性是对古典艺术和高尚精神的追求。但当他做一个友善的文明人时，"狼性"就嘲笑他虚伪做作；当他作为释放天性的狼时，"人性"就称他为野兽、畜生。他不肯与自己和解，固执地进行着自我惩罚，每时每刻都有野兽在撕咬他的灵魂。对于哈里来说，短暂的平静与温馨是那样的宝贵与不可得，精神上的分裂与痛苦将他一步步逼向自杀的深渊。

哈里精神状态中狼性与人性的对立，其实归根结底是精神世界与世俗社会的对立。这种对人格简单粗暴的划分，使哈里为自己设立了一个绝望的牢狱：哈里既无法安身于小市民社会，又无法从中脱身而成为漂泊者。他必须从双重性的人格中超脱出来，才能使自己的灵魂从冲突走向和谐。

2. 寻找精神拯救之路

1941 年出版的瑞士版《荒原狼》的后记中，黑塞写道，虽然小说中反复提到了荒原狼的困境与痛苦，描述了时代交替时不愿同化也看不到未来的人的无望，但小说的主题并不是将人推向末路的绝望，而是治愈。莫扎特和歌德被黑塞推到极高的地位，书中将他们刻画为"永恒的信仰，近乎神明一样的存在"。他们的精神美好而神圣，让人心驰神往、苦苦追寻。黑塞希望用二者代表的真正美好的文明去替代黑暗污浊的假文明，使个人的精神危机得以解决，使在两个时代夹缝中苦苦生存的人获得解脱。在死亡之外，为人们增加一条光明的路，一条自我治愈的路。

黑塞在文中展现了"荒原狼"哈里·哈勒尔精神危机的治愈过程。哈里认为自己就是"人性"与"狼性"并存的荒原狼。于是，他想要运用自己的智慧摆脱两种矛盾精神在体内撕咬与分裂的痛苦。书中，哈里看到了教授家用于装饰的歌德肖像，但他认为教授此举并非出于对歌德的敬仰，而仅仅是出于附庸风雅和虚荣的自我满足心理。哈里无法忍受歌德的肖像画被庸常化，与教授爆发了一场激烈的争吵。他的反战言论也遭到周围狭隘的民族主义者的斥责，他愈发强烈地感受到自己与这个世界格格不入。他激动地思考、纠结是否要将已决定好的五十岁那天自杀的计划提前，然而当他回到家拿起剃刀想要自杀，将要真正面对死亡时，他又产生了对死亡的恐惧。这里作者再次展示了哈里精神的分裂与矛盾，想要自杀又恐惧死亡的哈里，如同莎士比亚笔下的哈姆雷特一样痛苦地思考着："生存还是毁灭？"

此刻痛苦纠结的哈里在酒吧里偶遇性感的妙龄女郎"赫尔米娜"。赫尔米娜年纪轻轻，但"目光却像一位六十岁的家庭女教师那样严厉，那样有威力"。她能够以她的思想去理解包容哈里·哈勒尔的那些"糊涂不开明"，她敢于命令、敢于反击，她锐利的目光也击穿了哈里·哈勒尔所有的伪装与借口。她有一种魔力使哈里·哈勒尔不得不听从于她，在她的引导下，哈里·哈勒尔学会了跳舞。在她的介绍下，哈里又结识了音乐人帕勃罗和一位美丽的姑娘玛丽亚，做了许多他以往觉得荒唐的事情，享尽"感官游戏和情欲之乐"的"低级趣味"。在音乐和感官的享受中，他暂时忘却了一切烦恼和忧虑。此时，黑塞对哈里的人生安排，有些像歌德在《浮士德》中的情节安排。《浮士德》中浮士德在经历了对知识的追求和知识的悲剧以及对爱情的追求和爱情的悲剧后终于走出人生的小宇宙，走向人类社会的大宇宙。哈里也将从享尽"感官游戏和情欲之乐"的"低级趣味"转而走向人类社会的大宇宙,并找到"狼性"与"人性"的和解之途。

哈里对自己双重人格的苦恼在于他认为两个灵魂已经太多了,而事实上人是由多重人格组成的。双重人格使得哈里在通向不朽的道路上执着于自我的痛苦,并将孤独视为通向不朽之路理所当然的存在。因此,哈里只有承认自己人格的多重性,才能包容更广阔的世界,使灵魂得到平静。双重人格只能将哈里束缚在人间,执拗于精神天地中,因此哈里必须突破双重人格的局限,用多元的人格来包容世界的痛苦。哈里面前有三条路可以选择,一是为了活下去而赞美小市民世界;二是从世俗中挣脱,以令人惊叹的形式让人生落幕;三是留在世俗中,用幽默来与世界和解。《荒原狼》中,赫尔米娜、帕勃罗以及歌德和莫扎特分别对哈里进行了自我认知和幽默的训练。

3. 疯狂魔幻与理性真实

魔剧院是一个拥有魔力、充满幻影的剧院,剧院的门口写着"专为狂人而设,普通人严禁入内"的标语。这里拥有无限的想象力,真实与虚假、理智与疯狂并存,整个世界都是混沌的,人仅仅是一种模糊概念的存在。哈里在这里将接受理性自我和感性自我的深层领悟,在这里他可以丢掉理智,单纯追求感官的享乐。第一个房间叫作"猎捕汽车"。哈里与他的中学同学爬上一间树屋,无差别地射杀那些坐在汽车里的人。被射杀的人有男有女,有貌美的、有身份高贵的,但这些都不重要,荒唐作乱的快乐才是他们真正的追求。他们射中了一辆军官的车,失控的车快翻倒了。一位奄奄一息的老人问他们:"你们为什么要杀人?"回答是:"因为我们的大陆上人太多了,我们需要更多的空气。"当然,这是作者设下的一个隐喻。在赫尔曼·黑塞生活的年代,"生存空间论学说"在德国甚嚣尘上,后来逐渐演变成纳粹官方施行种族灭绝行动的思想基础。哈里对面前惨痛的景象一言不发,成为沉默的帮凶。他们无视道德律令,也不管什么正义、邪恶,像疯子一样向汽车疯狂射击,毁坏汽车。书中的这一幕包含着深刻的隐喻,现代机械原本是人类的创造物,也为人类所用,然而现代人类的生活却逐渐被机械所支配、异化。在技术与金钱、战争与贪欲的时代,人们对物质、技术的崇尚以及利益的追求,使人们越来越忽视对精神与道德的内省与追求,传统文化以及人道主义思想逐渐被现代人践踏、抛弃。人类精神文明创造的机械反而取代、压迫着现代人类的精神与灵魂。弗洛伊德在 1930 年出版的《文明及其部门》中，从心理的层面分析了人类文明的功用与弊端。他认为文明压制了人类原始野蛮的攻击性，但理性和秩序本身又成为文明独有的暴力，因而在现代文明社会里越来越多地出现强迫症、抑郁症等神经病症。同时，人类原始的野性和暴力也不会因为文明的压制而消失，而是会像所有被压制的欲望一样进入潜意识，在某些特定的时刻，野性与暴力仍然可能流露出来。

《荒原狼》中的这一幕也是对纳粹主义的隐喻。19 世纪欧洲人用科学和理性制造了先进的文明，但这光辉的文明成果却被用于发动战争，将人类推向了痛苦的深渊。可见，文明的野蛮比原始的野蛮更野蛮，有理性的恶带给人类的痛苦并不比粗野的恶有丝毫的减少。"荒原狼"哈里的荒诞行径影射着人类在精神上与机械文明的对抗。先进的知识分子看清了现代工业时代的丑陋与罪恶，不愿与世人在毫无精神信仰、艺术温情的物质世界共同狂欢，但他们又无法独善其身，更无法扭转乾坤，改变时代的发展趋势，寻找到救世良方。

哈里·哈勒尔的思想矛盾不仅存在于他与社会外界环境的冲突之中，还存在于他自身内部的不协调、不一致中。第二个房间里，哈里·哈勒尔脱掉了外衣，带上新面具。乐手"帕勃罗"开始表演魔术，他用魔镜展现出哈里·哈勒尔不同年龄阶段可能出现的万千形象，这万千形象又流向哈里·哈勒尔当下这一个形象："从他身上化出第二个哈里，接着又化出第三个、第十个、第二十个，那面巨大的镜子里全是哈里或哈里的化身，里面的哈里不计其数。"哈里·哈勒尔看清了全部的自己，改变了固有观念，认识到他并不只是人和狼的结合体。每一个分裂的哈里，或者说是分裂的"荒原狼"中，或残暴，或懦弱，或疯狂、智慧、善良、庸碌……千百个不同的哈里在一个微型世界里共存，上演了一幕幕关系复杂的人生戏剧。哈里·哈勒尔看到了成百上千个自己，也接受了自己个体的多样性，他与自己的灵魂终于相识。假面舞会的狂欢诠释了人类都只是脸谱群中一个可能的角色。黑塞在这里哲学地揭示出他人即自我，自我亦是他人的终极奥义。如同蚁群中的每只蚂蚁看似是独立的个体，其实又只是组成整个蚁群的其中之一一般，人类命运原本是一个有机的整体，在其中没有任何个体可以独善其身，亦没有人可以脱离时代或人类而存在。其中蕴含着鲜明的叔本华和尼采哲学及印度教的影子，也与中国传统文化中"天人合一""物我齐同"的思想相通。帕勃罗的魔剧院里有无数个包厢，每个包厢里展示一种理想与欲望追求的命运状态。哈里·哈勒尔最后领悟到，"感性"和"理性"是两种极端对立的二元划分，人不是固定的单一模式，在他的内部还有千万种对立，他是多种命运可能性的集合和衍化。

第三个房间是人狼互驯的世界，人将狼驯得服服帖帖，狼低下高贵的头颅给人衔鞭子，卑躬屈膝，收起锋利的牙齿与爪子，和本该是食物的小兔子称兄道弟，这一幕是多么的可笑又可怕。狼被人类驯服，褪去了所有凶狠，像狗一样奴颜婢膝。紧接着狼与人位置互换，人被狼驯服，像野兽一样撕咬着生肉、茹毛饮血，完美地成为一只畜生。作为高级动物的人类，作为"宇宙之精华，万物之灵长"的人类，天然拥有理性智慧，也同样具有欲望等非理性因素，人无法消除任何一方。无论是人性、狼性哪一方占据绝对主导地位，都是令人恐惧的，不可能要求狼丢弃野性扮演绅士，也不能让人同牲畜一般毫无人性。哈里逃出这个世界，此时此刻他认识到了"平衡"的重要性。这种"平衡"的思想类似于中国传统文化中的"中庸"哲学，"中庸"就是处世不走极端，叩其两端而执其中，换句话说就是万事万物皆有分寸与尺度，一旦超越了那个合理的分寸尺度，就会物极必反，走向事态发展的另一端。所以中国传统文化中才会有"祸兮，福之所倚；福兮，祸之所伏"的对立与统一说。

最后，哈里来到了"所有姑娘都是你的"房间。在这里，他与他生命中遇到的所有可爱的姑娘相爱。爱情的大门向他开放，他似乎拥抱了爱情，也拥抱了丢失许久的真我。终于，他遇到了最后一位姑娘，他的引路者赫尔米娜。但这最后的影像令哈里大为震惊，他看到赫尔米娜赤身裸体的和帕勃罗睡在一起。嫉妒与占有的情欲促使他"狼性"大发，毫不犹豫地用刀杀死了赫尔米娜。然而紧接着莫扎特出现了，这时哈里才明白，魔剧院里发生的种种情境都是幻象，都是他个人思想的映射，可见哈里情感世界中亦存在人性对爱情的憧憬和兽性的占有与自私。像曾经约定的那样，哈里遵从自己内心杀死了赫尔米娜，当哈里能够从内心的分裂中走出时，赫尔米娜的使命就结束了，哈里不再需要她了。赫尔米娜一般被人们认为是像"阿尼玛"一样的角色，也是哈里的引路人。赫尔米娜与哈里相遇在他精神濒临崩溃、不断徘徊于自杀边缘的时候。两人随后的交往中，她逐渐使哈里打消了自杀的念头。她教哈里跳狐步舞，并介绍玛丽亚与哈里认识，可以看出，赫尔米娜的存在是缓和哈里内心绝望情绪与痛苦的关键，但她还不能够将哈里内心的问题从根本上解决，她仅仅是想办法通过其他新鲜事物的刺激，来帮助哈里暂时遗忘掉生活中的痛苦。虽然她并没有像帕勃罗和莫扎特那样直接刺激哈里的灵魂，但这并不代表着赫尔米娜仅仅是带有现实色彩的麻醉剂，赫尔米娜一直被哈里所相信着，通过与赫尔米娜的交往，哈里将自己与内心的痛苦隔离开来，达成了表面的解脱。赫尔米娜使哈里重新拥有了继续生活的希望，他也因此将赫尔米娜当作自己的上帝，而他亲手杀死赫尔米娜的行为隐喻着尼采所说的"上帝死了"，上帝是被他曾经的崇拜者——人类所杀死的。

4. 艺术的救赎与医治

帕勃罗既存在于文中的现实社会，也存在于文中虚幻的魔剧院，他时常伴随在哈里左右，可以当作另一个哈里，带有自性的色彩。哈里的行为、思想总是被帕勃罗所引导并影响着，因此帕勃罗是一个理想化的人物，是哈里所梦想成为的人。帕勃罗和莫扎特、歌德等不朽者一样，是哈里心目中引导他走出困境的精神力量的具象化人物形象。

当时的德国社会为美国文化氛围所笼罩，文中出现的留声机、唱片、爵士乐和狐步舞都是美国文化所带来的。哈里对这种庸俗文化越抵触，就越往内心的古典艺术世界躲避。现代社会中人与传统文化的分离，造成了哈里与世界的某种对立性。哈里以乡愁为指引，在古典艺术中寻找身份认同。然而他所崇拜的不朽人物歌德和莫扎特并不若他所认为的那般，在小市民世界离群索居，用孤独和痛苦成就自己的永恒不朽。在哈里的梦境与魔剧院的幻觉中，歌德和莫扎特一反其严肃的形象，反而以"幽默"为信条，常常发笑。哈里在梦中曾指责歌德对世人不诚实，这世界充满不幸，人的命运无常，然而歌德却宣扬乐观主义；哈里还指责歌德，认为他并没有像莫扎特一样痛苦。歌德告诉哈里："我们这些不朽的人不喜欢被别人严肃对待。我们喜欢开玩笑。"在魔剧院中，哈里遇到了自己一生追逐的目标莫扎特。在莫扎特那"高亢、冰冷的笑声"中，哈里感觉到了"不属于这个尘世的幸福"。莫扎特告诫哈里："你必须活下去，必须学会笑，必须学会听人生那被诅咒的收音机，必须崇敬那背后的精神。"虽然身处不同时代，但歌德和莫扎特都是以"幽默"的方式去超越一切，将世界的痛苦包容进他们的灵魂之中，走上了与世界和解的第三条道路。这条道路是一条中庸之路，即用幽默超越现实世界的所有无聊、孤独与苦闷。哈里终于领悟到，"我总有一天会更好地学会玩这人生游戏，我总有一天会学会笑。帕勃罗在等着我，莫扎特在等着我"①。在这里，黑塞给哈里，也给那个时代痛苦纠结的人们一剂摆脱痛苦、自我疗救的药方：以"幽默"和"幻觉"来拯救"荒原狼"，以此来让他从绝望中挣脱，使灵魂处于和谐状态。"幽默"是"荒原狼"面对现实的方式，也是一种超越时代的永恒的智慧。正如帕勃罗所说："一切高级幽默，都是从不再严肃对待自己开始。"这种存在方式使"荒原狼"与现实拉开距离，以无关利害的审美心态看待世界。

　　"幻觉"是一种心灵的治疗方式，也是哈里展现自我的艺术方式。在"幻觉"中，哈里敞露自己的内心，不将现实的利害带入幻景中。在梦幻的个人剧场中，哈里戏剧式地演绎自身思想，令压抑的内心得以释放，从而达到心灵的平静。这如同亚里士多德的"卡塔西斯"说："使某种过分强烈的情绪因宣泄达到平静，因此恢复和保持住心理的健康。"②黑塞少年时期深受原生家庭中的宗教影响，成年后则受到基督教、印度教以及中国道家思想的影响。他对以老庄哲学为代表的中国古代哲学有着较为深入的研究，老庄哲学中蕴含的道家思想对黑塞的人生观、世界观以及文学创作产生了深远的影响。黑塞一生始终徘徊于现实生活和美学世界之间，一方面，他为了成为一名真正的"东方旅行者"，需要完成对固有文化的超越；另一方面，他又不能完全脱离自己坚守的浪漫主义以及血液中的德意志文化传统。他一生所推崇并为之不断努力的，是致力于让两种古老的伟大思想在相互碰撞中不断亲近，以期能够达成两者之间的和谐交融，而不是单纯的理性主义或者单纯的美学上的

①　〔德〕赫尔曼·黑塞：《荒原狼》，赵登荣、倪诚恩译，上海译文出版社，2010，第246页。
②　朱光潜：《西方美学史》上卷，人民文学出版社，1979，第88页。

清静无为。

5. 时代悲剧与精神信仰

美国在第一次世界大战后快速崛起，并很快将其文化辐射开来。《荒原狼》所诞生的 20 世纪 20 年代被德国学者称为"美国化的年代"。正如黑塞在《荒原狼》中所写的："每个时代，每种文化，每个习俗，每项传统都有自己的风格，都各有温柔与严峻，甜美与残暴两个方面……只有在两个时代交替，两种文化、两种宗教交错的时期，生活才真正成了苦难，成了地狱。"① 也只有在这样的背景下，才会诞生具有不健全人格的"荒原狼"，《荒原狼》中的主人公哈里正处于两种时代的交替时期。战争过后，那些原本被人们坚信不疑的美好词语"自由、平等、博爱"都变得非常可疑。人们失去了安全感，产生了浓烈的孤独感、焦虑感和荒诞感，人生是否有意义这个问题，也成为人们内心常常追问的话题。哈里对机械、对科学理性的抵制，实际上是作者敏锐地感觉到了在这种文化中传统高雅艺术的衰落和社会道德的缺失与人文精神的衰退。《荒原狼》展现出个人在时代交替中的分裂，体现出作者对人的精神存在的关注及对社会问题的责任感。可以说，《荒原狼》的宗旨是指出一种永恒的精神信仰。科学技术的进步推动了经济的发展，增加了个人财富，与此同时，金钱标准代替了人道主义价值，基督徒的同胞之爱逐渐淡化，人们在社会伦理和情感上都变得冷漠。小市民们日复一日过着老一套机械刻板的生活，却不去凝视周遭世界的空虚。哈里在一次散步中偶然遇到一场葬礼，他跟着送葬的人群来到了墓地。这场葬礼让哈里意识到，个人的死亡对任何其他人来说似乎都是没有意义的，人与人之间的关系是那样的陌生而疏离。正在埋葬棺材的工人如同"以尸体作为食物的秃鹫"，竭力表演出对生命逝去的困惑，努力为工作营造严肃和悲伤的氛围，但实际却滑稽不堪，虚伪不已。牧师称那些在场的人们为"亲爱的基督徒同胞"，然而这些所谓的同胞"其实心中都在希望这个不愉快的仪式尽早结束"。死者的亲友在这本该肃穆的氛围中，不自然地掩盖着自己的无动于衷，这一切将葬礼应有的意义全部瓦解，同胞之谊中该有的怜悯与同情都荡然无存。人与人之间情感疏离，这种沾染了利己

---

① 〔德〕赫尔曼·黑塞：《荒原狼》，赵登荣、倪诚恩译，上海译文出版社，2010，第 22 页。

风气的基督徒的同胞之爱，显示出基督教的传统价值观念在金钱竞争中的衰败。

同时，黑塞也对传统文化在现代文明中遭遇的危机感到焦虑。高雅艺术被埋葬，人们对此毫无留恋。不管是基督徒、文豪还是音乐家都长眠于地下，他们在世间留存的仅有墓碑上被腐蚀的名字。庸俗文化和经济科技的发展虽然可以带给人们更多的欢乐，但也带走了人们高尚的情感，世界似乎失去了诗意。另外，庸俗享乐的社会风气下正在悄悄酝酿着又一次战争。20 世纪 20 年代的德国刚刚经历过一战，德国民族沙文主义势力甚嚣尘上，军国主义和复仇情绪抬头。哈里所拜访的教授，家中就订阅了军国主义者的机关报，这些报纸宣扬虚伪的爱国主义，甚至像教授这样的知识分子也正在被社会舆论所怂恿，心中的不满与憎恨被煽动。哈里因为反对战争被攻击，并因此被划分为叛国者。哈里认为，若是大家都能意识到自己的责任，秉持爱与和平的理想，世界就不至于如此糟糕。哈里的人生故事还在继续，他精神世界里的纠结、冲突，甚至分裂也从未停止。但经过魔剧院的洗礼，哈里最终有所领悟，他决心要学会幽默地面对自己所遇到的从前难以理解和接受的所有荒诞的现实，包括自己精神世界里的纠结与痛苦。在魔剧院里，莫扎特指引哈里看到了两位音乐家瓦格纳和勃拉姆斯对时代的赎罪。莫扎特告诉哈里："生活向来是可怕的。我们对此无能为力，却要为此而负责。人一生下来就有罪了。"[①] 人出生便是有罪的，人无法决定，却必须为此而进行自我救赎。人必须为时代之罪、为个人之罪负责。黑塞用罪与责任，为"荒原狼"找到了人存在的理由和人生痛苦的合理性，同时也想用责任约束个人，呼唤和平与秩序。有不少读者在对此书进行评价时，把哈里看作作者黑塞的自我写照：人到中年不得志，周围没有人理解，天天与不喜欢的人打交道，看着自己不喜欢的事情发生。人在这种境遇中会变得郁郁寡欢是显而易见的。20 世纪 60 年代的美国民众饱受战争困扰，全国范围内弥漫着反战情绪，动荡不安的社会中，因战争而精神脆弱的人们正常生活难以为继，信仰危机也随之出现，人们迫切需要寻找精神上的支撑。此时黑塞的作品进入美国民众的视野，其中尤以《荒原狼》备受关

---

① 〔德〕赫尔曼·黑塞：《荒原狼》，赵登荣、倪诚恩译，上海译文出版社，2010，第 233 页。

注与好评，托马斯·曼更是将它与乔伊斯的杰作相媲美，称《荒原狼》
为"德国的《尤利西斯》"。

三 威廉·福克纳与《喧哗与骚动》

（一）威廉·福克纳：意识流的叙事者

威廉·福克纳（Willian Faulkner，1897-1962），美国意识流文学的代表作家，美国南方文学流派的创始人。"在瑞典文学批评家的心目中，福克纳对'人'在现代世界中的处境，作了深邃而全新的透视。"他因"对现代美国小说之强有力与高度艺术性的贡献"① 而荣获 1949 年诺贝尔文学奖。

1897 年 9 月 25 日，威廉·福克纳降生于美国南方密西西比州的一个种植园主家庭，他的家族在他曾祖父时期曾经非常辉煌。"祖父汤普森·福克纳 17 岁时便离开家来到密西西比州里普利，早年当过律师，后来参加过美墨战争，南北战争中加入南方邦联的军队，自己也组建过私人军团，多次赢得对北军的胜利。战争结束后，'老上校'发了财，为镇里修筑了唯一一条铁路，当过州议员，还利用闲暇时间搞文学创作。性格鲁莽的'老上校'多次卷入决斗，有一次杀人却被判无罪，但最后因商业纠纷被从前的伙伴枪杀。死后镇上竖立起他的雕像。他的传奇经历后来成为福克纳许多作品的素材。"② 但是到了福克纳的父亲一辈时家道中落。第一次世界大战中，威廉·福克纳曾在加拿大空军服役，战争结束后，他上过一年大学。他从事过非常多的职业，但他发现自己最热爱写作，并于 1925 年出版第一部小说《士兵的报酬》。威廉·福克纳作为一个没落的种植园主的后代，对那段历史极为敏感。南北战争中，南方迅速溃败，传统经济结构瓦解，传统价值观念被颠覆，整个南方经历了由兴盛到衰亡的历史。对于深受南方文化熏陶的福克纳来说，这种变故无疑是痛苦的，但他并没有消极地回避这种痛苦，而是以一种积极的态度

---

① 曾建华：《文坛群星——诺贝尔文学奖史话》，海南出版社，1993，第 117 页。
② 刘斌、邱胜编著《诺贝尔文学奖获奖者的故事》，金盾出版社，2017，第 286 页。

和清醒的意识去看清这种事实。他看到了南方奴隶制的罪恶——种植园主人性中无可避免的自私自利和丑恶嘴脸，也看到了资本主义发展带给南方人民的痛苦。人们不再淳朴，而是沦为金钱的奴隶以及被物质异化。城市的喧闹和污染破坏了原来宁静的自然，人们变得麻木，不再有个性，每个人都成为只知道工作的机器。福克纳虽然十分怀念旧的生活方式，但也不得不接受眼前的现实。他以这种复杂的感受、矛盾的心态来描绘被资本浸染的新的南方社会，构思自己与众不同的艺术世界。威廉·福克纳在他短短的一生中共写了 120 多部短篇小说和 19 部长篇小说，其中绝大多数短篇和 15 部长篇小说以虚构的约克纳帕塔法县为故事背景，"形成了一个以南方家乡为背景，以几个家族的兴亡历史为主线的小说体系。这就是美国著名批评家马尔科姆·考莱 1946 年编选出版《袖珍本福克纳文集》时提出的'福克纳帕塌法世系'"①。他的小说中有许多对罪恶和变态心理的描写，运用了"象征隐喻""时间颠倒""对位式结构"等丰富的艺术手法，加以自己的感悟，站在道德、宗教的立场上批判现代资本主义的物质文明，揭露美国南方深刻的社会矛盾，谴责奴隶制度的残余势力，同情下层人民的苦难境遇，深刻且真实地表现出美国南方社会近 20 年的时代变迁，同时以不同阶层和家族中各色人物的命运及心路历程作为时代的印证。

福克纳的《当我弥留之际》，描写了主人公安斯·本德伦带领儿女送妻子艾迪的灵柩返回家乡，一路上困难重重，代价惨重的故事。全书共 15 个人物，59 节，每节都是不同人物的意识流动，从而描绘出与这次跋涉相关的生活内容，真实可感。作者不采用书面的官方语言，而是用南方的农民口语作为表达形式，虽是俚言俗语，但人人语气不同，细微之处可见作者对人物个性的把握。在葬礼举行的整个过程中，家族里每个人都有各自不同的目的和想法，遇到困难时大家虽能尽力配合，但最后还是奔向悲剧的结局。葬礼过后，整个家族都付出了惨重的代价：长子失去了一条腿，二儿子发了疯，女儿被药房伙计奸污。《八月之光》有一条明线是关于"一个名叫莉娜·格罗夫的年轻姑娘，怀着身孕，决定赤手空拳地去寻找她的情夫"的故事。莉娜是个虔诚的、心地单纯的

---

① 曾建华：《文坛群星——诺贝尔文学奖史话》，海南出版社，1993，第 117 页。

北方姑娘，19岁被骗怀孕后到杰弗生镇寻找孩子的生父。福克纳曾说：
"我是出于对女性的勇气和忍耐力的钦佩来写她的。"《八月之光》中的
"光"指代的就是莉娜。《八月之光》中另一条故事线索是乔安娜的悲惨
命运。乔安娜不顾一切地爱上乔·克里斯默斯，当乔·克里斯默斯告诉
乔安娜自己有黑人血统后，乔安娜提出结束两人关系，乔·克里斯默斯
在愤怒中失手杀死了乔安娜。福克纳试图通过这个故事令读者清楚地领
悟到，种族歧视对白人也造成了无法弥补的伤害。乔·克里斯默斯是一
个名字同耶稣基督相近的孤儿，由于保育员陷害，他被误认为黑白混血
儿，又被赶出孤儿院。白人社会不接纳他，黑人也对他排挤猜忌。因为
失去"身份"，他经历了一系列悲惨境遇，最后失手杀死爱人，主动接
受白人的处刑。小说通过这个弃儿的命运，写出了种族矛盾和文化偏见，
并在双线命运对照中肯定了原始人性，要求返璞归真。作为美国作家中
对白人种族主义思想的本质认识得比较清楚的南方人，福克纳通过这部
小说，深刻地揭发了种族隔离和种族矛盾的实质。通过人物之间的对比
和反衬，为读者展现了一幅生动的美国南方社会生活、南方文化传统的
画卷。在1936年出版的小说《押沙龙，押沙龙！》中，作者以萨德本家
族的兴衰历程为载体，讲述了南方贵族庄园从创建、繁荣到萧条的全过
程，整体气氛恐怖阴森，细读不难发现小说与《圣经·旧约》有一定的
互文关系。萨德本是一个恶魔式的贵族，他坚持种族优越论和血统论，
结果他自己有一个和黑白混血女人所生的儿子查尔斯·邦。他的另一个
儿子亨利和他的女儿朱迪思，兄妹之间有变态的乱伦行为。两个儿子还
互相残杀。小说的叙述人昆丁、洛莎和康普生是精神异常者。昆丁借叙
述亨利的故事来发泄自己的乱伦欲，"只有像他这样感情畸形的人才会钻
研得那么津津有味"；洛莎是一个老小姐，沉浸于对一个亡魂的爱情；康
普生则把自己整个儿地托付给死者。整个故事的氛围扑朔迷离，诡谲神
秘。作品通过父辈罪行、兄弟阋墙、祸乱谋害等一系列惊心动魄的情节
展现了种植园主家族的盛衰兴亡，并揭示了种植园社会制度必将走向灭
亡的命运。

　　福克纳后期以资产阶级暴发户为描写对象的"斯诺普斯家族三部
曲"——《村子》（1940）、《小镇》（1957）、《大宅》（1959）聚焦于现
代社会中人的异化问题，以及如何对待犯罪与赎罪等社会问题。小说

《村子》借助被称为"感情的奴隶"的四个相关人物的戏剧性故事，展现精于算计的底层无赖弗莱姆巧取豪夺的发家史。小说《小镇》和《大宅》承接上作，写弗莱姆利用妻子向上爬，达到目的后又把她逼死，最终被由他陷害入狱的堂兄明克杀死。以弗莱姆为代表的斯诺普斯家族是美国南方社会的畸形儿，体现了新兴资产者在不利于自己正常发展的社会条件下穷凶极恶的心态。福克纳的作品几乎都涉及对人性最深处的探索：人性的伟大、自我牺牲的精神以及对权力、物质的贪婪，心灵的贫瘠、狭隘、鄙夷、恐惧、痛楚、堕落等。1949 年，福克纳在诺贝尔文学奖致谢辞中写道："我相信人类不但会苟且地生存下去，他们还能蓬勃发展。人是不朽的，并且在生物中唯独他留有绵延不绝的声音，而且人有灵魂，有能够怜悯、牺牲和耐劳的精神。诗人和作家的职责就在于写出这些东西。他的特殊的光荣就是振奋人心，提醒人们记住勇气、荣誉、希望、自豪、同情、怜悯之心和牺牲精神，这些是人类昔日的荣耀。为此，人类将永垂不朽。"① 福克纳将那些从自己心灵最深处想象、创造出的低于常人或者高于常人的人物淋漓尽致地展现在作品中。他对人的痛苦心灵的描写，对传统文化和物质主义的怀疑与否定，以及炉火纯青的意识流手法和打破常规的文体语言特色，使其成为西方最有影响力的现代派小说家。

（二）《喧哗与骚动》的叙事艺术

《喧哗与骚动》是威廉·福克纳创作的一部经典意识流小说，展现了逐渐走向没落的旧南方社会和逐渐开始发展的新时代之间的激烈冲突。这部作品以不同人物的口吻讲述南方没落贵族康普生家族的悲剧，并塑造出性格鲜明饱满的人物形象。意识的跳跃性、语言的混乱性为理解这部小说增加难度的同时，也为小说带来了有别于其他小说的真实之感，读者可以在拍摄镜头一样的视角下探索南方贵族之家的没落之谜。《喧哗与骚动》以意识流的形式、多角度的叙事手法以及反复叙事的技巧，展现了一幅美国南方没落贵族康普生家族的生活画卷。

1. "意识流"手法的运用

"意识流"原是一个心理学和哲学术语，最早在 1884 年由美国心理

---

① 李文俊：《福克纳评论集》，中国社会科学出版社，1980，第 255 页。

学家詹姆斯在《论内省心理学所忽略的几个问题》中提出："意识不是以劈成碎片的样子连接在一起的东西。意识以波动的流淌的状态，起伏不定源源不断地把自己呈现出来。"英国小说家梅·辛克莱最先将"意识流"这个名词引进文学来称呼与传统小说大不相同的意识流小说。现实主义作家过分干预人物性格、高度关注外部环境和人物情节的传统模式的创作，逐渐被 20 世纪的作家所摒弃。他们主张直接摹写个人内心的意识流动，并视之为文学表现的最高真实，认为其"或许是最纯粹的自我表现形式"。传统心理小说以有秩序、可理喻的意识为主，辅以无意识或潜意识。而意识流小说着重反映阴暗、混乱、多变的无意识内容。因此意识流小说情节淡化，情节随人的意识流动而发展，故事情节的衔接无时间、空间与逻辑上的必然联系。小说中时间与空间的跨度大、跳跃性强，前后两个场景联系不紧密，充满时空交替的象征暗示，突出表现人物的内心独白和自由联想，以此来反映现实生活中存在的问题。

"小说《喧哗与骚动》书名取自于莎士比亚《麦克白》的第五幕第五场，在这一场中，主人公有一大段独白：'人生不过是一个行走的影子，一个在舞台上指手画脚的拙劣的伶人，登场片刻，就在无声无息中悄然退下；它是一个白痴所讲的故事，充满着喧哗与骚动，却找不到一点意义。'麦克白在梦想破灭、家破人亡时所流露出的绝望、虚无的情绪，与处于没落、解体中的美国南方子弟的心绪在某种程度上是一致的，同时体现了作者'人生如演戏，世界是荒漠'的创作思想。"① 故事发生在 19 世纪末至 20 世纪 20 年代，主角是杰弗生镇上的康普生一家。这个祖上出过一位州长、一位将军的家族曾经显赫一时，黑佣成群。如今却在南北战争战后的萧条与工业化中支离破碎，只剩下一幢破败的宅子，黑佣也只剩下老妇人迪尔西和她的外孙勒斯特。"康普生是一家之长，他身为律师却不务正业，整天沉溺于酗酒和发牢骚中，这种悲观失望的情绪传染给了长子昆丁。康普生太太是个自私孤僻的人，她不关心家庭、儿女，而是每天无病呻吟，念念不忘自己的所谓贵族出身。康普生家有四个子女，除了昆丁以外，还有女儿凯蒂、次子杰生、幼子班吉。"② 整

---

① 高威编著《50 部必读的外国文学经典》，北京工业大学出版社，2006，第 342 页。
② 高威编著《50 部必读的外国文学经典》，北京工业大学出版社，2006，第 341 页。

个故事围绕着这个奄奄一息的种植园贵族家庭展开，描绘了偌大家族缓慢死亡的过程，表达了作者对美国南方世界的悲观态度。《喧哗与骚动》共分为四个部分，四个人物从不同角度分别讲述凯蒂的故事，充分展示了人物的情绪、感受与思想，见证了一个美国南方传统世家大族在资本化、工业化浪潮中挣扎求存，在无可避免地衰颓中不甘地走向败落的宿命。第一部分的叙述者是白痴班吉，他的叙事混乱无序，隐喻地传达了作者的观点，美国南方社会中人们的人生，浑浑噩噩，像一个白痴所讲的故事，充满着喧哗与骚动，却无丝毫意义。班吉是先天性痴呆，他已经 33 岁，仍只有 3 岁儿童的智力，他没有抽象思维能力，更没有时间观念，他只是凭感觉喜欢炉火、牧场和姐姐凯蒂，他成天发出哼哼声。他也只能依靠现实生活中的某种气味或感官上的感觉触发对于往事的记忆，而且只能用哭来表达自己的情绪。白痴班吉在家中连母亲都厌弃他，只有姐姐凯蒂一直以母性的温暖关爱他、照顾他，他也记住了姐姐身上有树的味道。班吉的二哥杰生厌恶班吉，瞒着家人，让班吉做了去势手术，使班吉连作为男人的基本特性都失去了。班吉叙事视角的独特之处在于，他是以一个白痴的意识来感知客观世界的。他丧失了思维能力和交际能力，思维毫无逻辑，缺乏正常思考和认识客观事物的能力，不能以清晰有条理的语言来叙述故事，他的讲述必将是混沌、混乱的，然而他却"是一面道德的镜子"，能真实地反映出一家人的亲情冷暖和道德伦理的丧失，以此来揭示这个美国南方落魄贵族家庭灭亡的必然性。小说中有一段对班吉在姐姐凯蒂的婚礼上喝醉后意识状态的描写。如果单看这段文字，读者会感到晦涩难懂，因为文字之间毫无联系，十分混乱。但仔细阅读分析就会发现文字间暗含的内容。如"地面静不下来"所描写的是班吉喝醉之后的意识状态，因为他喝醉了酒，走路不稳；班吉摔倒后见到了"地面不停地向上倾斜，奶牛都朝山上跑"的奇怪画面；而"奶牛都朝山下跑"则是昆丁将班吉扶起来后他所感受到的画面。这一部分的叙述，词句简单，用词浅显，描绘画面直截了当，揭示了白痴班吉混乱、毫无逻辑的思维意识状态。所以，读者在感到一头雾水的同时，也会被班吉意识下的画面所吸引而继续阅读下去，在如同电影镜头一样的视角下，了解班吉看到的世界。而且从白痴班吉的讲述中，读者可以感受到他在失去姐姐的母性关爱后的痛苦。

小说的第二部分以大儿子昆丁的视角，叙写了昆丁在自杀那天混乱的精神状态。昆丁内心情感丰富且复杂，从他的回忆当中能看到他的痛苦与纠结。昆丁是哈佛大学的学生，将美国南方贵族的传统与规则，如家庭温情、淑女观念作为自己判断对错的人生信条。他极其重视家族荣誉，身上保留了祖先的贵族骄傲，但缺乏胆识和实际能力。他有严重的心理障碍，他的内心充满了对妹妹凯蒂变态的爱，而对凯蒂不能实现的爱又令其产生了一种疯狂的嫉妒，他曾发狂到想要用刀子杀死凯蒂。他无法接受凯蒂失身并与他人结婚的事实，在紧张的回忆、思考、梦呓和潜意识活动中奔突无路。为此，昆丁精神崩溃了，彻底绝望了。他满脑子的死亡意识，在期盼死亡中沉沦，最终跳水自杀。他自杀的前夕，内心备受煎熬，矛盾不已。昆丁的意识流具有跳跃性、快节奏、联想式的特点，这导致昆丁的语言混乱、无条理。在这一部分中，作者运用了大量的内心独白并结合昆丁独有的意识流语体来展现昆丁紧紧抓住美国南方旧传统不放的执念，展现他想要以一个充满勇气的角色来捍卫家族荣耀的内心，真实呈现了人物的精神状态和内心痛苦。小说写道："他最爱的还是死亡，他只爱死亡，一面爱，一面在期待死亡。那是一种从容不迫、几乎病态的期待，犹如一个恋爱着的人一面在期待，一面却又故意抑制着自己去接受他爱人那等待着的、欢迎的、友好的、温柔的、不可思议的肉体。直到有一天他再也不能忍受，倒不是不能忍受那种延宕，而是那种抑制，于是干脆纵身一跃，舍弃一切，向无底的深渊沉沦。"[①]凯蒂是康普生家唯一心智健全的成员，尽管她爱哥哥，但那是一种天然的手足之情，她不能接受昆丁对她的特殊情意，所以她坚持要出嫁，以摆脱昆丁对她的情感约束。《喧哗与骚动》意识流手法的运用富有独创性，与人物精神活动相适应的意识流语体展示了人物理性和感性的意识层面，使小说的故事情节以及人物形象得以生动、真实展现，直白而准确地讲述了人物的内心感受并成功地塑造出了人物形象，突出人物的性格特点，描绘出了康普生家族日渐衰败的生活状况。

2. "多角度"的叙述视角

多角度叙事是现代小说叙事的一种方式，在小说中，福克纳运用视

---

① 〔美〕威廉·福克纳：《喧哗与骚动》，李文俊译，漓江出版社，2015，第324页。

角的转换来对故事情节进行描绘,由多个叙述主体来完成对一个故事的完整叙述,不同叙述主体所陈述的有限内容相互印证、相互补充、相互包容,使故事的发生过程呈现得更为完整,方式更为灵活。法国叙事学家热拉尔·热奈特以"聚焦"代替了"视角",并将之分为零聚焦视角、内聚焦视角与外聚焦视角三类。《喧哗与骚动》中,福克纳采用了多重式聚焦来讲述故事,也就是以不同叙述主体的视角来对同一件事进行描述,最后又以全知全能的外聚焦视角来交代和说明故事。小说分为四个部分,前三个部分以第一人称的视角来叙述,由康普生家三兄弟班吉、昆丁、杰生的内心独白构成叙事,凭借各自的意识感知来叙述所体验到的客观世界,属于内聚焦视角。第四部分以黑人女佣迪尔西的口吻来对故事进行叙述,属于外聚焦的叙述方法。

小说开篇便以白痴班吉的视角来展现康普生一家的生活状态以及幼年时凯蒂与家人之间的关系。班吉视角的特别之处在于叙述者班吉是一个白痴,他思维混乱,语言毫无逻辑,作者正是通过班吉混沌的思绪和毫无逻辑的语言来对一个个场景进行回顾的。姐姐凯蒂在班吉的回忆中占有很大比重,小说中有这样一段对话描写。"我闻到一股树叶香气,那是凯蒂身上散发出来的。'你是在等凯蒂回来,是吧。迪尔西,你是怎么看着他的,看他两只手冻得都成什么样子了。'……她一边搓着我的手,一边说:'是有什么要告诉凯蒂的吗,是什么?'……凯蒂说:'后天就是圣诞节了,班吉,圣诞老人,我的圣诞老人。走,咱们跑回家去,家里暖和。'"① 在班吉的意识当中,凯蒂是一个细心温暖、关爱家人、纯洁美好的女孩。她不会嫌弃自己的弟弟是一个白痴,不会像母亲那般对班吉冷言冷语、百般嘲讽,她没有任何嫌弃、憎恶的情绪。小说中多次提到树叶的香味,在这里,树叶的香味代表着凯蒂身上所有美好的一切——纯洁、温暖、善良。在班吉的心中,凯蒂就是这样美好的人,但后来班吉再也不能闻到凯蒂身上的树叶的香味,作者以此表示凯蒂的堕落。

第二部分中,作者以长子昆丁的视角对凯蒂进行描写。在昆丁的叙述中凯蒂已经成年,这段叙述展现了凯蒂人生的转折点——堕落时期。

---

① 〔美〕威廉·福克纳:《喧哗与骚动》,李文俊译,漓江出版社,2013,第6页。

昆丁是一个紧紧抓住美国南方家族旧传统不放的人，他重视家族荣誉，看重家族的兴盛。在昆丁的世界中，凯蒂的贞洁与名誉是最重要的，这就导致在凯蒂失贞之后他对凯蒂产生了爱恨交加的复杂情感。昆丁内心深处的童年凯蒂是受他保护的、纯洁美好的妹妹，但成年后的妹妹却已经是一个自甘堕落、使家族蒙羞的女人。

第三部分以杰生的口吻来讲述。杰生是个银行职员，是贵族世家里的"斯诺普斯分子"，在他身上集中体现了种植园主的野蛮残忍和资产者的自私与卑鄙。凯蒂的失身使他失去银行职员的差事，于是他想尽办法折磨自己的姐姐，虐待她的私生女小昆丁。杰生为了报复姐姐，竟无情地敲诈她。凯蒂想回娘家看看自己的女儿，杰生要她为此支付一大笔钱，并承诺自己会驾着马车，带着小昆丁上街，让道旁等候的凯蒂能看到女儿。可是当马车驶过街道时，杰生快马加鞭，让马车在凯蒂身旁一晃而过，不让凯蒂看清楚女儿。凯蒂跟在马车后面，撕心裂肺地呼喊，杰生只当没听见。他以此为乐，心里对自己说："这下子你可知道我的厉害了。"作为一个在资本主义影响下成长起来的人，杰生自私自利、唯利是图。作者正是通过杰生这一形象展示了美国南方传统与资本主义的冲突。从杰生的叙述中可以看到，代表美国南方旧社会、旧道德、旧思想的母亲与昆丁、将死者班吉与代表美国南方旧社会反叛者的凯蒂，这些人都与代表着美国南方新社会资本主义的杰生存在矛盾冲突。在杰生的眼里，凯蒂不能算是他的姐妹，凯蒂只是他利益的交换者，是一个使自己失去工作令人憎恶的疯女人。所以在杰生的视角下，读者可以看到婚后惨遭抛弃的凯蒂不得与女儿相见、无家可归的惨状。至此，凯蒂的形象逐渐饱满了起来，成年的凯蒂与童年时期的凯蒂形象形成鲜明的对比。在多角度的叙述之下，凯蒂的人物形象得以多方位的展现。小说成功地塑造了一个典型的女性形象，凯蒂如同一朵带刺的玫瑰，美丽张扬却又带有一种枯萎陨落的色彩。善良是她的本性，美丽却是她的缺陷，反抗是她的手段，而陨落则是她的宿命。小说正是以这样一个矛盾的人物形象，在多个角度之下，展现了美国南方传统观念对女性身体和心理的双重束缚与摧残。通过三兄弟在各自视角下对故事的叙述，我们了解到多角度叙事手法的运用对小说情节呈现和人物形象塑造所起到的重要作用。

第四部分以黑人女佣迪尔西冷静客观的第三人称视角结束了对康普

生一家的故事的讲述。黑人女佣迪尔西，忠诚、仁爱、忍耐、有毅力，她是小说中唯一的"健康者"，因此她的叙述是可靠叙述，不仅补充说明了前三部分没有交代清楚的情节，还讲述了故事的结局，可以使读者对整个故事做出更加客观而公正的评价。迪尔西冷静的全知叙述，简洁而精练，也是对康普生家族的另一视角的解读。内战的爆发动摇了以种植园经济为主的美国南方社会的经济基础，更摧毁了南方人的家园与和平。这使一些家族日渐没落，光辉不复往日，其中就包括康普生家族。社会与文化的改变不仅仅影响着人们的生活，更冲击着人们的精神和心理。在迪尔西上帝一般的视角下，康普生一家人的生活状态和心理状态以一个客观的角度呈现出来，人物性格的特点也丰满起来。康普生家族的人几乎都是精神异常的变态人物，用康普生太太的话来说就是"康普生一家都是疯疯癫癫的"。康普生认为他们"在痛苦中诞生，在疾病中长大，在腐朽中死去"，他自己也酗酒成性，败家而死。康普生太太是一个精神不健全的妇人，是永远活在大小姐回忆中的避世者。她成天无病呻吟，用她的病来折磨人、要挟人，使全家不得安宁，同时她自私、冷酷、不负责任。没有哪个孩子在她那里获得过应有的温暖，她在家中仅仅是一个不断抱怨着的虚无符号。康普生太太怀着所谓娘家的"骄傲"，甚至对自己的亲生子班吉嗤之以鼻，视若仇人。杰生对凯蒂的痛恨以及对小昆丁的虐待则很明显地体现出他自私自利的性格特点与扭曲的心理状态。迪尔西是这个家中不一样的存在，她的敦厚隐忍与家中的其他人形成了鲜明的对比，就像小说第四部分中对她的比喻：雨中的母牛，敦厚、隐忍、忠诚。作为康普生家族由兴转衰的目睹者，她忠诚地为这个家族工作着，不离不弃，将她的一生奉献给了日渐衰落的康普生家族。这一部分的叙述联系了小说的前三个部分，起到了补充说明并平衡小说结构的作用，将顺了人物关系，使小说结构具有整体性、一致性。

《喧哗与骚动》运用了多重人物视角的意识流叙事，又将之与象征隐喻、对位式结构有机地结合在一起。凯蒂的堕落意味着美国南方传统和贵族精神的没落。班吉的痴呆，象征着贵族世家的迷乱与衰败。父母、兄弟、姐妹、佣人对待班吉的方式，直接印证了南北战争之后美国南方社会体系崩溃的必然结果。昆丁是家族没落命运的抗争者，"昆丁"意味着"勇气"，为了父辈祖辈的荣耀，他尝试用各种方法保卫家族的名誉，守护凯蒂的"贞洁"，维持破碎的家庭关系。然而，昆丁所有的努力在畏惧中一次次化为乌有，他最终精疲力竭，长眠于水底。杰生抛弃了传统的价值观念，以金钱为信仰，沦为美国北方资产阶级的仆从。至此，康普生家族再也无力拯救自身的命运了。福克纳以一个家族的兴衰来反映当时历史发展的潮流，让人们看到了工业文明带给美国南方的不仅仅是奴隶的解放，还有工业文明造成的一系列的弊端，人们为了追逐名利变得疯狂、野蛮、道德沦丧。让人们了解到当时美国南方甚至整个美国在工业文明带来巨大便利的同时，也有许多的阴影。相较于作品的叙述由作者一个人完成，多角度的叙述方式则显得更加真实可信。事件的不同见证人都进行了各自的叙述，他们各自持有的不同观点、态度与情感让读者看到了人物与事件的多面性，使小说情节、人物形象全方位清晰地呈现出来。多角度的叙述方式将康普生家族所发生的一桩桩事件串联起来完整地呈现在读者的眼前。

3. 反复叙事

纵观整部小说，作者其实采用了五个不同角度进行叙事。小说前三个部分由康普生三兄弟进行叙述，另外两个部分是由迪尔西的叙述和小说的附录组成的，这五个部分共同围绕康普生家族的衰败展开叙述。作者对在这部小说的创作过程中选取班吉这样一个智力有障碍的人物角度来进行故事的叙述有着独特的见解。福克纳认为，一个故事由一个只知其然而不知其所以然的人说出来，也许会更加动人。作者从智力上有障碍的班吉的视角来对康普生家族的每个人进行透视，这是一种较为真实的、客观的角度。白痴班吉拥有孩童的天真，他的天真纯净如同一面镜子，真实地反映出康普生家族中每个人的面貌和内心，如自私冷漠的康普生夫人、温暖善良的凯蒂姐姐。在班吉的视角下，读者可以看到小说中各个人物性格中最为原始的一面。当福克纳以班吉的角度将康普生家族发生的事情描写过一遍之后，他又认为，仅仅从一个人的角度进行讲述难以将一个日渐衰败的大家族的全貌完整地展现出来，因此他将一个故事以性格、观念、身份完全不同的四个人的口吻叙述了多遍。故事的第二遍讲述是由昆丁来完成的。作者以精神错乱并处于自杀前夕的昆丁的视角再一次透视康普生家族，将重视凯蒂贞洁的昆丁未能阻止凯蒂堕落的无力感展现得淋漓尽致，从而说明了昆丁在追求美国南方家族旧传统方面的执拗与康普生家族衰败局面的不可挽回。故事的第三遍叙述，作者选择了从杰生的角度来写，在杰生这样一个冷漠自私、偏执贪婪的人物的视角下，人们看到了美国南方旧传统与资本主义激烈的矛盾冲突，也更加确定了安逸富足的生活已经成为过去，而康普生家族往日的荣耀早已消逝。亦如迪尔西祷告时获得的启示："我看到了始，也看到了终。"故事的第四遍作者选择了康普生家的佣人——迪尔西来进行讲述。这是一个很特别的角度，但她的身份的确是很独特的——黑人女佣。种族的差别、工作的不同都注定迪尔西的叙述会更加客观与冷静，可以说这一部分的叙述是对前三个部分的补充与总结。所以从迪尔西所叙述的这一部分开始，小说情节的脉络逐渐清晰了起来，使读者有豁然开朗的感觉。第四部分的叙述捋顺了前三个部分叙述上的歧义之处，解释了智力上、精神上、心理上不健全的叙述者叙述时所产生的歧义，是起到全书支撑作用的重要部分，再加上第五部分附录中作者的补叙，使康普生家族几百年来发生的事情形成一个比较清晰的整体脉络，读者能够完整地了解事件发生的经过与人物的性格特点。开头结尾两次提到班吉陷入了或纷乱或空白的幻梦之中，正是为了点题："痴人说梦"和"喧哗与骚动"。

　　《喧哗与骚动》通过人物意识的流动来对康普生家族的每一个人以及生活场景进行回忆，将叙述者内心最深处的记忆和感受以最直接的方式呈现出来，增强了小说的层次感。与此同时，福克纳还创造性地将多角度叙事与反复叙事相结合，围绕同一个中心以不同人的口吻讲述了五遍，使人物关系与故事情节的发展逐渐明晰起来。以灵活多变的叙述视角对美国南方古老家族的悲惨命运进行多维透视，通过不同的叙事者以各自不同的情感和视角观察和叙述故事，全方位地展示了美国南方贵族没落衰亡这一主题。福克纳对叙事艺术的创新与巧妙运用，为小说带来了别样的色彩。在充满喧哗与骚动的文学世界中，这部小说的存在有着独一无二的意义。

四　欧内斯特·米勒·海明威与《老人与海》

（一）欧内斯特·米勒·海明威：永不言败

欧内斯特·米勒·海明威（Emest Miller Hemingwag，1899-1961）是20世纪美国文坛上极具个性魅力的现代主义作家，他传奇性的生平经历、雄狮野牛般的硬汉性格、对人生独特的理解和思考，使他成为"迷惘的一代"作家中的代表人物。1954年，"由于他对小说艺术的精通、运用——这一点在他的近作《老人与海》中表现无遗，同时亦由于他对当代文坛之影响"，海明威荣获该年度诺贝尔文学奖。①

1899年7月21日，海明威出生于美国伊利诺伊州芝加哥附近的小镇。在酷爱打猎、捕鱼的父亲的影响下，海明威幼时就展现出自身独特的爱好，他从小喜欢钓鱼、骑马、滑雪、打猎、打垒球，3岁他就有了属于自己的钓鱼竿，10岁有了自己的猎枪。他喜欢斗牛，并亲身上过斗牛场；喜欢拳击，眼睛还因此受伤。广泛的兴趣爱好塑造了他处处好强、事事拔尖、不当第一绝不罢休的强硬性格。或许正是因为海明威童年时期的兴趣爱好，让他对大自然也怀有热爱。

1913~1917年，高中时期的海明威在学业、体育方面成绩突出，英语学习的天赋极佳。最令人佩服的是，海明威在初中的时候就为文学报社撰写文章，在高中期间更是当上了学报的编辑，这为他日后的写作打下了基础，他也学习到了很多写作经验。在写作期间，海明威有时会使用"Ring Lardner Jr."这个笔名进行写作，他使用这个笔名是为了纪念他最崇拜的文学英雄拉德纳（Ring Lardner）。中学毕业后，18岁的海明威就开始在《星报》当实习记者。这家报社对新闻的独特要求，诸如"用短句""头一段要短""用生动活泼的语言"等使海明威受到最初的文字训练。1918年，第一次世界大战期间，想切身了解战况的海明威不

---

① 曾建华：《文坛群星——诺贝尔文学奖史话》，海南出版社，1993，第130页。

顾父亲反对辞去记者工作报名参军。但是由于视力方面存在缺陷，海明威体检不合格，被调到红十字会救伤队，去做一名救护车司机，并以志愿救护员的身份奔赴意大利前线。19 岁时，他在前往意大利战场的途中，遇到了德军的轰炸而被迫逗留在巴黎，海明威没有选择去一个安全的地方待着，反而选择尽量靠近战场。在此期间，海明威不仅目睹了战争的残酷，而且感受到战争给人们带来的身心创伤难以疗愈。1918 年 7 月 8 日，海明威在输送补给品途中不幸受伤，但他依旧带伤救人，也因此获得了意大利政府颁发的银质勇敢勋章。归国后，由于体内残留 200 多个弹片，海明威多次手术后才得以康复。康复后的他依旧心系战场，多次去发生动乱的欧洲国家采访。此后，海明威到米兰的一个美国红十字会工作，在此得到了一些创作灵感，并创作了早期小说《永别了，武器》等。海明威将自身作为文本人物原型，尽量还原真实，使小说呈现自身"本色"。

1926 年，海明威出版了《太阳照常升起》这部"迷惘的一代"的开山之作。主人公杰克·巴恩斯是一名美国青年，他在第一次世界大战中受了重伤，侨居法国后当了记者，由于精神空虚就去追逐一名英国籍女子，他们一起来到比利牛斯山区以钓鱼、狩猎的方式消磨生命。后来在观看一次疯狂的斗牛表演时，巴恩斯醒悟过来："只有不怕死的精神才是世界上最伟大的力量，才是永恒的人生，也是太阳升起的地方。"[1]《太阳照常升起》以参加第一次世界大战之后流落在巴黎街头的美国青年们的无聊苦闷生活为题材，刻画了当时对社会和个人的出路抱着悲哀和失望的青年一代的形象，海明威将侨居巴黎的美国女诗人格特鲁德·斯坦的"你们全是迷惘的一代"的话用作该书的题词，于是"迷惘的一代"便成了那些找不到出路的青年人的总称，并逐渐演变为一个文学流派，而海明威也因此成为"迷惘的一代"的代表作家。[2] 他带着怀疑否定的态度去描写战争与恐怖、幻灭与冷漠。出于对战争的反思，他这一时期的创作呈现出独特的悲壮色彩。1928 年，海明威离开繁华喧闹的巴黎，开始自己宁静的田园生活。1932 年，海明威的《午后之死》一经出版就

① 刘斌、邱胜编著《诺贝尔文学奖获奖者的故事》，金盾出版社，2017，第 319 页。
② 曾建华：《文坛群星——诺贝尔文学奖史话》，海南出版社，1993，第 130 页。

以其简洁精练的语言风格深深地打动了读者。1933 年秋天，海明威到了非洲，根据他在非洲的所见所感，创作出《非洲的青山》《乞力马扎罗山的雪》等。20 世纪 30 年代前半期，海明威多次到非洲进行狩猎旅行、到西班牙观看斗牛比赛，他被超强的力量、激烈搏斗后的死亡力量所折服，进而歌颂强力与死亡成为他此阶段作品的主题。

1937~1938 年，海明威作为一名战地记者来到西班牙内战战场的前线，随军的经历对其生活态度和创作风格产生了重大影响。1940 年，海明威与第二任妻子宝琳·费孚离婚，同年他发表了反法西斯主义的长篇小说《丧钟为谁而鸣》。1941 年海明威到亚洲采访，拜访了蒋介石和周恩来。1942 年，太平洋战争爆发之后，海明威驾驶自己的渔船"皮拉尔"号侦查德国潜艇的行动，为美国海军提供了很多情报。1948 年，海明威与第三任妻子玛莎离婚并与战时通讯记者玛丽结婚。海明威一生多次因战争、狩猎、飞机失事而受伤，被大火烧过脸，出过三次车祸，在车祸中摔断过腿，仅脑震荡就有十几次，他还患有严重的躁郁症，在电击治疗中丧失了一部分记忆。海明威一生虽多次与死神擦肩而过，但依旧乐观。1954 年他在非洲森林里狩猎时经历了两次飞机失事，劫后余生的他还在医院里津津有味地阅读悼念自己的文章。同年，海明威的《老人与海》荣获诺贝尔文学奖，但由于伤势未愈，他只能在古巴的疗养院里为此致答谢词。《老人与海》的创作与海明威的思想、经历和当时的社会背景有着密切的联系。海明威笔下的硬汉形象是他自身的写照，他骨子里就蕴含着不服输的精神，同时他还喜欢滑雪、喝酒、打猎、拳击、捕鱼，这些爱好使他成为一位风格独特的作家。"人尽可以被毁灭，但是不会被打败"，这就是他的至理名言。海明威晚年逐渐陷入身体不佳、才思枯竭的窘境，自传性作品《流动的圣餐》的创作也陷入僵局。海明威认为，一个真正的人如果完成了一项伟大事业，那便会永垂不朽。海明威是个渴望行动的人，当在疾病折磨下，身体的机能衰退到再也无法行动时，他最后的选择就是直面自己的困境，果敢地结束自己的生命，同他的祖父、父亲一样选择自杀。1961 年 7 月 2 日清晨，他的妻子还在楼下问他一首老歌的歌词，突然一声枪响，62 岁的海明威用猎枪为自己的生命画上句号。海明威的自杀方式和其他作家相比也是充满行动和个性的，伍尔夫投河、杰克·伦敦服毒、茨威格打开煤气自杀，海明威则将他心爱的猎枪伸到嘴里，同时扣动两个扳机，结束自己的生命。他最后用自杀的方式实践了他自己的诺言，即把死亡当作一种美的事物来接受，永远地将自己定格在"人尽可以被毁灭，但是不会被打败"的硬汉的一面。

（二）《老人与海》：摧毁与坚强

海明威于1951年创作的中篇小说《老人与海》于次年出版面世。海明威以古巴的小镇为背景依托，通过叙述古巴老渔夫桑提亚哥出海打鱼的艰难历程，向人们展示了人类顽强拼搏的英雄精神。小说的主人公是一位渔民，年轻时曾是捕鱼好手的他如今被厄运笼罩，一连84天没有打到鱼，但年老的他不肯向坏运气服输，他要到深海去钓一条大鱼。在大海的深处经过两天艰苦的奋斗，在各种危险的情境中，桑提亚哥终于制服了一条比他的小船还要大的大马林鱼。可在回去的路上，这条大马林鱼又遭到鲨鱼的抢夺，老人奋力与鲨鱼搏击，还是没有保住自己的鱼，只能孤独地带着大马林鱼的骨架返航。夜晚梦中，他不仅忘记了残酷的现实，还再次梦到了非洲的狮子。《老人与海》作为一部励志小说，最著名的一句话是"人不是生来要给打败的"，他说："人尽可以被毁灭，但是不会被打败。"① 老人桑提亚哥与命运相搏的抗争过程，也传达出人与自然应该和谐相处，以及人类与海洋生物的生命平等意识，同时传递出现代工业文明的发展带给传统文明的冲击。

1. 一个人的辉煌就是孤独

主人公桑提亚哥既不高大也不威武，他是一个年老、背时、贫穷的古巴老渔民。他出海捕鱼84天一无所获，这样的惨况让人们选择不再和他一起结伴出海。老人是孤独的，从他对男孩马诺林的怜爱中，读者可以感受到他内心深处其实也是期待陪伴的，如老人不忍心在凌晨叫醒小男孩，便轻轻握住他的脚等待他醒来；老人在海上时三番五次地说"要是那孩子在就好了"。从这些细节中，我们可以感受到老人的孤单落寞，但是孤独的心灵并非缺少勇敢。"两边脸上长着褐斑，那是太阳在热带海

---

① 〔美〕欧内斯特·海明威：《老人与海》，孔致礼、周晔译，浙江教育出版社，2018，第61页。

面上的反光晒成的良性皮肤瘤。褐斑顺着两腮蔓延下去，由于常用绳索拉大鱼，他的两手都留下了很深的伤疤。"[①] 这一段外貌描写，可以让读者领略到老人在积年累月的出海打鱼中形成的衰老但依然硬朗的硬汉形象。除了外在的硬汉形象，桑提亚哥也同样拥有"硬汉"心理。当男孩马诺林要与他买彩票时，他说，他也可以借到钱，但是他不愿意借。因为第一步是借钱，下一步就会是讨饭了。从这里可以感受到老人虽年迈贫穷，但是却有很强的自尊心，依然为自己能够独立生存而感到骄傲。桑提亚哥顽强不屈、孤独自尊的性格背后，是一个"硬汉"与温柔并存的老人，每当老人与孩子相处时，眼睛里总是充满柔情。老人在捕鱼的过程中，也会以"人与鱼平等"的意识对待大鱼，将大鱼视作兄弟。小说中多次提到"我的兄弟"，即使为了捕捉大马林鱼而与它搏斗的时候，老人也在说"真是对不起，我的兄弟"。这体现了老人把大鱼看作自然界当中的另一种生命，在老人眼中，无论哪种生命都值得被尊重，被善待。甚至老人行驶在大海上时，对属于征服对象的大海也充满惺惺相惜和相互依存的温柔之情。这些细节展现了老人人道主义的世界观，自然界中的每一种生命都是食物链当中的一员，其为了生存而互相残杀，这让人无奈又悲伤，但是自然界中一切生命体都有其存在的价值，都值得人类尊敬。老人在连续 84 天打不到鱼的厄运笼罩下，完全陷入孤立无援的境地，但是他并没有向厄运低头，他决定第二天一个人到深海去打一条大鱼，因为他相信他自己。

2. 如何在压力下优雅地生存

老人拼尽残年余力与大鲨鱼搏斗，最终收获的仅是一副巨大的大马林鱼骨架。老人究竟是胜利了还是失败了？他的人生到底是悲剧还是喜剧？这都要从作者海明威的人生观念来理解。少年时代的海明威喜欢和父亲一起去登山、打猎、捕鱼，在对大自然的亲近与征服中形成了坚强好胜的性格，他处处要强、事事拔尖，不争第一决不罢休。可以说，少年时的海明威对人生有一种十分自信的乐观，然而一次特殊的经历促使他的内心发生了转变。有一次，海明威跟随父亲到印第安人居住地出诊，

---

① 〔美〕欧内斯特·海明威：《老人与海》，孔致礼、周晔译，浙江教育出版社，2018，第5页。

他偶然目睹了一条蛇捕食、吞咽了一只比它粗一倍的蜥蜴，而那被吞食的蜥蜴还在蛇腹里活生生地乱跳。这一"生存竞争"的惨烈画面，深深触动了海明威的心灵，常常迫使他去思考人与人生、生存与死亡这样的哲学话题。历尽千帆后，海明威得出一个定义：人生就是一场悲剧，而每个人都在其中孤军奋战，且注定要失败，但一个坚强勇敢的人，决不甘于在这场悲剧中无所作为。海明威作品中塑造的一系列形象都有共通之处，即拥有旺盛的精力、充沛的体力、顽强的意志，也许他们在生活中不总是以胜利者的身份出场，但他们却能在逆境中保持自己的尊严，可以直面生活的惨淡与一切不公，成为精神层面上的强者。如《打不败的人》中的老斗牛士，为捍卫昔日的荣誉，他迸发出与他这个年龄不相符的强大力量，在斗牛场上捍卫了自己"打不败"的光荣称号。这些蔑视挫折、蔑视失败、蔑视痛苦、蔑视死亡，在迷惘中抗争的人物形象，就组成了海明威笔下的"硬汉"世界，海明威自己也是这样的硬汉。历经两次世界大战的他一度陷入迷惘之中，深刻地感到人类长久以来推崇的英雄主义精神在这个时代显得那样的苍白无力。这是一个没有英雄的时代，没有人可以像阿喀琉斯那样英勇无敌，也没人可以像贝奥武甫那样降妖除魔，因此具有强烈英雄意识的海明威，也就非常痛苦地认识到，他和他笔下的"硬汉"很难在这个时代取得真正的胜利。但他还是将自己笔下的人物置身于常人难以想象的凶险、失败、暴力甚至死亡的威胁中，要求他们以"硬汉"的精神去藐视它们，保持人的尊严和勇气，获得一种精神上的胜利。

桑提亚哥是海明威笔下一个凝聚其人生观的典型"硬汉"形象。深海捕鱼是整个作品的中心事件，桑提亚哥为反抗连续84天捕不到鱼的厄运，独自一人冒着生命危险在深海钓到一条大马林鱼，这个战利品却在返程途中被鲨鱼群分食，最后他只带着大马林鱼的骨架返航。从现实物质的角度来说，老人是一个失败者。老人捕鱼是带有物质功利性的，当他捕到大马林鱼时，就开始对自己的收获估价。最初遭遇鲨鱼时，他也为自己的经济损失感到心痛。但随着接连不断的鲨鱼群的到来，老人化身为不肯服输的勇士，一心只想着杀死这些来犯的鲨鱼。这时的老人已然超脱渔民的身份，成为人类与邪恶势力斗争的象征。老人与海、鱼的较量谱写了一曲人类与自然、与命运抗争的壮歌。在这场较量中，老人虽然没有保住自己作为渔民打下的大鱼（只留下一副鱼的骨架），但却在对待失败的风度上取得了精神上的胜利。作品中鲨鱼的凶狠、残暴与桑提亚哥的沉着、冷静对比呈现，使得老人在这场无声的人与自然的搏斗中迸发出夺目的光彩。桑提亚哥独自一人深海捕鱼，在变化莫测、浩瀚无边的大海中，他随时都可能遇到危险，死亡如影随形。他每次都觉得自己快要垮了。"我搞不懂。不过我还要再试一次。'我还要再试一次。'老人许诺说，尽管这时他的双手已经软弱无力，眼睛只能一闪一闪地看清东西。他忍住一切疼痛，拿出剩余的力气和早已失去的自尊，用来对付那鱼的痛苦挣扎。"① 年老体弱的桑提亚哥忍受着孤独、饥饿和痛苦，在茫茫大海上与残酷的大海搏斗，凭借身上的硬汉精神，凭借勇于超越生命极限的信念，在维护人应有的尊严的同时战胜并超越了死亡。"疼痛对男子汉来说算不了什么。"② "人不是生来要给打败的"，"人尽可以被毁灭，但是不会被打败"③。这打不败的东西就是人的尊严，只有它的力量才是无穷的！人在物质上失败了，不等于在精神上也失败；一个人可以在物质上被消灭，但绝对不能在精神上被打败。从这个意义上说，桑提亚哥表现了一种永不屈服的精神，捍卫了人类的尊严，获得了豪迈的人格力量，是一个精神英雄。一直到故事的最后，老人都觉得自己失败了，尽管他有过最初的胜利。老人十分明白自己的力量有限，甚至怀疑过自己究竟是不是一个优秀的渔夫。做了一辈子渔夫，他到底适不适合做渔夫？他究竟是为什么要当一个渔夫呢？最后他这样想着，我不是一名好渔夫，可是这有什么关系，我生来就是为了做一名渔夫。他所埋怨的只是自己出海太远。在鲨鱼吃掉大马林鱼的时候，老人对大马林鱼说："半条鱼，你原来是完整的，我很抱歉。我出海太远了，我把你和我都毁了。"出海太远，看起来只是一种自责，但是在这段意味深长的话背后，老人还说过："我们杀死了不少鲨鱼，你和我一起，还打伤了好多条。你

---

①　〔美〕欧内斯特·海明威：《老人与海》，孔致礼、周晔译，浙江教育出版社，2018，第55页。

②　〔美〕欧内斯特·海明威：《老人与海》，孔致礼、周晔译，浙江教育出版社，2018，第50页。

③　〔美〕欧内斯特·海明威：《老人与海》，孔致礼、周晔译，浙江教育出版社，2018，第61页。

杀死过多少啊,老鱼?你头上那只长嘴可不是白长的。"① 这句话既是对老人自己说的,也是对大马林鱼说的。尽管他凭着一鼓作气的冒险精神将自己置于最危险的境地,可是战斗本身已经足够令人骄傲,哪怕为此他用尽了所有的力量。他对鲨鱼说:"把我害死吧,我不在乎谁害死谁。"对于老人而言,与一个崇高的敌人战斗至死足以抵消对死亡的恐惧。现在,战斗已经结束,老人向往的是家里那张舒舒服服的床,能够让他好好休息。此时的老人已不在乎失败的结果,他遵循意志的力量,付出了他所能付出的全部,因此连失败也是轻松快乐的。"人尽可以被毁灭,但是不会被打败。"老人的这句话有种永不服输的意味,同时他也在说,如果一个人能付出他所能付出的全部,超越自我的限制与薄弱的意志,那么最后的失败也就不成为失败,它将是光荣的、自足的。海德格尔曾经这样评价亚历山大:"他出生了,劳作了,死了。"故事的结尾,在大路的另一头,老人在自己的窝棚里沉睡,做着美梦。那个他喜爱的孩子还依旧守在身边,也许这便是一个人能够拥有的最好的人生。

老人桑提亚哥是不服输的、倔强的,他在与鱼搏斗的全程从未想过放弃,他相信人定胜天。他掌握着熟练的捕鱼技巧,深知鱼的生活习惯,认为自己一定能够捕到大鱼,为此不惜冒险向深海驶去。即使最后捕到的大鱼只剩下鱼骨架,他也选择将其拖回岸上。小说中多次提到桑提亚哥捕鱼用的工具,即鱼叉和吊索,甚至还有划船的船桨,但是在凌晨出海时,海上却传来旁边的渔民使用的汽船的声音。或许这就是老人最后失败的原因——现代工业文明已经逐渐取代了古老的捕鱼方式,但是桑提亚哥却一直还在用年迈的身躯操作着最古老的捕鱼方式。桑提亚哥作为抽象人类的象征,也代表人类的勇气和力量,他同大马林鱼一次次周旋,同鲨鱼一次次搏斗,最终只能带着大马林鱼骨架返回,喻示了人类无可逃避的悲剧性命运。古巴老人就像古希腊神话中的西西弗一样,明知徒劳无果,还是一次次地推石上山。西西弗推石上山是没有希望的工作,桑提亚哥同鲨鱼搏斗也是徒劳的抗争,但是人类的伟大正在于这永不停止的反抗。在整个过程中,大海代表着大自然的力量,老人代表着

---

① 〔美〕欧内斯特·海明威:《老人与海》,孔致礼、周晔译,浙江教育出版社,2018,第 68 页。

不服输的战斗精神，即使最后失败，但是只要争取过、拼搏过，就是胜利者。这种拼搏精神在当代社会也有着重要的意义。伴随着社会的高速发展，巨大的物质与精神压力也呼啸而至，但是生活总是要向阳而生，现代人应该像《老人与海》当中的主人公桑提亚哥一样，在心中秉持着不服输的拼搏精神，努力去争取自己想要的生活，赢得自己心中的梦想。小说的结尾，再一次明确桑提亚哥的硬汉性格，在遭受了那么多磨难之后，他能依旧满怀信心地梦见狮子，而狮子正是力量、勇敢和不可战胜的象征。人生也许是痛苦的，人在孤军奋战中总会被命运捉弄，但人在失败面前不能失去作为人的尊严，即使注定要失败，人也应该有勇气从头再来。《老人与海》表现了一种现代社会缺少的、无法用金钱来衡量的东西，这便是人类永不屈服的内在精神气质：重压下的优雅风度、在一切摧毁性力量面前的坚强。

　　3. "冰山原则"的美学精神

　　海明威曾在《午后之死》中提出："如果一位散文作家对于他想写的东西心中有数，那么他可以省略他所知道的东西，读者呢，只要作者写的真实，会强烈地感觉到他所省略的地方，好像作者已经写了出来。"① 冰山在海里移动很庄严宏伟，这是因为它只有八分之一露出了水面。这就是著名的"冰山原则"。也就是说，读者可以通过所见到的八分之一想象出作者想要表达的剩余八分之七。海明威在应用这一理论创作的经典作品《老人与海》中使用了大量的象征、隐喻等手法，将传统文学创作所重视的主题思想、人物情感等重要因素转化为抽象的存在，变为隐藏的八分之七的部分，并将事件过程、行动细节具体化地突显成为水面上的八分之一的部分。读者可以通过具有象征意义的八分之一来理解水面下的八分之七。如小说中反复出现的非洲狮子的意象，隐喻着作者意欲传达的美国文化精神。《老人与海》的表层叙事结构是"出海—打鱼—归来"，讲述了一个悲剧性的冒险故事。一个古巴老渔人，为反抗84天打不到鱼的厄运，在一种职业自豪感的支撑下，冒险远航，在深海打到了一条大马林鱼，结果历尽艰辛只带了一具大马林鱼的骨架返

---

　　① 李华丽：《冰山原则与汉诗英译——以李商隐的一首无题诗英译为例》《赤峰学院学报》（汉文哲学社会科学版）2011 年第 1 期。

航。这里的海洋象征着充满险恶的人类社会或不可预测的人生；大马林鱼象征人类奋力追寻的目标；鲨鱼代表着阻碍人实现理想欲求的异己邪恶势力或无法摆脱的厄运；狮子象征着力量、勇气与征服；老人桑提亚哥则是哲理化的人类代表，有着高度精神力量。因此，《老人与海》的深层叙事结构是"追逐—获得—失去"。故事内容非常简单，意蕴却十分丰富，可以将它看作一个寓言故事。它通过老人桑提亚哥在失败、灾难、死亡面前的优雅风度与姿态，表现出人类不可征服的尊严和勇气。就作品整体而言，《老人与海》揭示了人类的现实处境，人生注定是一场悲剧，重要的是你将如何面对。桑提亚哥是一个经典的硬汉形象，他诠释了海明威所赞赏的永不言败的精神力量。漫长的人生就像桑提亚哥在海洋中的旅途，会遇到很多挫折，但是心中始终要有一种信念，那便是作品当中桑提亚哥的名言："人尽可以被毁灭，但是不会被打败。"海明威的硬汉精神是美利坚民族的精神丰碑，桑提亚哥与命运顽强抗争的精神鼓舞着人们，他遇到困难时沉着冷静的处事态度也深深地感染着处在浮躁社会当中的人们。老渔夫的形象带着海明威的影子，其思想和无畏的精神也是海明威精神的写照。海明威也因此获得诺贝尔文学奖，成就了创作的巅峰，但几年后，秉持着"人尽可以被毁灭，但是不会被打败"的海明威选择用生命诠释自己的信念和追求。

五　阿尔贝·加缪与《西西弗神话》

（一）阿尔贝·加缪：荒诞世界的反抗者

阿尔贝·加缪（Albert Camus，1913—1960），是法国 20 世纪著名存在主义哲学家、优秀的存在主义戏剧家和散文评论家，与萨特、梅洛-庞蒂等哲学家齐名。1957 年，加缪"作为一个艺术家和道德家，通过一个存在主义者对世界荒诞性的透视，形象地体现了现代人的道德良知，戏剧性地表现了自由、正义和死亡等有关人类存在的最基本的问题"[①]，并因此荣获诺贝尔文学奖。加缪的一生经历过战争、贫穷、疾病、孤独与意外，他似乎见证着世界的荒诞与人类的苦痛。1913 年，加缪出生在法属殖民地阿尔及利亚的蒙多维城郊的一个社会底层家庭中。加缪的父亲被迫参加了第一次世界大战，在与德国的作战中不幸丧生。加缪的母亲因丧夫之痛悲恸不已，后由于惊惧过度而完全失聪。此时的加缪还不到一岁，与母亲、哥哥不得不寄居在北非阿尔及利亚的外祖母的贫民窟中，因此段人生经历，加缪日后常被人轻蔑地称为"黑脚的法国人"。但从小在战火交加、困苦不堪的阿尔及利亚地区成长的加缪，因对阿尔及利亚地区的自然风光怀有深切的热爱，对贫穷、善良的阿尔及利亚人充满了温情，而自称为"地中海的儿子"。加缪在十七岁时，不幸感染了肺结核，疾病的痛苦、死亡的威胁，令他开始对人的命运、人生的无常进行深刻反思。1931 年，加缪获得了参与大学预科考试的机会，最终却因母亲病逝，无法获取生活来源而休学。加缪曾做过新闻记者和剧作家，这为他此后的创作奠定了基础。尽管经历了战乱、疾病、贫穷，但年轻的加缪对徐徐展开的人生画卷依然充满了期待，他此阶段的作品主要展现出人与世界的和谐。

1943 年，在一次戏剧排演时，加缪结识了存在主义哲学家萨特，他们惊喜地感受到，两人的存在主义哲学观念和文学目标在许多方面都能

---

① 朱滨华：《加缪传》，中国华侨出版社，2019，第 1 页。

互相理解、息息相通。从此，两人结下深厚的友谊，经常同时出入公共场合参加社会活动，并因成为两大报纸的主要发言人而风靡一时，他们精心维护的友谊被称为"20 世纪欧洲知识界的一段传奇"。20 世纪 50 年代中期，阿尔及利亚爆发民族独立战争。第二次世界大战时，法属殖民地阿尔及利亚曾是北非联盟军队的指挥部，也是法国的临时首都，长期遭受着外族疯狂入侵的不义战火。直到第二次世界大战之后，阿尔及利亚民族掀起独立运动的浪潮。此时的加缪处于两难境地，无论他说什么、做什么都必定会被殖民地的阿尔及利亚人怀疑，同时又遭到宗主国法国左翼分子的愤恨，他无奈只能三缄其口。这一时期，加缪陷入悲观主义和犬儒主义，其作品也多描绘人与外部世界的对抗。加缪与萨特的友谊也越来越受到时局等外在因素的干扰，他们各自所持的社会理想不同，尤其是在对待苏联的立场问题上，萨特曾试图将存在主义与马克思主义相结合，并发表了《存在主义是一种人道主义》一文，而加缪则在参观过苏联之后坚持"自由"的可贵。这对昔日的好朋友产生了难以弥合的分歧，加缪发表的哲学论文《反抗者》，引发了萨特阵营对他激烈的口诛笔伐，这段持续了十几年的友谊最终还是落下了帷幕。加缪从此沉寂，甚至在与萨特的角逐中陷入痛苦的阴霾。

1957 年，加缪被授予诺贝尔文学奖，成为有史以来最年轻的诺贝尔文学奖获奖作家之一。诺贝尔文学奖典礼的次日，加缪说："我信仰正义，但在正义之前，我要保卫我的母亲。"在获得诺贝尔文学奖后的第三年，住在郊区的加缪要去看望朋友，却在途中突然出车祸身亡，当时加缪年仅 47 岁。加缪曾说过再也没有比死于车祸更愚蠢的了，但他自己竟然在荒诞的车祸中丧生。加缪的存在主义哲学是对现代人类荒诞处境的哲理思考，而他生命结束的方式却鲜明地印证了现代人类处境无法捉摸的荒诞性和偶发性。尽管加缪和萨特的友谊早已崩解，萨特还是对加缪的离世致以悼词："他在 21 世纪，顶住历史潮流……以那种固执的、既狭隘又纯洁的、既严峻又耽于肉欲的人道主义，向这个时代种种巨大的、畸形的事件展开胜负未卜的战斗。"① 阿尔贝·加缪对死亡与贫穷有着深

---

① 参见杨鸿雁《西绪福斯的精神：加缪对荒诞哲学的体验》，《时代文学》（下半月），2009 年第 3 期，第 88~89 页。

刻的体验，这使他对物质世界的荒诞有更为深刻和沉浸式的体会。他既像西方神话中永不颓丧推石上山的西西弗，又像中国神话中手执利斧的刑天，纵然被割掉头颅，也还要把胸前的乳头当作眼睛，把肚脐当作嘴巴，左手握盾，右手持斧，向着天空猛劈狠砍，战斗不止。加缪出生的第二年就发生了第一次世界大战，26 岁时，他又经历了第二次世界大战。因此，加缪对于战争的体验是深刻的，对于荒诞的领悟是深切的。加缪的小说《局外人》、剧本《卡利古拉》、哲理散文《西西弗神话》被称为"荒诞三部曲"。加缪几乎将"荒诞哲学"贯彻进他的所有作品中。加缪在其哲学理论、小说、戏剧和散文等一系列文本中，描绘现代人在日常生活中体验到的苦闷、空虚，甚至绝望等悲观情绪与荒诞处境，揭示现代人的生存真相，其思想涵盖了对社会关系、死亡、存在意义、个体人生观等问题的探索，阐释了人产生荒诞感的三种原因，即人与自身关系的断裂；人与人关系的断裂；人与世界关系的断裂。总之，无论是现实人生还是文学创作，无不印证了加缪就是那个反抗荒诞的英雄。

（二）《西西弗神话》：荒诞与反抗

人类从诞生那一天起，就一直在"无意义"的世界里建造自己"有意义"的世界，所以人类最后成为世界的中心。可是现代战争与自然灾害的出现，又把人类从"有意义"的世界再次拉回到了"无意义"的世界里。人类甚至开始反思自己日常生存的意义，于是"荒诞感"随之而生。"荒诞"是人的主体意识，是个体对现实世界的内心体验、主观感受。这种主观感受、内心体验常常与"不和谐、不协调、非理性、无意义"等词联系在一起。在加缪的哲学世界中，"荒诞"是现代人生存境遇的体现。加缪擅长从日常生活经验中去体验荒诞感的存在，并将"荒诞"界定为"关系"的断裂。加缪在《西西弗神话》中给"荒诞"下定义："在一个突然被剥夺了幻觉和光明的宇宙中，人就感到自己是个局外人。这种放逐无可救药，因为人被剥夺了对故乡的回忆和对乐土的向往。这种人和生活的分离，演员和布景的分离，正是荒诞感。"① 人处于天地之间，必然面临人与自我的关系、人与人的关系，以及人与世界的

----

① 〔法〕加缪：《西西弗神话》，杜小真译，商务印书馆，2018，第 6 页。

关系。加缪定义的"荒诞感"存在于人与自身关系的断裂、人与人关系的断裂、人与世界关系的断裂。"荒诞感"往往产生于种种"关系"断裂后，人内心情感的体验：厌烦、死亡、异己感和"上帝的罪孽"等。

其一，人与自身关系的断裂。作为哲学家的加缪早已发现或体验到了世界的荒诞，但是作为普通人如何能"意识到"或"感知"哲学家所言说的"荒诞的本质性地存在"？加缪的第一个任务就是要让一个普通的现代人能"意识到"荒诞就在身边，就在日常生活中。因此他说，如果人安于每日的生活，就不会感到荒诞。但是在习惯性、重复性的生活中，"起床，乘电车，工作四小时，吃饭，睡觉；星期一、二、三、四、五、六，依照同样的节奏重复下去。一旦某一天，为什么的问题被提出来，一切就从这带点惊奇味道的厌倦开始了：开始是至关重要的。厌倦产生于一种机械麻木生活之后，但它同时启发了意识的运动"①。人如果在某一时刻"突然发现他的过去同他的生活毫不相干"而产生"一切与己无关"的感觉，就会对现实的生存处境产生厌烦而引发"生命的无意义感"。此时"世界逃离我们，因为它又变成了它自己"②。加缪的《局外人》中，沙拉玛诺老头有一条他总是不断地打骂的狗，而那狗也总是在出行时不断地拖拽着他，人与狗似乎彼此折磨但又谁也离不开对方，似乎这老头与他的狗之间的打骂拖拽就是最自然的存在方式。人们就这样在僵化、平庸、习惯性的生活链条上穷其一生，却如同鸟儿生活在牢笼中而怡然自得。加缪认为这种"常规习惯的生活"遮蔽了世界的荒诞、人生的痛苦，人们若将此"常规习惯的生活"当作真实的生活，就如同柏拉图在《理想国》中的洞穴人生：从未走出过洞穴的人会把洞穴墙壁上的影子当作真实的存在。加缪认为这种"习惯性的机械重复的生活模式"必然导致人类思维的惯性，造就无数没有区别的失去自我个性的人，从而造成人人趋同大众的行为方式。如同现代成群的追星族、模仿秀、超级粉丝，在对成功人士的模仿中寻找某种成功者的感觉。但是，模仿并不会带给人们真正的成功，模仿只是使人迷失了自我。人在本质上是孤独的，如果人不能坚守自我、坚守孤独，就无法用自己的心灵洞

---

① 〔法〕加缪：《西西弗神话》，杜小真译，商务印书馆，2018，第 14 页。
② 〔法〕加缪：《西西弗神话》，杜小真译，商务印书馆，2018，第 16 页。

察世界的真相，也不会成为真正的"人"。加缪《约拿斯或画家在工作中》里的画家约拿斯成功之后，他逐渐自觉或不自觉地按照他人的眼光与社会的标准塑造自身形象，慢慢丧失了自我的艺术个性，最终无画可作。

日常生活的机械性还使人忘记了"人是必死"的。加缪的四幕剧《卡利古拉》中，描写了古罗马皇帝卡利古拉在充当情人的妹妹猝然弃世之后，领会到生命的脆弱，开始思考生命的真相的过程——他偏执地想要追寻月亮的踪迹。这里的"月亮"隐喻人们惯常自以为拥有和所希冀得到的一切，即幸福和永生。但人总是会有一死，"死亡"的偶然性和骤然降临的压迫感，会使得一切仿佛触手可及的日常都化为尘埃，成为水中之月、镜中之花，可望而不可即。皇帝卡利古拉意识到因为"死亡"存在，"我周围的一切，全是虚假的"。但他认为生活在日常习惯中的人们，很少有人意识到"死亡"。这个古罗马皇帝为了让人们也能清醒地意识到"死亡"，就随意地处死他的臣民，随时随地执行死刑，使他的臣民处于死亡随时降临的恐惧不安之中。"我憎恨你们，恰恰是因为你们不自由……唯独我自由"，而皇帝卡利古拉在剥夺他人自由的过程中获得了任意屠杀的无限自由。加缪发现"人类有一种'持续性的渴望'，即为了生存而忍耐生活，然而人又身处死亡的定数之内"。人们日复一日地辛苦操劳着，突然有一天某一瞬间追问自己，今天的学习、工作、辛劳地养活自己难道是为了迎接那个死亡吗？于是，荒诞感就在这里产生了。"死亡"让人意识到生命的脆弱、人生的痛苦，也使得人类对于生存的忍耐变得荒诞，人生的意义也因死亡的存在而变得虚无。恰如古代马其顿国王亚历山大死后要求把自己的双手放在棺材外面，他要告诉世人"伟大如我者，死后也是两手空空"。

其二，人与人关系的断裂。人自身某种道德、性格缺陷或人性的束缚，必然导致人与人之间沟通的阻隔，造成人与人之间的误会。误会常以偶然形式出现，而非惯常状态，这种突发事件往往会造成一幕又一幕的人间悲剧。加缪1944年创作的三幕剧《误会》根据一桩真实事件写成，深刻地描绘了"误会"与"偶然"促成死亡的悲剧，展示了无法抗拒的荒诞感。男主人公若望在背井离乡25年后，携妻子和一大笔钱回乡探亲却被自己离散多年的母亲和妹妹杀死。若望为了给家人惊喜，执意隐瞒自己的身份。妹妹为他办理登记手续时，完全有可能从他护照上的照片、姓名认出哥哥，然而那个时刻仆人突然出现，妹妹因此错过了这个认出哥哥的机会。在与母亲的交谈中，若望多次用"家、亲人关系、浪子回头"等字眼暗示自己的回归。然而此时心烦意乱、心神不定的母亲和妹妹始终无法理解他的言外之意。当母亲似乎意识到什么，想要取回那杯下过毒的茶水时，若望已经喝下了它。母亲刚刚想要再仔细回味一下他的言行时，又被妹妹的喊叫声打断，她们慌乱地将刚刚被药倒晕厥的若望扔进河中，以便赶快搜找财物。当若望的妻子赶来说明一切时，若望已被淹死。一直等待亲人归来的母女二人再也无法承受这一惨痛的现实，都自杀而死。这幕人生相逢却不相识的悲剧缘于人与人之间"误会"与"偶然"的插入。误会产生于人与他人之间交流的断裂，"偶然"又使亲人相认被意外地打断，这加深了人与他者之间无法沟通的人生悲剧。荒诞感就产生于人试图掌控自己的命运，而那些莫名其妙、不可理喻、杂乱无章的"偶然"，却使得人们无从把握时。就如古希腊悲剧《俄狄浦斯王》中揭示的那样，当人知道自己的命运而想要努力摆脱时，却恰好掉入命运的陷阱。

其三，人与世界关系的断裂。荒诞感是人类在残酷的战争和巨大的自然灾难面前，感受到秩序的巨大破坏、世界规则的丧失，每个人都处于缺乏安全感的状态。人觉得眼前的一切都是不可把握的，甚至是不可预测的。不敢对世界有任何向往，觉得自己常常被无情的世界所折磨、戏耍。人跟自己外部的世界产生了巨大的裂痕，人类的精神世界也出现了与外部世界曲调不和的节奏，感到黑暗的现实里突然失去了希冀的光亮。正如加缪所说的，"一个可以用说理来解释的世界，无论多么不完善，总是一个熟悉的世界。但是在一个突然被剥夺了幻觉和光明的宇宙中，人就感到自己是一个局外人。这种放逐无可救药，因为人被剥夺了对故乡的回忆和对乐土的向往，这种人和生活的分离，演员和布景的分离，正是荒诞感"①。在那个围绕着上帝编织出来的帷幕被撕开后，世界露出难以解释、难以调和的非理性的本质面目。加缪清醒而深刻地认识到人和世界之间隔着一堵"荒诞的墙"。人类仿佛是被无知无觉地抛入

---

① 〔法〕加缪：《西西弗神话》，杜小真译，商务印书馆，2018，第6页。

这个世界，不带一丝情感。人与世界联系的断裂无可避免地指向人与外部世界和谐的碎裂，人只能在碎片的反光中观察这个世界的存在状态，自身的存在方式却只剩下一片虚无，归属感丧失殆尽，而人又时时怀有对美好的回忆与期待。人被遗弃于一个异己、陌生的世界。"世界的这种密闭无隙和陌生，这就是荒谬。"① 加缪的小说《东道主》中，法属阿尔及利亚山区的小学法语教师达鲁在此地生活了一段时间，自认为已是"本地人"了。但在周围人的眼中他始终是来自宗主国的外乡人，因此拒绝接纳他。有一天，一个阿拉伯囚犯被暂时关押在达鲁的学校。达鲁热情地以"东道主"的身份，接待了阿拉伯囚犯，还把自己有限的粮食与他分享，尽自己所能款待他。达鲁充分表达了"一种兄弟情谊……亲如一家"，他甚至还热情地帮阿拉伯囚犯分析周边的情况，告诉他如何逃亡才有胜算。然而，令人意外的是这个阿拉伯囚犯却选择了自己走向通往监狱的路。囚犯同村的阿拉伯人都以为这是达鲁告密的结果，明里暗里地威胁他一定会要他血债血还。这个荒诞结局令达鲁突然明白：自己不过是闯入阿尔及利亚的外乡人，无论怎样都不可能被当地人接纳。达鲁的人生困扰就在于：如果他不将阿拉伯囚犯押送到监狱，法国警察就会把他当作不忠诚的人；如果他将阿拉伯囚犯押送到监狱，其他阿拉伯人就会把他当作仇人。无论他如何选择，都不可能全身而退获得安宁，总会因得罪一方被视作仇敌；即使他不做选择，也将因夹在双方之间而遭到孤立。就如同加缪自身尴尬的处境：加缪出生于法属殖民地阿尔及利亚，当法国入侵他的出生地时，他始终无法明确表态。如果同情出生地就是对宗主国法国的背叛；声援法国入侵又是对自己历史情感的背叛。正是因此，加缪始终无法像萨特那样旗帜鲜明地表明自己的政治态度，这导致他被误解，直至与曾经的好友萨特交恶，在各自阵营中向对方宣战对峙。人无法超越世界，只能接受世界强加于人的灾难与痛苦。"外乡人"达鲁的处境正是人类尴尬的悖谬处境的象征，即人与世界的分离、人与群体的分离、人与他人无法沟通，人人都生活在异己之邦。

　　加缪对于荒诞的定义，深受存在主义哲学与古希腊悲剧的影响，从

---

① 〔法〕加缪：《西西弗神话》，杜小真译，商务印书馆，2018，第 16 页。

现代人的生存困境出发，聚焦于"个体生存的边界性"，关注到人与环境之间的悖论关系，即人与世界的分离和冲突。因此，加缪笔下的人物总是其所处时代、社会、阶层的局外人，游离于其所处环境之外，平庸地过着平常的日子，找不到自我的存在。而当他们按照自己的内心意愿存在时，又会与社会环境格格不入，遭到环境中传统、规则等习惯性力量地排斥、挤压甚至审判。如加缪曾经把《局外人》的主题概括为一句话："在我们的社会里，任何在母亲下葬时不哭的人都有被判死刑的危险。"这种近乎可笑的说法隐藏着一个十分严酷的逻辑：任何违反社会的基本法则的人必将受到社会的惩罚。这个社会需要和它一致的人，背弃它或反抗它的人都在惩处之列，都有可能让检察官先生说："我向你们要这个人的脑袋。"莫尔索的脑袋就被检察官要了去。社会抛弃了他，然而莫尔索宣布："我过去曾经是幸福的，我现在仍然是幸福的。"这时，可以说是他抛弃了社会吗？谁也不会想到莫尔索会有这样的宣告，然而这正是他的觉醒，他认识到了人与世界关系的断裂。

　　荒诞感的压迫、生存的无意义、死亡的无法回避都成为人类心中挥之不去的阴霾。如此，世界和人生的荒诞常会带给人们悲观与苦难。面对无可回避的荒诞，人应该如何应对？加缪的荒诞哲学为世人所关注，是因为他不仅仅揭示了世界的荒诞，还回答了人应该如何应对荒诞。加缪在 1942 年出版的哲学著作《西西弗神话》和 1951 年发表的《反抗者》中给出了一剂药方——人应该在反抗荒诞中寻找幸福。他首先提出："真正严肃的哲学问题只有一个：自杀。"[①] 然后追问"以自杀来告别荒诞，还是通过希望来逃避荒诞，还是进行直面的反抗"[②]。自杀是一个哲学中绕不开的命题，自杀所带来的人与世界关系的思考一直困扰着人们。加缪分析自杀有两种类别：生理自杀和哲学自杀。生理自杀指人自愿以某种行动结束生命。哲学自杀则意味着寄希望于虚无缥缈的未来，走向神秘的"彼岸"或来世，实现"信仰的飞跃"。最后他断言，自杀也是荒诞的，因为生存本身正是人的宿命。自杀是通过结束自己的生命来消解荒诞，这是对自我存在价值的否定，是一种消极的抵抗和麻痹式的逃

---

① 〔法〕加缪：《西西弗神话》，杜小真译，商务印书馆，2018，第 12 页。
② 〔法〕加缪：《西西弗神话》，杜小真译，商务印书馆，2018，第 12 页。

避。于是，加缪试图唤起生命和存在中那些能够为人类带来生命力量的激情。"在绝望中生活"，在面临痛苦和死亡的境遇下要向死而生，为生活而战。加缪说："为了改变天生的无动于衷的立场，我曾置身于苦难与阳光之间。苦难使我不相信阳光之下一切都是美好的，而在历史中，阳光则告诉我历史并非一切。"① 加缪满怀激情地对生活、对现在说"是"。人是为了爱而去生活的，不是为了未来而去生活，对生活的最高热爱就是幸福。加缪面对荒诞表现出的激情、执拗的肯定，将人和荒诞的世界放在对立的两面，并希求人类主动抗争。加缪向世人宣告，生活于荒诞中的"荒诞的人"必然敢于去反抗荒诞，敢于和命运抗争，在"行动"中获得"存在"的意义，就像受到诸神惩罚的西西弗那样。

西西弗永无止境地推石上山。加缪借助这一神话传达出人类现世的两种生存困境：困境之一，没有出路的进退两难；困境之二，一切努力的毫无意义。人常常处于西西弗推石上山的境遇之中。无论你愿不愿意，你都必须要推石上山，这就是你的责任，是你无法逃避、摆脱的命运。然而这一命运不会给你任何希望、任何结果，你什么都不会得到，只要一撒手，石头就会从山顶滚落，而你还要无止无休地一次次推石上山。人生活在别无选择的荒诞之中，就如同父母面对不顺心的儿女。人可能不怕推石上山，因为只要活着人总得行动，你不推这块石头也得推那块石头，但是令人恐惧的是，纵然你拼尽一生的力气去推石上山，可是你一切的努力总是毫无意义。然而人的深层理性要求人要在自己的行为中找到意义，找到希望，找到付出的理由，找到合理的解释。世界却始终保持沉默，你多少次推石上山，石头就多少次滚落下来，人始终生活在无意义的绝望的荒诞之中。

那么，西西弗对推石上山命运的接受是一种屈服的顺从，还是一种面对荒诞的反抗？如果是反抗，那么他反抗的结果是成功的喜剧，还是失败的悲剧呢？为什么说西西弗体现了反抗荒诞命运的悲剧精神？加缪认为："西西弗是个荒谬的英雄。他之所以是荒谬的英雄，还因为他的激情和他所经受的磨难。他藐视神明，仇恨死亡，对生活流满激情，这必

① 〔法〕格勒尼埃：《阳光与阴影——阿尔贝·加缪传》，顾嘉琛译，北京大学出版社，1997，第1页。

然使他受到难以用言语尽述的非人折磨：他以自己的整个身心致力于一种没有效果的事业。而这是为了对大地的无限热爱必须付出的代价。"①加缪认为推石上山的西西弗的生存状态无疑是荒诞的，但他对存在的感知应是幸福的。世界的荒诞在于人类无论怎样努力，最终只能从虚无走向虚无。反抗荒诞的英雄明明知道这一无法改变的命运却依然坚持自我地努力着。当西西弗走向巨石的时候，已经意识到了他所处的悲惨境地，可是他并不因此悲叹，他对生活仍充满热爱。西西弗下山时的精神状态是积极的，他朝着不知道尽头的痛苦走去，脚步沉重而均匀，体现出正视荒诞、战胜荒诞的精神。他每次推石上山都是在实现自己的宿命，是对诸神的蔑视，是对荒诞的反抗，他因此成为自己真正的主人。他周而复始地推石上山虽然并不能改变自己的命运，却表达了自己对荒诞命运的勇敢反抗，体现了人类存在的尊严、人类意识的尊严。当加缪这样看待这个古代神话中的人物时，他也成为一个反抗荒诞的西西弗式的英雄。

　　加缪在悲观的世界观中确立了积极的人生态度。人类应该以奋起反抗来面对荒诞，做一个反抗荒诞的人。加缪举出三种荒诞的人。唐璜是反抗荒诞的英雄，伟大的智者，认为"我的王国就是今天"。唐璜狂热地追求一个又一个女人，并不是因为缺少爱，也不是要占有她们，而是要征服，穷尽爱的经验，爱、征服与穷尽就是唐璜反抗荒诞的方式。为此，他不顾世俗的偏见，毫不畏惧命运的惩罚。演员是反抗荒诞的英雄，但演员并不是他扮演的角色，也不可能完全成为他的角色，可他却不顾一切地要穷尽他的角色，而且一个角色结束后他又会投入另一个角色之中。征服者是反抗荒诞的英雄，西西弗就是一个征服者，明知世界的冰冷，却要尽力地燃烧。加缪塑造了局外人、陌生者、异乡客或流放者等一系列反抗荒诞的英雄：如《西西弗神话》中无视生活的沉重、享受生活、推石上山的西西弗；《鼠疫》中义无反顾地面对瘟疫的里厄医生；《局外人》中认为一切都无所谓的莫尔索；《卡利古拉》中意欲让人明白死亡可能会随时降临的古罗马皇帝；《东道主》中想要成为自我生命主人的达鲁。从这些形象可以看出，反抗荒诞的人既不信仰那个被尼采声

---

① 〔法〕加缪：《西西弗的神话：加缪荒谬与反抗论集》，杜小真译，天津人民出版社，2007，第 146 页。

称已被杀死的"上帝",也不会把当下幸福的"希望"寄托于未来,而是完全追求个人自我精神的自由。加缪早已看穿"上帝"并不能给人自由。上帝与自由的悖论就是,要么人是不自由的,全由上帝对人负责并审判;要么人是自由的,对自己负责,脱离上帝的掌控。加缪通过分析陀思妥耶夫斯基小说《群魔》中的基里洛夫论述:"如果上帝存在,一切就都取决于他,我们全然不能违背他的旨意。如果他不存在,一切就都取决于我们自己。"① 希望有时也是人生自由的障碍,人一旦为自己确立某种希望与目标,就会为了适应达到目标的种种要求,而变成他自身希望与目标的奴隶。加缪"感受到他的生活、他的反抗、他的自由,而且是尽可能地感受,这就是生活,而且是尽最大可能地生活"②。重要的不是活得最好,而是活得最多,就是要让现在尽可能多的活着的人,穷尽现在既定的一切,义无反顾地生活。以上这些反抗荒诞的人都明了生命短暂、人生有限,而不为某种虚无缥缈的意义或价值所累,更不肯为实现某种目标而接受规则束缚、道德标准的条框。他们背离生命永恒的追求,摒弃希望的欺骗,奉行穷尽眼中当下的激情。

反抗荒诞的意义在于,反抗把人和物区分开来。反抗中的觉醒意志和理智思想只是负险固守,是人类处在被压迫状态下困兽犹斗的古希腊式英雄精神,它确证了个人价值,肯定了人的存在。加缪认为"我反抗,故我们存在"。加缪的反抗哲学中的一个死结就在于,他认为一个反抗荒诞的人不承认上帝,他在追求自由、追求自我的过程中,也不必承认任何先验的道德价值,不必为任何道德标准所左右,只要自我自由的行动体验的最多,就是最好。这个理论正是从西方文化的源头承袭下来的,是对于个性自我的过度张扬。这种文化的确曾给西方文明带来许多辉煌,但也正是由于这种文化传统,西方文明的今天困惑重重。无论是两次世界大战带给西方世界的惊魂未定,还是在和平生活中人与人之间的"他人就是地狱"的紧张与隔膜,都源于此。那么面对荒诞,到底该如何呢?如果把思考的目光转向古老的东方哲学,便会看到另一种解决的路径。

---

① 〔法〕加缪:《西西弗的神话 论荒谬》,杜小真译,生活·读书·新知三联书店,1987,第141页。
② 〔法〕加缪:《西西弗的神话 论荒谬》,杜小真译,生活·读书·新知三联书店,1987,第78页。

《道德经》说："善者，吾善之；不善者，吾亦善之，德善。信者，吾信之；不信者，吾亦信之，德信。"① 老子的意思是，无论对方善与不善，我都善良对待他，结果对方也会变得善良。对方诚不诚信，我都相信他，结果他也会变得诚信。这就解决了人与人之间紧张与隔膜的纷扰，保持了一种良好和谐的二人关系。世界待我如何，我都善待世界，就解决了人与世界分裂紧张的关系，而走向天地人的和谐统一。老子所言说的是，人应以一种宇宙精神来超越现实世界的荒诞、人生的痛苦，如此便无荒诞亦无痛苦。

---

① 　张松辉：《老子译注与解析》，岳麓书社，2008，第 155 页。

六 让-保罗·萨特与《禁闭》

（一）让-保罗·萨特：存在主义叙事者

让-保罗·萨特（Jean-Poul Sartre，1905-1980），是法国当代著名小说家、剧作家、文艺评论家和社会活动家。作为存在主义哲学家，萨特的哲学思想主要体现在他的文学作品中；而作为文学家，他的文学作品又只是其哲学思想的阐释。作为社会活动家，他积极投身于反战活动，热情宣扬他的新人道主义思想，为世界和平和人类进步事业做出了巨大贡献。"1964 年，瑞典文学院授予萨特诺贝尔文学奖的理由是：'由于他那思想丰富，充满自由气息和探求真理精神的作品已对我们时代发生了深远的影响。'"①

1905 年 6 月 21 日，萨特出生于巴黎一个海军军官家庭。萨特出生后的第二天，他的父亲就去世了。小萨特随母亲住在作为德语教授的外祖父家，在那里他接触到大量书籍。3 岁时萨特的右眼失明了，这是不幸的。但有谁会料到，多年以后，当萨特被德国纳粹逮捕时，正是因为他的眼疾才使他有机会生还，并写下不朽的著作。萨特 4 岁开始读小说，8 岁就已成为人们眼中的小神童。外祖父说他有"文学头脑"，母亲说他是个"写作天才"，他们都给予了他极高的评价并为他感到骄傲。但是萨特的童年少有快乐，因为他身材矮小，患有眼疾，沉默寡言，没有朋友一起玩耍。他 11 岁时，母亲改嫁给一位工程师。这个外来者一边分享萨特母亲的爱，一边试图为萨特规划未来。继父一再让萨特学习机械、工程设计，这让萨特感到了强烈的不适并用自己的行为发出抗议：他开始变得叛逆，与同学搞帮派、打架，为了朋友而偷母亲的钱，等等。终于，15 岁的萨特被送回巴黎。1924 年，萨特考入了法国哲学研究最好的学校——法国高等师范院校。萨特在大学期间对笛卡儿、弗洛伊德、马

---

① 曾建华：《文坛群星——诺贝尔文学奖史话》，海南出版社，1993，第 159 页。

克思的著作以及西方哲学史认识论作了梳理，同时积极参加话剧表演，这些都为他日后的话剧创作作了铺垫。萨特的第一次毕业论文并没有通过，原因是他的思想太超前了，这导致他以倒数第一的成绩留级一年。在1929年的全国教师资格考试中萨特名列第一，并与名列第二的波伏娃相识。这两个精神高度契合之人彼此欣赏、彼此吸引。他们虽然终身未婚，却是相守一生的亲密恋人，在长达五十年的情人关系中，这一对灵魂伴侣彼此成就、相互照耀着，以一种超越世俗的方式走过一生。

　　20世纪30年代，第一次世界大战之后的西方资本主义世界处于经济危机之中，中小阶级的生存和自由都受到极大的威胁，他们无法解释现实生活的残酷，深感迷惘不安、痛苦和绝望。1936年的短篇小说《墙》是萨特的文学处女作。小说以20世纪30年代西班牙民族革命为背景，描写了共产党人伊比埃塔和两名战友遭到弗朗哥法西斯的逮捕并被处以死刑，以及在临刑前不同表现的故事。伊比埃塔不愿屈服甘愿赴死，两名战友一个充满恐惧，另一个强作镇静。第二天，两名战友被拉到墙角处决。法西斯分子给伊比埃塔提出一个"以马换马"的生还机会，只要他供出反法西斯队长雷蒙·格里的藏身之处就可以免一死。伊比埃塔原本就选择赴死，但他想在死前戏弄一下法西斯分子。他明知队长躲藏在队长的表兄家，却故意说队长躲在公墓里。哪知队长为了不连累别人，从表兄家出来躲进了公墓。结果，法西斯分子在公墓里打死了队长。伊比埃塔得知这个消息后即刻昏厥，苏醒后"哈哈大笑，连眼泪都笑出来了"。小说就在他无奈的笑声中结束。小说《墙》揭示了"荒诞"的主题，表达了存在主义对于人生的认识，即"存在先于本质"、世界充满了荒诞，生死纯粹是偶然。身处战争中的荒诞世界，面对死亡威胁，三个战士用自己的表现展示了自己的本质是懦夫或英雄。令人困惑的是，主人公伊比埃塔是勇敢的吗？虽然他主观愿望要做一个英雄，也一直相信自己不怕死，对自己说"我要死得有骨气"，但事到临头，他看到自己的身体"自行其是地流汗、发抖"。这让读者看到人的灵魂和肉体的隔阂，以及人的主观愿望和真实存在的隔阂。但是，主人公伊比埃塔毕竟坚持住了绝不告密、不背叛，而且要戏弄敌人，那么他的选择就决定了他是一个英雄。虽然伊比埃塔选择不背叛战友，并为了捉弄敌人而编造谎言，但是阴差阳错中却导致队长被枪杀。想生存的死了，想死的活了下来，这个目的与效果悖谬的悲剧性结尾就极富荒诞色彩，折射出人的主观愿望在强大的世界面前的渺小，从而展示了人的理性并非能够掌握一切，荒诞产生于存在的"偶然性"。小说中多次提到法西斯分子把人们拉到墙前面去枪毙，这堵墙是真实存在的，又是死的象征、生的障碍。生与死只有一"墙"之隔，却是意义和虚无的界限。在法西斯横行时代，人们感受到的比死还要残酷的刑罚，就是死亡随机偶然地、不可掌控地非理性降临。这面生死之"墙"是人的灵魂与肉体之间、人的愿望与真实存在之间、人的自诩与本能存在之间无法超越的隔膜。

这种世界性的荒诞，在萨特的创作中无处不在，比如出版于1938年的《恶心》。"恶心"本是一种生理和心理的反应，在作品中则是表述人的存在、内心感受和现实空间之间关系的一个哲学概念，萨特的日记体小说《恶心》标志着其独有的存在主义哲学体系。1943年，巴黎笼罩在德军的统治之下，国内出现了一些卖国求荣的文人。萨特的境遇剧《苍蝇》借古希腊神话阿伽门农之子俄瑞斯忒斯为父亲报仇杀死母亲的故事，揭示了法国的社会现实，抨击了叛国者。这出戏剧展现了萨特面对祖国被德国法西斯占领的愤恨和强烈的斗争意志。俄瑞斯忒斯在剧中不再是古希腊神话中被命运驱使的人物，也不接受神的控制，而是自己做出决定，并对自己的行为负责，成为为祖国解放不惜自我牺牲的战士。俄瑞斯忒斯作为存在主义英雄，既为父报仇，又敢于毫无保留地承担弑君杀母行动的责任和后果，实现了人对世俗意识的超越。

1946年，萨特将存在主义与马克思主义思想结合，发表了《存在主义是一种人道主义》，着重强调个人自由选择应与对他人的责任相统一。如《毕恭毕敬的妓女》讲述妓女丽瑟在火车上亲眼看到两个白人青年故意对两个黑人青年寻衅闹事，他们打死了其中一个黑人，另一个黑人死里逃生。丽瑟无意中卷入这场命案，成为唯一的目击证人。凶手的父亲是一名参议员，他来到丽瑟的家，软硬兼施，想让她做伪证。丽瑟不愿意违背良心，对此表示拒绝，但老奸巨猾的参议员竟不惜用国家的名誉、母亲的名誉等花言巧语来恐吓利诱丽瑟，他抓住丽瑟的手在伪证文件上签字。他走后，丽瑟意识到自己上当受骗了，当那个逃亡的黑人请求她保护时，她递给他一把枪，鼓励他起来反抗。然而，故事的最后丽瑟还是妥协了，在自身利益有可能受到伤害又有巨大利益的诱惑时，她选择投入白人的怀抱。作品深刻揭示了美国种族矛盾，并提出"奴隶是相对于奴隶主的压迫而存在的"观点。丽瑟是个善良正直的弱者，但她在强权势力的威逼与利诱下不仅丧失了意志自由，甚至也失去了人身自由。她的遭遇与选择揭示出小人物的善良与正义在现实生活中常常不得不屈从于强权势力的威逼与利诱。

1947年，萨特发表小说《死无葬身之地》：第二次世界大战中法国身陷敌手的5个游击队员面对酷刑拷打和死亡威胁，对是否可以借助给法西斯提供假的供状以求生存的问题进行讨论。既揭示了世界的荒诞性、法西斯的凶残，也展现了游击队员们并非生来就是英雄。人只有在特定的情境中做出自由意志的选择，才能决定人在本质与价值上究竟是英雄还是懦夫。

第二次世界大战结束后，萨特面临如何站队的人生选择——社会主义道路还是资本主义道路。经过尝试，他本着人道主义的原则，选择走第三条道路。20世纪50年代，萨特曾公开谴责美国发动的种种侵略战争。1951年的戏剧《魔鬼与上帝》充满了萨特本人在社会革命中的两难思考：个人与组织、自由与纪律、目的与手段、善与恶究竟该如何抉择。并传达出萨特的哲学理念：如果仅仅从善恶的抽象观念出发，而不从具体的生存处境考虑，行善有时也会造成更坏的结果。其间，萨特创办了《现代》杂志，开展一系列的社会活动，但结果都不尽如人意。在现实与思想的双重困窘中，他开始接触法国共产党和苏联，担任法国和苏联的荣誉联谊会副会长。1955年，萨特来访中国，并受到中国人民友好而热情地接待。

第二次世界大战中，人们普遍存在焦虑、绝望、抑郁等情绪，这引发了萨特关于人类的生存意义和人类社会生存状态等问题的反思。萨特的存在主义是无神论的，否定上帝的存在，也就否定善恶、因果、逻辑、理性的必然存在，并得出"人的存在先于人的本质""世界是荒诞的""人是自由的，人有自我选择的自由"等存在主义的哲学观点。萨特提出人是一种存在先于本质的生物。一把椅子在它存在之前，本质就已存在于木工的头脑之中了。而人呢？谁能依据某种本质来塑造他呢？

萨特认为人的存在是自我的存在。先有觉悟了的人（存在），才有自由选择的行动，从而创造人自己的本质。人总是处在动态的行为选择中创造自我的本质，只有到了人不能再选择时才可以确定这个人的本质。

所以，人的意义和价值不是事先确定好的，而是一个人自己选择创造的。西方哲学、文学、艺术一直都在探寻"人是什么""人性到底是什么"、人的情欲是善的还是恶的、人的情欲是人生的万乐之源还是万恶之源，以及"人应该往哪里发展"等一系列关于人生终极意义的永恒问题。

中世纪基督教的《圣经》把情欲看作人类的万恶之源，要想规避人生痛苦，就要用上帝的神性抑制人的欲望，但人们又看到即使是上帝最虔诚的信徒也存在灵与肉的挣扎。人文主义、启蒙主义曾提出"人是理性的动物"的论断。存在主义哲学则反对传统哲学各种对人之本质的规定，如基督教的原罪说，而提出"存在先于本质"的存在主义的哲学观点。人的出生或不出生，原本就是一种偶然，人的存在也仅仅是一个"偶在"。恰如海德格尔所说，人的基本存在方式不过是偶然"被抛入的设计"，所以人生并不是被"命运"按照事先设计好的路线规划好的。不仅人本身的出现是偶然的，世间万物的存在都是偶然的、不可预料的。由于"偶然性"的支配，人类努力构建的社会以及人的存在本身必然充满荒诞感。客观存在乃至人生原本都来自虚无，又归于虚无。虚无是存在的本质，在虚无面前，现世的一切人事操劳越发显得无意义，又倍增其荒诞性。当人与生存环境相脱离，人与人之间不理解时，必然引发"他人就是地狱"的悲剧，也必然导致人对现实世界失望从而感到"世界是荒诞的，人生是痛苦的"。

萨特哲学认定人必将永远处于行动中，也永远处于选择中。萨特的哲学是一种非常入世的哲学，存在主义里面不存在人性或者神性，甚至找不到绝对客观的实体，没有理想，也没有完美，所有的理论都建立在"人的存在"本身的基础上，却又否定人的特殊性，否定人成为崇拜的对象。但是存在主义对于人的尊重却是前所未有的，它把所有的选择、自由、理解全部交还给人本身，人除却自身，绝无开脱的理由。1964年，瑞典皇家科学院授予萨特诺贝尔文学奖，但萨特拒绝接受，他解释说："我一向谢绝来自官方的荣誉。我拒绝荣誉称号，因为这会使人受到约束；而我一心只想做个自由人，一个作家应该真诚地做人。"[①] 萨特将

---

① 〔法〕让-保罗·萨特：《我拒绝一切荣誉》，个人图书馆，http：//www.360doc.com/content/21/02031/15/49165069_ 96050833T. shtml.

存在主义哲学引入文学，通过文学创作传达对存在的哲学思考，并追求自然主义倾向的"高度的真实"，这种真实不是"细节描写的真实"，不是"典型塑造的真实"，不是马克思主义的"整体本质的真实"，而是生活中原原本本、朴实无华、集美丑于一身的真实的人和事。萨特主张，文学是对生活的一种"介入"。萨特的文学一贯具有强烈的倾向性，反不义战争、反法西斯、反种族歧视、反伪善道德等。20世纪70年代，萨特积极支持工人罢工和学生运动，他以不畏强暴、主持正义、正直无私的精神成为一名疾恶如仇的平民斗士。萨特晚年体弱多病，临终前双目失明。1980年4月15日，萨特因患肺气肿逝世于巴黎，享年75岁。他的逝世在法国和世界其他国家都引起震动，数万巴黎群众自愿参加他的葬礼，6万多人从世界各地赶来为他送行，送葬队伍长达3公里，是继雨果之后巴黎最盛大的葬礼仪式。总之，萨特的一生不仅是复杂的一生，也是战斗的一生。

（二）《禁闭》：境遇与存在

萨特认为，人类只有在面对极端处境和危急关头时，生命的潜在能量和可能性才会爆发出来。因此他总是将笔下的人物逼入一种或几种特定的艰难情境中，甚至让他们身处极端化的生存处境——"极限情境"，也就是萨特的"境遇剧"或可称为"自由剧""情境剧"，这种戏剧极为有效地表现了当代人普遍存在的焦虑意识。萨特一共有8部"境遇剧"，其中最广为人知的是1943年创作的独幕悲剧《禁闭》，又译为《间隔》，萨特最初拟定的题目叫《他人》。《禁闭》创作于第二次世界大战期间，萨特在作品中创造了一个"存在实验室"，通过象征手段，表达作者对荒诞人生的思考，呼吁善的选择，探讨人与人的关系问题。

萨特将小说的时代背景设定在第二次世界大战后，地点在一个幽闭的环境中——地狱里一间有门无窗的密室，"一间第二帝国时代款式的客厅，笔录上放着一尊青铜像"。地狱里没有刑具、烈火，唯一折磨和约束他们的就是人与人之间的关系。此时地狱中有三个人物，第一个是在报社做编辑的男子加尔森，他是个沉溺酒色、折磨妻子的虐待狂，他公然带其他女人回家留宿，还在战争中散布所谓的和平主义观点，他在战场上是个临阵脱逃的胆小鬼，被活捉后处以枪决。地狱中的女一号伊内丝生前是个同性恋者，诱惑表嫂与她一起生活而抛弃表哥，夫妻二人争吵后表哥惨遇车祸而死，表嫂对伊内丝颇为怨恨，在半夜打开煤气与她双双中毒身亡。地狱中的女二号贵妇艾丝黛尔，诡称自己是个为了年老的丈夫断送了青春的贞洁女子，事实上她生前是个迷恋男性的色情狂。她背叛丈夫，婚内出轨生下一女，由于不愿承担私生女的抚养责任，竟然狠心将女儿从阳台上抛入湖中淹死。艾丝黛尔的情夫被她的绝情无义气得开枪自杀，最后她因患肺炎死去。这三个劣迹斑斑的鬼魂在地狱密室中刚刚相遇的时候，他们互相戒备，隐瞒自己生前的种种不堪，又相互"拷问"刺探他人的隐私。在作品中萨特反复强调的一件事是房间中没有"镜子"。日常生活中人们用镜子审视观察自己外在的衣着、容貌，从而实现自我的确认。而地狱中没有"镜子"，鬼魂们就只能通过"他者"的目光实现自我的确认，每个人无时无刻不在"他人的目光"中存在并受到审视与监督。这里的"镜子"是人自我反观自照的一种隐喻，而他人的目光正是"地狱"中真正的刑具和刽子手。报社男编辑加尔森想通过他人的认可证明自己不是胆小鬼。他厌恶懒于思考迷恋男性的艾丝黛尔，于是就总想说服伊内丝相信自己。但是同性恋者伊内丝偏偏总是骂他胆小鬼，并想把艾丝黛尔揽入怀中，让她把自己当作镜子，却遭到迷恋男性的艾丝黛尔的拒绝。艾丝黛尔"怀疑自己是否真的存在"（第五场），她只能从唯一的男士加尔森那里证明自己的魅力和存在，她要求加尔森把伊内丝拖出门外、拥抱自己。但是他们三个的愿望都遭到拒绝。三个痛苦的、卑劣的灵魂各自本性不改，又都试图迫使对方以自己期待的方式来看待自己，结果只能是互相折磨。你的存在对我是威胁，我的存在对你是陷阱，彼此都生活在无休止的孤独与痛苦之中。"原来这就是地狱。我万万没有想到——你们的印象中，地狱里应该有硫黄，有熊熊的火堆，有用来烙人的铁条——啊！真是天大的笑话！"（第五场）何必用烤架、酷刑呢？他人就是你的地狱。色情狂艾丝黛尔因嫉妒胆小鬼加尔森只爱同性恋者伊内丝，就抓起刀子向伊内丝身上乱捅。但是他们已是死人，他们只能永远如此在一起，这种折磨永远都不会结束。于是，他们忽然大笑起来，加尔森说："那就这样继续下去吧。"全剧到此结束，结尾最为荒诞和悲哀之处就在于，他们既别无选择，也无从逃避，他们将永远这样互相折磨下去，永无终点。

　　萨特曾阐明，"他人就是地狱"的意思是要是一个人和他人的关系恶化了，弄糟了，那么他人就是地狱。人际关系本应具有群体性、依赖性和超越性，但是当人无法处理好人与社会、人与他人、人与自我的关系时，人的存在就会出现问题。该剧从三个层次揭示了人际关系中的深刻哲理。首先，人应该学会正确对待他人，否则他人的存在就是自己的地狱。人与他人最和谐的关系就是互相尊重，和谐共生。你敬我一尺，我敬你一丈。或者遵从庄子的观点，相濡以沫不如相忘于江湖。否则，无论是自己任别人摆布，还是自己任意摆布别人，他人都会成为自己的地狱。这三个鬼魂，生前都没有正确处理好自己与他人的关系，所以死后灵魂堕入地狱，然而在地狱中他们亦秉持着生前的处事原则，最终只能互相折磨。如加尔森说："我是个下流坯。"艾丝黛尔说："我是堆垃圾。"同性恋者伊内丝说："我很坏，换句话说，我活着就需要别人受痛苦。""咱们之中，每个人对其他两个人都是刽子手。"其次，人应该学会正确对待他人对自己的判断，否则他人的判断就是自己的地狱。生活中有一种人格叫作"讨好型人格"，这种人总是追求他人对自己的认可、赞美，所以总是活在别人的眼光中，小心翼翼地照顾着他人的情绪，十分在意他人的看法、感受与评价，最终忽略甚至是忘记了"自我"的存在。总是依赖他人的判断，把他人判断当作最高裁判，结果必然使自己深陷精神困苦之中。最后，人应该学会公正地对待自己，如果不能正确地认识自己，自己也是自己的地狱。中国有句古话："知人者智，自知者明。"古希腊大哲学家苏格拉底最聪明之处就是知道自己不知道。古希腊德尔菲神庙镌刻的箴言提示人类"要认识你自己"。现实生活中，人难以规避过错的出现，如果出错时总是为自己辩护，仅仅从社会、他人、外因处寻找出错的借口，不能反观自照寻找自己出错的内因，就永远无法在失败中总结教训，从而规避错误。就如同《禁闭》中这三个鬼魂都是自我选择的个性，不能很好地省察自身，任由自我堕落，就是自己将自己打入了地狱。正如佛家偈语：一念天堂，一念地狱，一念放下，万般自在。当人"以邻为壑"时，地狱就存在于人们生活之中，甚至存在于人们内心深处。人都有自由选择的权利，无论是选择善还是恶，谁也不会强迫你，谁也不会逼你，但无论什么结果，都得自己负责。这三个鬼魂生前劣迹斑斑，死后互相折磨，这并非是他人强迫的，而是自愿选择的，其结果是自作自受。这正是萨特对恶的选择的否定，人必须有高尚的选择才会摆脱孤独和痛苦。

人只有在特定的处境中，才能显示出他对自身选择的自由。萨特形象地写出人在荒诞处境中的生存状态，且这种状态具有人类的普遍性。存在主义哲学认为，当人与人之间产生隔阂时，就只有互相倾轧、对立、斗争，没有理解和宽容，也没有支持和帮助。更可悲的是，没有人可以完全孤立地存在，人与人之间不得不互相依赖，但又互相排斥。人们都生活在"他人就是地狱"的孤独与痛苦之中。所以，世界的荒诞、人生的痛苦源于人与人之间不和谐的永无止境地互相折磨。"他人就是地狱"形象地揭示了人与人之间的疏离与隔绝，成为表达存在主义哲学思想的一句名言。"一间第二帝国时代款式的客厅"象征着一个受到限制毫无自由的环境；"从外面关死"根本打不开的门，暗示着人际关系的封闭。地狱中鬼魂与鬼魂的争斗和利害冲突，象征着资本主义社会中人与人之间不和谐的关系。地狱房间中那一尊瞪着大眼睛的铜像，揭示出人永远处于"他人"的注视之中，人在生活中总在遭受"他人目光"永恒的惩罚。由此，萨特使他的自由选择理论在一定程度上获得了道德论的支撑，并呼吁"争取自由""砸碎地狱"。

七　川端康成与《雪国》

（一）川端康成：天涯孤独者

川端康成（1899~1972），日本文坛新感觉派著名小说家，以"艺术至上""艺术唯美"为口号模仿欧美"意识流"的创作方法，强调捕捉瞬息间的纤细感觉，追求感官上的静止的"美"。① 他善于用意识流手法展示人物内心世界，强调主观上的真实，强调表现自我，突出感觉，认为感性胜过理性，对自然的描写极具细腻性，因而作品多富抒情性，色调自然柔美；又因受佛教空无思想的影响，对平凡痛苦的人生进行美的升华，死亡成为其文学作品的主调，主张悲哀与美好并存。1968 年，以《雪国》《古都》《千纸鹤》三部代表作获得诺贝尔文学奖。诺贝尔文学奖的评委会主席安德斯·奥斯特林宣读了授奖词："这份奖，旨在表彰您以敏锐的感受，高超的叙事技巧，表现了日本人的精神实质。"② 并赞扬川端康成的作品中流淌出的是一种具有纤细韵味的诗意和东方情致。

1899 年 6 月 14 日，川端康成出生于大阪。他出身很好，父亲是医生，母亲是贵族。但是从孩童到青年时期，川端康成反复经历着亲人离世的打击。三岁时，身患肺结核的父亲就过世了，祸不单行，一年之后，母亲也染病撒手人寰。在川端康成的成长过程中，母亲的缺席对他的人生影响非常大，他在小说中表现出对女性异乎常人的依恋与执着。幼小的川端康成由年迈的祖父母抚养，祖母对体弱的川端康成十分宠溺，川端康成七岁时，祖母还会喂他吃饭。可惜他刚上小学那年，祖母就过世了。读四年级时，川端康成唯一的姐姐芳子因热病导致心脏停搏死亡。十六岁那年，与他相依为命的祖父也因肺结核病去世。至此，川端康成成为彻底的孤儿。《十六岁的日记》中川端康成写下这样的细节，当时

---

① 曾建华：《文坛群星——诺贝尔文学奖史话》，海南出版社，1993，第 170 页。
② 刘硕良主编《诺贝尔文学奖授奖词和获奖演说》，漓江出版社，2013，第 346 页。

他的祖父已经卧病在床，大小便都需要川端康成服侍。祖父让他寄一张明信片给寄居异地的祖父的妹妹，他因此担心祖父是不是快要离世了。由此可见，川端康成当时对于死亡、生命的脆弱、孤独极为敏感。至亲骨肉的相继离世，无疑给川端康成留下了人生的阴影。这些经历也使得他对于生命的理解更加深入，有了很深刻的生死观，在其文学作品中也常常表现出一种生命的虚无感。

　　川端康成的代表作《雪国》描写一个中年舞蹈艺术家追求一个艺伎，但当艺伎深深地爱上他时，他却若即若离根本不打算同她结婚。这个舞蹈艺术家为了追求刹那的艺术之美，竟奔波于雪国数年之久。在《千羽鹤》这部小说中，川端康成借茶道反映日本人心理。茶道大师菊治在父亲死后，为了寻找父亲的身影，与父亲生前的情妇太田夫人发生关系，事后太田夫人深感内疚，认为自己罪孽深重而自杀。菊治又将对太田夫人的思恋之情转移到她女儿文子身上。而父亲的另一个情妇栗本智佳子则想撮合菊治和自己的徒弟稻村雪子，这时文子却悄悄地离开了菊治，最后，菊治甩开栗本智佳子的纠缠，出门找寻文子。① 茶道大师菊治的行为已超越了固有的伦理和道德。《千羽鹤》充满象征和暗示，而且具有日本茶道、禅学等浓厚的文化气息。②《伊豆的舞女》是川端康成的带有半自传体性质的小说，具有比较完整的唯美主义的艺术风格，是他的成名作，从小说细腻铺叙的情节和细致入微地刻画中，不难体会到作品主人公和江湖艺人薰子之间那种缠绵悱恻的感情。③ 川端康成一生中爱过四个名叫千代的女子（川端康成曾在《校友会杂志》上发表与前三位千代的恋爱故事）。第一个千代来自他的家乡，名字叫山本千代。山本的父亲原是川端康成的债主，却在临死之前，不知何故，免去了川端康成的债务，还让女儿为其送上一笔生活费，这让饱经孤苦的川端康成感受到了家的温馨。第二个千代是一位舞女，也是川端康成成名作《伊豆的舞女》的原型，但他们终因身份的悬殊而分开。第三个千代是小酒馆里的女招待，但她当时已经有了未婚夫。第四个千代在咖啡馆里做侍者，他们的爱情来得急如旋风，已经到了谈婚论嫁的地步，川端康

① 刘斌、邱胜编著《诺贝尔文学奖获奖者的故事》，金盾出版社，2017，第 420 页。
② 刘斌、邱胜编著《诺贝尔文学奖获奖者的故事》，金盾出版社，2017，第 420 页。
③ 曾建华：《文坛群星——诺贝尔文学奖史话》，海南出版社，1993，第 170 页。

成原以为以前所受的伤害可以被爱情慢慢抚平,他因此对未来充满期待,正当他准备重新接受人生的幸福时,却又一次被命运捉弄了,因为一些小事,千代怀疑跟随川端康成后是否会幸福,女孩儿单方面撕毁了婚约,甜蜜的爱情就这样结束了,在充满希望的时候突然被现实折磨,川端康成再一次陷入了痛苦的旋涡之中。爱情失败了,川端康成将心底的孤寂和哀伤倾注到《千代》《伊豆的舞女》等小说中的"少女之美"中。他希望生命永远处于绽放的年纪,而"恋爱情结""少女情结"也传达出一种纤细、敏感的情感与现实缺憾的悖谬,成为他一生无法摆脱的宿命感和虚无感。童年生活原本就极度悲惨,成年后的川端康成更是渴望得到爱的弥补,可偏偏被命运捉弄,时局的变换、生活的不确定都促使川端康成对人生产生强烈的空无感,他开始确信人类的意志力量实在太渺小,在社会、时代、命运面前不堪一击。一次川端康成住在一家旅馆,凌晨四点醒来时,发现海棠花正在盛开,他写道:"凌晨四点凝视海棠花,更觉得它美极了。它盛放,含有一种哀伤的美。"① 爱情与少女是川端康成一生深情追求而又求而不得的虚幻。1968 年,瑞典文学院授予川端康成诺贝尔文学奖的原因是:"他高超的叙事文学,以非凡的锐敏表示了日本人的精神实质。"② 由于种种主客观因素,川端康成最终选择了结束自己的生命。1972 年 4 月 16 日,川端康成默默地打开煤气,口含冰冷的煤气管从容离去,没留下一句遗言。正如他在 1962 年曾说过的:"自杀而无遗书,是最好不过的了。无言的死,就是无限的活。"死亡对于川端康成来说,或许是一种解脱,他走的时候很安静,实践了他文学作品中"死即新的生"的观念。

(二)《雪国》:物哀之美与禅宗镜像

《雪国》讲述了一个名叫岛村的男子、一个艺伎、一个少女之间的故事。中年男子岛村有妻子、孩子,他到雪国温泉旅馆度假时,遇到了艺伎驹子且十分迷恋她,曾三次与艺伎驹子相会。东京艺伎驹子会弹三弦琴,还坚持写日记,对岛村的感情也十分真挚,但岛村并不想陷入真

---

① 〔日〕川端康成:《花未眠——散文选编》,叶渭渠译,广西师范大学出版社,2001,第 119 页。
② 曾建华:《文坛群星——诺贝尔文学奖史话》,海南出版社,1993,第 169 页。

实的关系。驹子的三弦琴老师曾想让驹子与患有肺结核的儿子行男结为连理。驹子虽然拒绝了老师，但又为了给行男赚取医疗费而沦为艺伎。小说从岛村第二次去见驹子写起，他在火车上偶遇了陪伴行男看病返回的三弦琴老师的女儿叶子。岛村透过起雾的车窗，伴着夕阳，看到了极致温柔、纯洁、美丽的叶子，之后便念念不忘。由此，岛村与叶子、驹子之间，形成了微妙的情感关系。这个故事十分简单，却带给读者难以忘却的美感。

1. 万物皆哀的物哀之美

物哀之美是日本文学中传统的美学理念，是一种审美意识。什么是物哀？简单从字面上理解，"物"指自然万物，"哀"即悲哀。睹物伤情、物我同悲是对物哀最直观的理解。中国古诗词"一切景语皆情语"，如"感时花溅泪，恨别鸟惊心""念天地之悠悠，独怆然而涕下""无边落木萧萧下""昨夜星辰昨夜风"等都表达了自然景物诱发的哀伤情绪，表达出人类对生命悲凉的思索，对事物转瞬即逝的感叹，对生活无常的无奈。《源氏物语》中有段话阐述日本的"物哀"："雪中苍松翠竹，各有风姿，夜景异常清幽……即可见物哀。""四季风物之中，春天的樱花，秋天的红叶，都可赏心悦目。但冬夜明月照积雪之景，虽无彩色，却反而沁人心肺……"① 日本人看到樱花飘落就会感受到美与死亡。川端康成追求东方的古典美——一种和谐和艺术的中和之美。川端康成说，大自然的美是无限的，而人的感受力是有限的。花的生命极其短暂，这是大自然的规律。春夏秋冬，四季轮回，不知不觉人从壮年渐渐变得力不从心，由物及人，自然令人感伤。川端康成的《雪国》中有许多与山相关的景物描写，以冬天作为时间背景，扑面而来的一大片耀眼雪景，给人强烈的视觉冲击，展现了生命的颓败美感，使得作品中随处可见淡淡的哀伤。故事发生在雪国的温泉旅馆，没有选择东京，也是作者有意为之。远离城市的喧哗，小说一开篇写道："穿过县界长长的隧道，便是雪国。"② 这个开头简单纯粹，语言十分节制，却营造了一种悠远宁静的感觉。寒冷的天气更容易让人进入一种慢节奏的生活，岛村透过车窗看

---

① 〔日〕紫式部:《源氏物语》，丰子恺译，人民文学出版社，1982，第 427 页。
② 〔日〕川端康成:《雪国》，叶渭渠、唐月梅译，南海出版公司，2013，第 3 页。

见叶子时，正是"在遥远的山巅上空，还淡淡地残留着晚霞的余晖"①
的时间，"落日余晖"给人孤独而又浪漫的感觉。初见叶子，便奠定了
一层朦胧的美感，为小说后文写岛村对叶子的精神期许埋下了伏笔。川
端康成眼中的"余晖"中的景物"已经黯然失色"，"余晖"为景物蒙上
了一层"物哀"之美。川端康成并不关注现实的政治，他的作品更侧重
于情感的抒发。《雪国》中徒劳的爱情、人生的迷惘、虚无的未来，在
浅浅的悲哀之中流动着永恒的"物哀"之美。

　　川端康成描写爱情，少有那种缠绵悱恻的浪漫，也无那种生离死别
的悲壮，往往是男女主人公人生旅程中的一次擦肩偶遇，短暂的相伴中
纯真自然、淡然含蓄、暧昧模糊的青春情愫，给人留下无穷的韵味和轻
淡的感伤。《雪国》中岛村与艺伎驹子似乎什么都发生了，又似乎什么
都没有发生，印证了川端康成的虚无主义。《雪国》中岛村对驹子的感
情并不是为了求欢，而是努力追寻某种不得到便不会失去的诗意关系。
岛村甚至直言："要是发生那种事，明天也许就不想见到你了。"② 当驹
子主动投身于岛村之后，岛村便离开了雪国，"但他没有来信，也没有赴
约"③。川端康成写景物是美的，女性同样也是美的，而且是一种空灵的
美。《雪国》中，驹子和叶子两人，前者代表"肉"，后者代表"灵"。
她们对爱的要求都很高，都追求一种完美的爱情，她们所追求的这种精
神上的契合令岛村感觉到她们的存在是如此干净，她们是"纯粹的美"
的化身。岛村眼中的驹子是纯洁至极的，他甚至想"她的脚趾弯里大概
也是干净的"④，这样稀奇的比喻让读者直观地感受到这位女子的干净。
川端康成多次对驹子的外貌进行刻画，两次形容驹子的柔唇"宛如美极
了的水蛭的环节"⑤。但如此干净美貌的女子却也沦为艺伎，不免令人产
生哀痛惋惜之情。驹子的三弦琴老师想让她与儿子行男成婚，但驹子对
行男并没有什么感情，尽管如此，她还是做了艺伎来为行男赚疗养费。
所有的一切美好都如岛村所说"是徒劳的"。驹子是固执的，岛村多次

①　〔日〕川端康成：《雪国》，叶渭渠、唐月梅译，南海出版公司，2013，第7页。
②　〔日〕川端康成：《雪国》，叶渭渠、唐月梅译，南海出版公司，2013，第14页。
③　〔日〕川端康成：《雪国》，叶渭渠、唐月梅译，南海出版公司，2013，第10页。
④　〔日〕川端康成：《雪国》，叶渭渠、唐月梅译，南海出版公司，2013，第12页。
⑤　〔日〕川端康成：《雪国》，叶渭渠、唐月梅译，南海出版公司，2013，第66页。

认为她写的日记是徒劳的，但她还是从未放弃。她内心燃烧着对岛村的爱恋之火，既然爱就不会熄灭。她的渴望与她的永远得不到，形成强烈的对比，产生了悲哀的意味，凄美之感油然而生。岛村再来雪国时遇到了叶子，并对叶子怀有那种若即若离的情愫。岛村与驹子、叶子都有感情上的牵绊，叶子与驹子似乎又是"灵与肉"的辩证，而岛村显然更倾向于无性的精神寄托。岛村对叶子的情感仅仅出于一种好奇，叶子是岛村在火车上邂逅的，他透过车窗的玻璃看到了美丽的叶子，但叶子是岛村没有得到过的，只是岛村满足自己精神上的逍遥的寄托。岛村一直对叶子的声音念念不忘。"优美而又近乎悲凄。那嘹亮的声音久久在雪夜里回荡。""这是荡漾着纯洁爱情的回声。"① 这是一种悲戚感伤的美，萦绕心头难解难消。

　　川端康成受其人生经历以及佛教思想的影响，认为悲与美是相生共存的，白雪会消融，满月会变残，花会凋零，这些带着遗憾的美，就是物哀美学的精髓。因此川端康成写雪之美，那雪必被玷污；写花之美，那花必定枯败；而写人，必逃脱不掉可怕的宿命。川端康成的作品中充满了"死亡意识"。很多作家会把死亡当作故事的终点，而川端康成却把死亡当作故事的起点。岛村第三次去雪国时，恰好是飞蛾产卵的季节，大量飞蛾产卵之后就死掉了。岛村拿起死去的飞蛾，"仔细观察着昆虫闷死的模样"，这些细小的生命也会"痛苦地拼命挣扎"。在岛村眼中，活着的飞蛾的翅膀像死了一样轻柔美妙，而死去的飞蛾拥有无限之美。岛村面对这些死亡的生命，认为它们是美的，枯叶般飘落的死亡的生命是美的，是充满伤感、落寞的美。村子里的蚕房着了火，原本在里面看电影的孩子们被一个一个救了出来，水泵喷出来的水变成了蒙蒙的水雾，映照着银河的亮光。岛村突然抬头望去，一个女人像玩偶一样，从屋顶直直地坠下来，倒在地上微微痉挛，那便是叶子。驹子踉踉跄跄地跑过去抱着叶子，仿佛抱着自己的牺牲与罪孽。美丽的叶子，仿佛是一种虚无的存在。驹子在猛烈的火焰声中感受到了恐惧，而岛村却说"没什么可怕的"。川端康成的人生经历使他敏感、孤独，也更能细致地体味生活，观察人心。《雪国》整部作品充满了哀伤、克制、无奈等悲哀的色

① 〔日〕川端康成：《雪国》，叶渭渠、唐月梅译，南海出版公司，2013，第80页。

彩，一边是爱情的温柔，一边是参透人生的悲凉。川端康成的思想受佛教影响，认为美好与悲哀是相伴而行的，有美好就会伴随着哀伤，也认为死亡即新生，生死轮回。因此，川端康成笔下的死亡虽然哀伤，但总带有希望。他知道死不是真的结束，"死即生"，只有承认了"死"，"生"才变得更有意义，如同凤凰涅槃，只为新生。在川端康成的作品中，生与死已经没有界限，有的只是美。

2. 禅宗镜像的虚幻之美

西方现代小说中通常会有悲观与虚无的主题，并以价值观念的空缺和自我意识的破灭为主要特征。然而川端康成则通过非现实的、抽象的环境来表现人生无常和美的转瞬即逝，传递着"灭我为无即解脱"的禅宗意识。他的小说中常常出现镜子、花、梦、雨、彩虹等具有禅宗意味的意象。日本人习惯将镜子当作"神器"放在家中的神龛上，以静观自身。川端康成认为，镜中的人、景、物比现实的人、景、物更美，文学就要像镜子一样。《雪国》中的"暮景的镜"和"白昼的镜"，表达了一种超现实的虚幻美。岛村与叶子的第一次相遇，黄昏时夕阳西下，叶子与暮色相互交融，简洁素淡，美得好像超脱了现实的世界。在这个镜像中，岛村看到了美丽的叶子，暮色朦朦胧胧，车窗模模糊糊，路灯若隐若现，朦胧虚幻之美让人猝不及防。镜像中岛村眼中的叶子是绝美的，以至于"他渐渐地忘却了镜子的存在，只觉得姑娘好像漂浮在流逝的暮景之中"①，这时叶子的身姿便是岛村从镜子中看到的若有若无的美，不那么真切。这个奇妙的镜像，可以认为是作者心中理想的虚无之美。另一处镜像是早晨镜子中的雪景与驹子互相映衬的景象，你中有我，我中有你，是一种虚幻的美。镜子本身就是虚幻的东西，镜子内的镜像是不属于现实世界的象征形象。岛村所追求的便是这种虚无缥缈的美感，比起现实世界，镜中世界显得更加美丽。但那毕竟是水中月、镜中花，可以目睹，难以实求，这就象征了美存在于无数的假象所造成的瞬间的幻觉之中。"镜子"意象的运用，非常形象地表达了川端康成小说的虚幻主题。小说中的镜像不仅是主人公岛村逃避现实、自我追求的理想境界，同时还是作者川端康成虚无人生观的体现。岛村没有正式的职业，而是

① 〔日〕川端康成：《雪国》，叶渭渠、唐月梅译，南海出版公司，2013，第7页。

仗着祖先留下的财产才过着悠闲的生活，他的内心极度空虚，没有人生目标。"（岛村）偏爱传统舞蹈和舞剧，收集西方舞蹈的书籍和照片，试图从国外寻找海报和节目单，他学习研究西方舞蹈，但从不看外国人跳西方舞。"① "他欣赏的不是舞蹈，而是舞者柔韧的身体所表现的舞蹈艺术，是从西方人物和照片中产生的虚幻的舞蹈，就像一个从未见过面的女人。"② 这是因为，岛村一直想要真正感受到生命的存在，觉得他确实活在这个世界上，但最后才发现这一切都是徒劳的。

《雪国》的悲剧意蕴还体现在川端康成虚无的人生观上。作品中的主人公岛村守护着自己的一方精神净土，活在自己给自己构建的精神世界里，在他的眼里，一切都是徒劳，这在文本中有多次体现。在岛村看来，生命的存在是一种美丽的徒劳，是一种虚无的存在，甚至生命临终前的斗争都是没有必要、没有意义的。岛村几次到温泉旅馆和驹子相会，最后又不可避免地分开。驹子身处风花雪月中却努力逃离，想过上"体面的日子"。这些故事并不令人惊异，因为这些只是普通人生活的碎片，在川端康成的笔下却染上了"徒劳"的色彩。白色的雪，纯洁而高贵，即使雪中藏着寒冷肃杀之气，也容易消融。这个从有到无的过程，就蕴含着一种无常的哀感。雪国原本是岛村寻找到的"世外桃源"式的存在，雪也是自然界中纯洁纯粹的化身。但"人墙前面的雪被水和火融化，雪地上踏着杂乱的脚印，变得泥泞不堪"③，洁白的雪终究逃不过变得泥泞肮脏的结局。在驹子眼中，岛村不同于其他凡俗的嫖客。为了爱岛村，驹子似乎可以抛下一切。在行男弥留之际，她仍坚持选择去火车站送岛村，即使叶子来找她，她也不肯回头。驹子不在乎与行男的死别，却害怕与岛村的生离不再重逢。她反复和岛村强调，自己不是"那种女人"，她会介意岛村对叶子的感情，会像一个少女那样吃醋。但是，如此干净、纯粹、热烈的感情，在岛村的情感世界中都是徒劳虚无的。叶子曾请求岛村对驹子好一点，岛村说："我什么也做不了。"充满了无奈，似乎表明即使是爱，也负不了什么责任。这是川端康成在种种人生不幸经历之后得出的对人生真相的思考：人对自己的命运尚且无法把握，更遑论对

① 〔日〕川端康成：《雪国》，叶渭渠、唐月梅译，南海出版公司，2013，第16页。
② 〔日〕川端康成：《雪国》，叶渭渠、唐月梅译，南海出版公司，2013，第16页。
③ 〔日〕川端康成：《雪国》，叶渭渠、唐月梅译，南海出版公司，2013，第116页。

他人人生负责！这展现出人的生命在天地间的脆弱与无常。川端康成企图通过美丽、哀愁的抒写向读者传达：生活就是虚无本身，想要摆脱生活残酷幻灭本质的努力最终也将是虚无，即使这些努力会令人印象深刻。叶子在烈火中如同秋叶的飘零，亦如凤凰之涅槃，将死亡绘成一幅绝美的画卷，也成为岛村心中对美、对理想的极致追求，可最终叶子的一切在岛村心中也不过是一场徒劳。岛村认为驹子写日记是徒劳的，驹子与行男之间的感情是徒劳的，他与驹子的恋情短暂而又徒劳，叶子的爱情也是徒劳的。岛村研究西方舞蹈却一场演出也没有看过，只沉浸在自己的精神幻想中，他甚至认为自己的生存也是徒劳的。小说中的岛村靠着祖产生活，他极力摆脱逃避现实世界，这都是川端康成虚无人生观的体现。《雪国》以"虚无"为主线贯穿始终，突出了川端康成的思想观念。在他眼里，终极的空虚才是真正的美的所在，美是人主观的感受。

八　萨缪尔·贝克特与《等待戈多》

（一）萨缪尔·贝克特：荒诞的等待者

萨缪尔·贝克特（Samuel Beckett，1906-1989），法国荒诞派戏剧的领袖。他的作品常常在诙谐与幽默中诉说人生荒诞的一面，因此有人称他为"改变了当代戏剧走向的文学巨匠"。1969 年，瑞典文学院因贝克特那"发自近乎绝灭的心情，似已标举了全人类的不幸""他那具有新奇形式的小说和戏剧作品使现代人从精神贫困中得到振奋"① 而授予他诺贝尔文学奖。当贝克特知道自己获得 1969 年度诺贝尔文学奖时，竟做了一个"荒诞"的举动，他马上躲到乡村的一个小山庄里去了，当时那个小山庄正好遇上山洪暴发，他几乎成了一个与世隔绝的"隐士"。② 更荒诞的是他的祖国爱尔兰因此愠怒异常，拒绝承认他是爱尔兰国民，他又没有法国国籍，身份归属不明确的贝克特无法亲自领奖，最终由出版商出面代为领奖。

1906 年 4 月 13 日，爱尔兰都柏林市郊区的一个犹太家庭迎来了一个新的生命——萨缪尔·贝克特。他的父亲是建筑工程估价员，母亲是一位虔诚的法国新教徒。贝克特的童年并不快乐，因为他与母亲常处于情感疏离的状态。1927 年，攻读法文与文学的贝克特毕业于都柏林的圣三一学院，并获得学位证。1928 年至 1930 年贝克特任教于师范学校，遇见了对他文学生涯产生巨大帮助的爱尔兰小说家詹姆斯·乔伊斯，并成为乔伊斯的得力助手。贝克特的创作深受乔伊斯早期作品的影响，在 1938 年后，长期定居巴黎的贝克特，甚至被称为"小乔伊斯"。1931 年的冬天，贝克特的父亲突然离世，这给他带来了巨大打击，但他的母亲却不能给予他心灵上的抚慰，一度抑郁的他不得不接受专业的心理治疗。在

---

① 曾建华：《文坛群星——诺贝尔文学奖史话》，海南出版社，1993，第 174 页。
② 曾建华：《文坛群星——诺贝尔文学奖史话》，海南出版社，1993，第 172 页。

伦敦接受治疗并痊愈的贝克特移居法国，但某天在巴黎街上散步时，贝克特突然被迎面走来的人给刺伤。更荒诞的是，当追问那个人为什么要刺伤贝克特时，回答竟是："不知道！"这件事给贝克特的震动极大，他越发感受到生活中处处充满着无法用理性解释的荒诞。在住院期间，他与悉心照顾自己的好友苏珊娜缔结良缘。因对爱尔兰的"神权政体"不满，1938 年，贝克特选择定居巴黎。不久第二次世界大战爆发，夫妻二人过上了颠沛流离的生活。面对纳粹的不法行径，贝克特果断地加入反法西斯阵营，成为一名光荣的战士。1942 年贝克特所在的部队遭到围剿，他和妻子苏珊娜被迫逃亡到卢西隆，在这个偏远的村庄当起了农业工人。《等待戈多》中的两个流浪汉形象便是凝聚了贝克特流亡中的真切感受而诞生的，这两个流浪汉也是战乱苦难中的人类象征。历经两次世界大战的贝克特对战争有着独特的感受——劫难与虚无。战后，贝克特进入创作高产期，一部部作品传递着他对人生的理解：人生毫无意义，只有等待，别无选择。

　　荒诞派戏剧被认为是一种通过舞台呈现社会意识的文学流派。对"荒诞"的理解可以从两方面考虑。一是人对世界的陌生感：人与人、人与世界无法沟通；人与他人、世界处于一种敌对状态；人被一种无可名状的异己力量所左右，无力改变自己的处境。二是价值观念丧失之后，人对自我的失落感，人在一个毫无意义的世界上存在。这种"荒诞"观念体现了西方世界普遍存在的精神危机和悲观情绪。贝克特的第一部长篇哲理小说《莫菲》在正式出版之前被拒了 42 次。《莫菲》讲述了患有"精神衰弱"的"唯我者"莫菲晦涩滑稽的故事。尽管故事的开始小说主人公莫菲已完全长大成人，但他却把自己缚在摇椅上，试图把自己摇入被人忘却的世界。这是个都柏林社会底层游手好闲、无法就业的爱尔兰人躲避工作，又被卷入三角（或四角）恋爱纠葛的浪漫传奇，这部作品也被视为爱尔兰的城市史诗。贝克特首部法语小说《马洛伊》（1951）叙述了一个名为马洛伊的人出于模糊不清的想法或是隐秘动机出走，四处流浪又经受种种磨难，最后误入迷途，倒在深沟中。寻找马洛伊的人也是模糊不清的，在崎岖的道路上奔走，同样经受种种磨难，最终也毫无结果。贝克特意在表明：人生是周而复始的艰辛而又虚无的漫游。三部曲（《马洛伊》《马洛伊之死》《无名者》）的写作持续了 6 年之久

（英文译本直到 1956 年才完成），这是贝克特对自己世界观最详尽的描述。小说以马洛伊寻找母亲的近似现实主义的细节描写开始，通过马洛伊超现实主义的临终反思，最终以无名者脱离躯壳的头颅在旋转的幻觉世界中心的灰色心理作为结局。作为对痛苦、失落和绝望心灵的文学阐述，贝克特的三部曲通过个人色彩浓厚的叙述风格，引导读者越过一切参照标志而进入纯主观的灰色格调。即使没有几个可以认出的地名，它也是赤裸裸的自传，因为贝克特试图在作品中描写那些似乎难以诉诸笔端、不言而喻、扑朔迷离而又完全属于个人的一切，而且作品中只有这些内容。①

贝克特的戏剧擅长碎片化地展现生活场景，在生活的残片中生发自己的哲思，展示现代生活的悲哀，揭示现代人被生活挤压后丧失自我的生存状态，着重表现人的形而上的生存痛苦，更进一步地揭示世界的不合理性，存在的无依据、无理由，人命的卑贱如蝼蚁。贝克特在 1957 年创作的《一局终了》全剧只有 4 个人物，但个个都是病人，似乎隐喻着现代人个个都有某种不可言喻的疾病或精神上的不足。主人公哈姆是一个双目失明的瘫痪者，每天都只能坐在轮椅里度日，隐喻着不能观察思考也不能行动的青年人；哈姆的父母则失去了双腿，各自坐在一个垃圾桶里，不时伸出头来向仆人要东西吃，隐喻着不能独立行动而被动生活的人；仆人克洛夫只能站，不能坐，隐喻着虽为生活有所行动但处处受限的人。仆人推着哈姆的轮椅在室内转动，哈姆把这叫作"周游世界"。剧中所有的人都处在这种令人绝望的境遇中，但剧中人却并不以之为痛苦。

《啊，美好的日子》展示了无边的沙漠里露出一颗脑袋，大地咔咔作响，即将崩溃，但只露出脑袋的女主人公温妮却自得其乐地梳洗打扮，觉得日子美好不已，这似乎揭示了令人绝望的不是面前有无底的深渊，而是身处深渊却不自知。第二幕，黄土已经埋到温妮的颈部了，她依然赞美说："啊，又是一个美好的日子。"温妮的丈夫在小丘后仅露出头部，他是一个瘫痪者，始终艰难地朝着妻子的方向爬，可总也爬不到埋她的小土丘，全剧就在他们夫妻的对望中落幕。埋在沙土中的老妇温妮是丧失"自我"、徒具人形的人，一方面呼号"自我"的不存在，一方

---

① 刘斌、邱胜编著《诺贝尔文学奖获奖者的故事》，金盾出版社，2017，第 428 页。

面又在探索寻找"自我"。戏剧残酷地揭示了现代社会的人们被生活异化的荒诞处境。现代人起初为了生活戴上虚伪的假面，后来则是以假面来生活。贝克特彻底解构了人生的意义和价值。贝克特荒诞戏剧表现的另一个基本命题是死亡，死亡是人类必然要面对的人生结局，人只能无可奈何地走向死亡。垃圾箱、轮椅、怪病，这一切是西方文明已然"瘫痪"的象征，人生只是"一种有口难言的苦恼"。"瘫痪"是贝克特表征西方现代文明的一个常用意象，出现于他的多部戏剧中。贝克特的荒诞戏剧总是将社会底层人物作为呈现的中心，从《等待戈多》中的流浪汉到《一局终了》的残疾人——缩在垃圾桶里的纳格和耐尔，再到《啊，美好的日子》里的老妇温妮，他们无一不是底层小人物。贝克特就是要用这些平凡、常见的普通人展现西方社会精神空虚、麻木的普遍性事实。贝克特将一切价值与意义消解在日常的生活琐碎之中，让琐碎成为生活乃至生命的本质，令人不禁感叹一切如此荒诞不经又索然无味，人只能无可选择地出生，无可选择地走向死亡。贝克特荒诞戏剧中对人物、命运、题材进行的非英雄化处理，颇有解构传统英雄主义的意味，这是20世纪以来文学流派的整体趋势。

　　贝克特的荒诞戏剧展现了两种悲观：一种是与生俱来的悲观，无论处于什么样的生活境遇，在这一类人眼中都没有美好的存在；另一种是被动的悲观，这一类人往往处于巨大的苦难之中，由于无力改变痛苦的现实而产生悲观的情绪。前者从根本上否认了自己的价值，而后者则是因自身价值的微弱而自我放弃。贝克特创作了三十多部舞台剧剧本，其中最经典的三部作品是《等待戈多》、《一局终了》和《啊，美好的日子》，堪称为《圣经》作注释的杰作。总之，萨缪尔·贝克特的人生经历对他的写作风格产生了一定影响，不幸的家庭生活、乔伊斯艰涩难懂的写作风格的影响、亲历第二次世界大战的痛苦使贝克特的小说和戏剧都充满了远离现实主义的荒诞色彩。他致力于揭示现代社会高压下人类的生存焦虑、内心的孤独以及自我意识不断丧失的悲哀。他将世界留白，等待人们来思考"怎么办"，展现人类精神世界山穷水尽的苦境的同时，将戏剧引入全新的发展模式。他的戏剧语言晦涩难解，非连贯的情节与故事堪比意识流作家的作品，情节与叙事在戏剧中不断地被解构，但是又在解构的过程中重新建构，以达到意义的绵延无尽。

（二）《等待戈多》：生存困境的荒诞性

《等待戈多》的巨大成功来源于特殊的时代背景。第二次世界大战带走了人们熟悉的世界，带来的是赤裸裸的荒诞感。贝克特通过夸张的手法将这种难以言表的感受加以抽象、概括，搬上舞台，借以警醒荒诞世界中的荒诞人。存在主义哲学将人与世界、人与人的关系都视为荒诞的存在，认为人是受痛苦折磨的牺牲品。只有呈现荒诞的文学作品才是最真实的作品，因为只有在这样的作品中，人们才能获得精神上的宣泄与宽慰。荒诞派戏剧《等待戈多》与传统戏剧相比，在语言传达、主题呈现等方面都有着颠覆性的改变，也正是由于这些改变，才使《等待戈多》成为荒诞派戏剧中的经典之作。

1. 没有情节的戏剧

贝克特认为艺术家的任务是"通过直喻把握世界"。《等待戈多》是贝克特崇尚的"静止的戏剧"的范例。《等待戈多》的开头和结尾极其相似，好像什么都没有发生过，又好像一切都已经结束。贝克特在剧中没有采用传统的直线式时间顺序，而是使用了循环往复的环状结构。空间不变，时间静止，剧本共两幕，地点也始终没变。阴沉沉的黄昏，无尽的荒野，一棵枯树，舞台布景虽然简单，但沉重、压抑的舞台气氛十分浓郁，荒野中只一条乡间路，无头无尾，茫茫无期。两幕剧的前后场景基本相同，开始与结束并无二致。这暗示了昨天与今天一样，时间只在今天和昨天之间流动，形成一个永无止境的闭环，明天将永远无法到来。有思想有意识的人在这令人窒息的环境中没有任何指望，只有在"上吊寻死"和"等待从没露面的戈多"中选择。舞台上发生的就是两个流浪汉爱斯特拉冈（昵称"戈戈"）和弗拉季米尔（昵称"狄狄"）在这二者之间不断徘徊犹豫的故事。两人的被动和无奈，让我们隐隐约约看到了第二次世界大战后西方世界传统的价值观念分崩离析后，西方人精神世界空虚、迷惘，面对生活不知所措又无可奈何，只能在夹缝中求生存的状况。《等待戈多》中的时间模糊难以确定，一方面因为戏剧整体时间循环，另一方面因为剧中人物的记忆也是缺失和模糊的。第二幕剧中，戈戈忘记了踢他一脚的幸运儿，忘记了给他骨头的波卓，即使是同一时间、同一地点，戈戈也没能想起来这一切竟然是昨天发生的。

一个陷入虚无的荒诞人，记忆逐渐消失，不知家乡是哪里，存在过的痕迹也慢慢被清除，在时间和空间上都没有归属，存在只是存在本身，存在即荒诞。时间的不确定性和无序性使人感到迷茫和无助。过去、现在和未来在剧中变成昨天、今天和明天，但他们过去的记忆已经模糊不清，昨天发生的事，今天就忘记了，未来还未可知。在这样的情节里，观众所能感受到的是时间像宇宙一样，浩瀚无边，无穷无尽。人类在时间中，就像是宇宙中的一粒微尘，直线上的一个质点，渺小到可以忽略不计。

《等待戈多》问世之前，戏剧界一直以古典主义戏剧家的理论为准则，要求戏剧情节结构紧凑，矛盾冲突一致。《等待戈多》却反其道而行之，弱化甚至是消除戏剧情节，不设置人物冲突，使情节结构达到极简的状态，整部剧似乎只有一件事是清楚的，那就是等待戈多。剧中所有人物并没有实质上的联系，故事情节似乎也是静止不动的。没有情节发展，没有戏剧冲突，语言、动作、时间、布景等都重复出现，只有细微的量的变化。剧本共分两幕，两幕出场都是在一片荒野，时间都是黄昏，内容也多是索然无味的对话。等待是两幕剧全部的内容，这种结尾是开端的重复，终点又回到起点，形成一种开放式的结局，使戏剧可以无限循环下去。这种无始无终的循环式戏剧结构不只是一种形式，还展现出西方现代社会中人们精神的幻灭感，它还深刻地表现出现代人生存处境的单调、刻板，在无尽的煎熬中体验人生的无意义。所有的情节和语言都是在等待的过程中打发时间的消遣。他们思考、跳舞、对话甚至去上吊都是不相干的事，情节前后并没有必然的逻辑关系，随意拆分重组也不会影响整体效果。例如，戈戈在一个土墩上脱鞋子脱到筋疲力尽，然后看一看、倒一倒鞋子，还要再给脚通通风。这时狄狄却说起了两个贼中有一个得救的事。新话题没有道理地出现，观众在观看的时候完全摸不着头脑，即使是演员自己也不知道自己究竟在演什么，这恰好达到了作者预想的"荒诞"效果。小男孩来送信了，但戈多到底会不会来还是未知数。只有现在，只有等待，真实而又无助。通过反常的表演促使观众思索和感受荒诞，通过对简单动作的重复强调世事本无意义，进而引出严肃的主题——"等待"。

2. 相爱相杀的人际关系

剧中的戈戈和狄狄建立了困境中人与人之间相互依存而又相互孤立

的矛盾关系。戈戈是第一个出场人物，开头和结尾他反复"脱鞋"，这是一种强迫症的行为。那么戈戈在焦虑什么呢？脚拥有了鞋子才能更好地行走，鞋子代表人自身的行动力，戈戈反复脱下鞋子，代表他安于现状，畏惧行动的深层心理。第二幕开头，当戈戈受到别人侮辱时，他又想捡起鞋子。此时他转变成了心理上想要行动，却不作为的人。内心想法与肢体的冲突，导致其用脱鞋的下意识行为来缓解自己内心的焦虑，即使这些行为并没有任何意义。狄狄标志性的动作是脱帽子，一系列脱、摸、抖、戴的动作代表其对帽子独有的依恋感。帽子是抽象精神的象征，狄狄反复脱戴帽子，暗示其强烈的精神渴求。从全剧来看，狄狄一直在展现自己的才华，他喜欢探讨哲学问题，喜欢故事、歌曲这些有艺术性的东西，同时他希望他人也成为有思想的人，所以当他与戈戈交谈的时候，总是促使其思考。帽子就是狄狄的一个象征。第二幕，狄狄不再进行他的思想展示，转而纠结昨天自己的所作所为。帽子演变成了一件装饰物，它掩饰着狄狄的局促与不安。虽然两人追求不同，却都执着于自身的小动作。虽然两个人多次争吵，但彼此相互依赖，因对方的存在而证明自己的不同，也看到了自己的存在。戈戈和狄狄是彼此社会关系的连接点，即使生存异常艰难，陪伴却总是温暖的，狄狄不止一次地表示一个人是无法忍受孤独的。在漫漫无期的等待中，因为难耐孤独与寂寞，他们不停地说话，试图排解心里的苦闷，却始终各说各话，无法深入交流，如同人们的日常。主仆关系的波卓和幸运儿是压迫与被压迫的典型，波卓以一个趾高气扬的伪君子形象出现，身着贵重的大衣，出门带着侍从，喜欢发无理的命令来彰显自己的主人身份，没有高尚的品格又想赢得他人尊重。幸运儿则是变形的人，作为不被当人看的奴隶，幸运儿像是一个毫无自我意志的机器人，只能听从指令行动。暗喻现实世界的分级状况，极少数资产阶级逐渐掌权，压榨着大多数的劳动人民，前者愈加膨胀，后者逐渐麻木，失去反抗意志。曾经会快乐地跳各种各样的舞蹈的幸运儿，如今因过多的体力劳动与鞭子的抽打而遍体鳞伤、奄奄一息。长期的压制与服从让他情感缺失，自我意识消解，人格尊严消解，成了行尸走肉般的存在。高高在上的人活得虚伪，底层人意识消亡，处于社会中层的人接近疯狂，不上不下，还在等待没人知道的戈多。剧中最能代表人性丑恶的是戈戈向波卓讨要骨头的片段。戈戈本来是个理想主义者，一个落魄的诗人，前一秒还在可怜幸运儿，后一秒便不顾同伴劝说与怒斥，不顾礼义廉耻地索要、啃食扔在地上的鸡骨头。这种抵挡不住诱惑、放纵欲望、丧失人格尊严的行为是动物化的行为，这样的人是被社会压迫的不健全的人，这正是现代社会的缩影。社会中下层人的生存环境越来越窘迫，资本的侵蚀更加速了人们价值观的崩塌。又如波卓对幸运儿的虐待，用绳子牵着，鞭子抽着，除了将所有重物交给这个遍体鳞伤的可怜人外，还要对他进行言语侮辱，称呼他为"猪"。波卓在社会高压、精神空虚中心理发生畸变，失去作为人的正常情感体验，在幸运儿的身上就表现为变态控制和残酷对待。剧中一共五个人物，狄狄和戈戈，波卓和幸运儿以及小男孩。他们不知道自己从何处来，将到何处去，曾经到过什么地方，甚至忘记前一天见过的人、做过的事，他们都是非正常人。因为他们代表的是在第二次世界大战中历经劫难的人，战争暴露了最真实的人性，突破伦理道德的底线，人类精神信仰逐渐崩塌，在绝望的深渊中挣扎，处于崩溃的边缘和十分混乱的自我认知状态下。衣衫褴褛、蓬头垢面的两个主人公上场之后脱了鞋子再穿上，帽子摘下来又戴上；波卓一次又一次地站起来又坐下，还每次都喝令幸运儿拿开小凳子再拿回来。烦琐、单调、无用的动作反反复复，既无聊又可笑。这是一种讽刺，人类的所有行为看似繁忙而充实，实则没有任何意义。

3. 无效沟通的语言

在语言表达上，贝克特深受乔伊斯的影响。他打破常规的语言结构，淡化语言的表意功能，完成了从对语言内容的关注到对人物意识的关注的转化，从而达到忽略语言形式，突出剧本"荒诞"的效果。这在幸运儿关于"思想"的长篇演说中表现得最为明显："如普万松和瓦特曼的新近公共事业的存在本身所显示的那样一个白胡子的嘎嘎嘎的上帝本人超越时间超越空间确确实实存在在他神圣的麻木神圣的疯狂他神圣的失语的高处深深地爱着我们……"[①] 形容词名词胡乱叠加，通篇丝毫没有逻辑关系，句子莫名其妙重复，本该理据充足、条理清晰的演说，却是

① 〔爱尔兰〕萨缪尔·贝克特：《贝克特选集3·等待戈多》湖南文艺出版社，2016，第294页。

比精神病人的梦呓更加模糊不清的表达。这样的语言看似荒诞无厘头，实际上每个特性都是作者为表现荒诞感的精心设计。首先，语言重复，这包括人物对白时两人相互重复，也包括单独人物的话语重复，既有语言形式的一模一样，也有表达的意思重复。无论哪种，都造成了语言的苍白无力、冗长繁复。本该表现人物个性、丰富人物性格的对话反而使两个人物显得平淡、无区别。其次，人物语言和动作分离，剧末狄狄问戈戈是否要走，后者回答说："好的，我们走吧。"结果"他们站着不动"，语言的实际意义被消解掉。再次是无效的交流，剧本中戈戈和狄狄不停对话，但他们的对话内容都极为荒诞，且前后不相关，没有思想上的交流，而更像是自说自话。

　　弗：他说他走着瞧。

　　爱：他什么都不能答应。

　　弗：他必须好好地想一想。

　　爱：静下脑子来。

　　弗：问问他的家人。

　　爱：他的朋友。

　　弗：他的代理人。

　　爱：他的通信者。

　　弗：他的登记本。

　　爱：他的银行财产。

　　弗：然后才能表态。①

两人前言不搭后语，完全没有形成任何交流的对话没有存在的意义，作者通过它有力地表现出人与人之间的孤立、冷漠以及无法交流的孤独。最后，剧本大量使用沉默，沉默是无声的语言，此时无声胜有声，在舞台上停顿和留白往往能呈现更好的艺术效果。戈戈和狄狄决定放弃等待时，两人身体同时下沉，突然的沉默引人注意，失落、对未来的担忧等

---

① 〔爱尔兰〕萨缪尔·贝克特：《贝克特选集 3·等待戈多》湖南文艺出版社，2016，第252 页。

内心的复杂情感瞬间得以体现。此外，适当的沉默也给了观众想象、推断的时间与空间，观众从而更真切深入地感受荒诞。贝克特笃信"形式即内容、内容即形式"的悖论，力图将形式实验推向极致，因为他认为传统语言难以表达荒诞疯狂的新世界。于是，贝克特在《等待戈多》中令戏剧语言呈现出重复杂沓、颠倒混乱的分裂现象，如独白、沉默、重复、误解、矛盾、陈词滥调、胡言乱语等。戈戈和狄狄一刻不停地在对话，但他们的对话大都是自说自话，无法进行有效沟通，这展现了西方社会现代人内心世界的痛苦与恐怖。事实上，他们根本不想沟通，也不愿同别人有真正意义上的交流。因为进入别人的生活太可怕了，把自己内心的贫乏展示给人看也太不明智太过恐怖。

4. 荒诞性的主题

《等待戈多》的故事发生在黄昏，场景是一片荒野。第一幕，戈戈和狄狄在枯树下等待戈多的到来，为了消磨时间，他们没话找话，如同梦呓般闲聊，毫无意义，他们还不停地做一些无聊动作。当主人波卓和仆人幸运儿上场时，他们主动上前询问对方是不是戈多先生，原来他们竟不认识他们苦苦等待的人。天要黑了，来了一个男孩，通知他们，今天戈多不来了，明天一定会来。第二幕，仿佛是次日黄昏，也可能是无数个第二个黄昏，但戈戈和狄狄依旧在等待戈多，几片新长出的叶子似乎证明了时间的流逝。两人模模糊糊地回忆着昨天发生的事，由于昨天已把能说的话说尽了，今天他们除了长时间的沉默便是拿顶帽子戴来戴去，最后又以相互对骂来打发时间。狄狄骂道："我他妈的一辈子在沙漠中央滚来滚去，而你却要我辨别细微的色彩！给我瞧一瞧这肮脏的鬼地方！我这一辈子连一步都没有离开过！"① "窝囊废寄生虫！" "丑八怪！""白痴！"此时波卓主仆再次出场，波卓成了盲人，幸运儿竟成了哑巴。小男孩又上场说："戈多先生今晚不来了，明天准来。"他们进退维谷，想走不能，因为戈多说了"明天准来"；可是不走，戈多"明天准来"吗？他们绝望了，想上吊但没绳子，用裤带，裤带又断了——连自杀解脱都不行！于是"明天上吊吧，除非戈多来了"，"他来了，咱们便得救

---

① 〔爱尔兰〕萨缪尔·贝克特：《贝克特选集3·等待戈多》湖南文艺出版社，2016，第321页。

了"。两位流浪汉上演了一出闹剧后，决定离去，可他们嘴上喊着要走，却仍然站着不动。

　　主题之一：人生是永无止境的等待。两个肮脏的流浪汉是人类的象征，他们的等待荒诞而又庄严，他们在等待中耗尽了一生。人甚至都不知道自己等待的是什么，就甘心情愿地等待。英国剧评家马丁·埃斯林在《荒诞派戏剧》中指出："剧作的主题不是戈多而是等待，是作为人的状况的基本和特有方面的等待行动。在我们的全部一生中，我们总是在等待什么东西，戈多只是代表了我们等待的对象——它可以是一个事件、一个事物、一个人或者死亡。此外，正是在等待行动中，我们体验了最纯净、最明显的时间流逝。如果我们活动，我们很容易忘却时间的流逝，我们度过了时间，但是如果我们仅仅消极等待，我们就将面对时间本身的行动。"① 那么，现代人为何会陷于无望等待的荒诞处境？第二次世界大战以后，现代人面对混乱、荒诞、可怕的现实生活，宁愿忍受无聊的等待，也不愿有所作为，表明现代人的生命力已经萎缩到无力去追求远大的目标或理想；两个肮脏的流浪汉对于等待的戈多到底是谁都不清楚，表明现代人迷失了人生坐标，日常生活处于迷惘之中；戈戈和狄狄一幕一幕重复的等待，表明现代人丧失了终极信仰，只能坐以待毙。人的生存陷入了孤独、无聊、腻烦、荒诞地等待。贝克特没有置人类于绝望的地狱，而是另行构建，指出了一条路——等待。戈戈和狄狄两人身处现实与精神的荒野，能做的只有等待，没有任何理由，即使对戈多一无所知，也要顽强地等待戈多的救赎。但戈多次次令他们失望，无法选择无法改变的漫长等待、失望即将变成绝望的痛苦、空虚和寂寞包裹着他们。贝克特高度的艺术概括完美诠释了人类生存的境况，身处平凡与寂静，既要看到人生痛苦和枯燥的现实，又要心存理想，对抗平凡。

　　主题之二：人生仿佛就是在等待希望。《等待戈多》展现了一种终极性的追问和精神的找寻。在等待中，人如何作为？人如何相处？人如何面对时间？戈戈和狄狄一幕一幕重复等待戈多就是为了给平庸无聊的生活寻找意义，寻找希望，以摆脱困境。《等待戈多》将人心中的希望

---

① 〔英〕马丁·艾斯林：《荒诞派戏剧》，华明译，河北教育出版社，2003，第 27 页。

外化。希望是存在的，但何时到来却是未知。人类孤苦无告，互相敌视，只有靠可望而不可即、飘忽不定的希望来聊以自慰。在人们内心中，戈多也许是金钱、爱情、权力……但其实"戈多"就是一个谎言、一个借口，一个让人自欺欺人地认为在这个世界上还有东西值得等待的理由。现代人孤立无援地苦苦等待着那个也许永远都不会来的希望，正如鲁迅所说的"绝望之为虚妄，正与希望相同"①，人生的全部价值都在等待中实现，等待象征希望，心怀希望，一切就都有了意义。每当狄狄和戈戈达到绝望的边缘，想要上吊时，戈多就会派遣他可爱的小信使送来一点希望——"明天准来"，延长等待时间。戈多其实并非流浪汉的凭空捏造，剧中的一个小变化暗示了戈多的存在，只一夜功夫枯树上就出现了叶子，戈多没有抛弃这些可怜的人，他给了他们希望，虽然只是叶子，也足够燃起对春天的向往。戈戈和狄狄的境遇不是绝对被动的，他们本可以直接上吊，彻底结束痛苦，但他们莫名地坚持等待，睡在泥沟里、无辜挨了打、寂寞和空虚、期待落空的失望都赶不走他们。这份坚韧地活下去的愿望和人类与生俱来的承受力本就是一种希望。

　　主题之三：人生是无意义的。戈多是陷于困境中的人急于渴求的精神需求和寄托，是一种拯救的力量。但是戈多是谁？无人知晓。波卓说："反正你们知道我说的是谁，那个掌握你们命运的人。"在欧洲人心目中，除了上帝，谁能掌握命运呢？戈多可能暗指上帝，但尼采说："上帝死了！"戈多永远来不了，而暴力（波卓）和痛苦（幸运儿）却不断来到他们身边。这揭示了人类失去精神家园，渴望拯救却又救赎无望的荒诞处境。所以，人类所有的等待、追求都毫无意义，人们普遍存在于荒诞的生存处境之中，无法确定自己行动的意义，不能说明自己存在的价值。贝克特认为人生毫无意义，只有等待，别无选择。《等待戈多》反映了西方社会"一代人的内心焦虑"，是"一个时代的失望之音"，每个人都是他人的戈多，每个人也都在等待自己的戈多，人们都处于等待和被等待之中，等待在无止境地重复和延伸……

　　荒诞派剧作家时刻关注人类的生存状态，认为人的存在就是片刻的

---

① 　此句话出自裴多菲·山陀尔 1947 年 7 月 17 日致友人凯雷尼·弗里杰什的信。后鲁迅在散文诗《希望》中引用。

存在，不苦不乐，不醒不睡，不死不活，没有躯体，没有灵魂。"人或淹没在物中，或是受他人支配，或是失去了自我，或是与世界隔绝，总之人处于困境之中，失去了存在意义。"① 荒诞戏剧中表现的荒诞主题，原本属于悲剧的范畴，但他们采取戏谑的态度将其喜剧化。比如牵着幸运儿的波卓活像马戏团里的驯兽员，弗拉季米尔和爱斯特拉冈轮换戴帽子，等等。这些喜剧因素虽然增强了人物的滑稽感，但同时加深了剧本的悲剧感，弥漫着浓郁的悲凉之雾。两个痴痴等待的流浪汉，不知道等的是谁，会不会来，何时来。等待的过程既孤独又无聊，他们试图对话却无法沟通，不停找事做却无事可做，明明活在世上却丝毫没有存在感，不知道为什么活着也没理由去结束生命。这也是大多数人面临的问题，存在是荒诞的，人在无意义的世界中却无力改变。哲学终极问题得不到解决和回答，人生的悲剧是必然的。

---

① 〔英〕马丁·艾斯林著《荒诞派戏剧》，华明译，河北教育出版社，2003，第1页。

九　加夫列尔·加西亚·马尔克斯
与《霍乱时期的爱情》

（一）加夫列尔·加西亚·马尔克斯：魔幻现实主义的叙事者

加夫列尔·加西亚·马尔克斯（Gabriel José de la Concordia García Márquez，1927-2014），哥伦比亚著名作家，20 世纪中期拉丁美洲魔幻现实主义流派最杰出的代表作家。1982 年，马尔克斯因他的长篇小说"把幻想和现实融为一体，勾画出一个丰富多彩的想象中的世界，反映了拉丁美洲大陆的生活和斗争"①而摘得诺贝尔文学奖桂冠。什么是魔幻现实主义？马尔克斯自称借助印第安古老的传说、神话故事、奇异的自然现象、人物的超常举止、鬼魂的存在等各种超自然的力量，使作品披上神秘的色彩，从而创造出的魔幻和现实融为一体的独特风格，即"魔幻现实主义"。

魔幻现实主义产生的原因与拉丁美洲历史进程、社会背景等紧密相关。首先，拉丁美洲曾长期饱受西方殖民者的疯狂掠夺和残酷剥削。第一次世界大战以后，许多资本主义国家的垄断公司进入拉丁美洲，使其变为低端原材料供应地，长此以往，拉美国家经济发展停滞、资源外流、人民贫困。政治上，虽然第二次世界大战后许多拉美国家已经独立，但是由于帝国主义的操纵和插手，已独立的拉美国家国内的政局仍动荡不安。反动政客在外来势力的经济、武器支持下，频繁地发动军事政变，拉美国家的国内政权多次易位。其次，拉丁美洲这片肥沃、富饶的土地上养育了勤劳勇敢的印第安人民，他们创造了辉煌灿烂的古代印第安文化。公元 15 世纪，这块神奇的大陆上曾经拥有玛雅、阿兹台克和印加三大文明。随着时间推移，拉丁美洲当地人与土著印第安人、欧洲移民、印欧混血人以及被贩运来的非洲黑人开始杂居，甚至通婚繁衍后代。人

---

① 高威编著《50 部必读的外国文学经典》，北京工业大学出版社，2006，第 362 页。

种的复杂化带来了文化的多元化、生活模式的复杂化。此外，殖民者带来的西方科学文明与杂糅着宗教色彩的、原始部落图腾崇拜式的原始生活模式和谐地构成了拉丁美洲神奇、荒诞、具有魔幻色彩的文化特征。在 20 世纪全世界民族独立思潮的冲击下，拉丁美洲人民逐渐觉醒。在与欧洲、北美的政治经济文化的比较中，拉丁美洲人民清晰地认识到他国的压迫与侵略、本国政府的军事独裁统治以及充斥城乡的贫困、愚昧共同阻碍了拉美社会的发展。马尔克斯运用丰富的想象力，把幻想和现实融为一体，把"魔幻"看成拉丁美洲人民观察、体验以及诉说自我固有的方式，展示了一个令世人惊诧的文学世界。马尔克斯精妙的叙事技巧和悲天悯人的情怀使他的作品独树一帜。恰如诗人艾青所言的"为什么我的眼里常含泪水，因为我对这土地爱得深沉"。马尔克斯的作品来源于他对拉美、对祖国的热爱，他让世人看到了拉美的真实状况，展示了拉美式的孤独。

1927 年 3 月 6 日，加夫列尔·加西亚·马尔克斯出生于哥伦比亚的马格达莱纳省的阿拉卡塔卡镇。童年时期，他一直居住在外祖母家。外祖父是个受人尊敬的退役军官，曾当过上校，性格倔强，为人善良，思想激进，经常与他讲起内战中发生的故事，那是一个充满血腥、争夺的世界；外祖母则在许许多多神魔鬼怪的故事中为他打开了另一个充满魔幻色彩的世界。在外祖母的情感认知中，人死以后灵魂会继续存在，为了不让亡灵们感到孤独，她特地为亡灵们安排了两间空房经常与他们谈话。7 岁时马尔克斯就开始阅读《天方夜谭》，加之外祖母传统观念的影响，在马尔克斯的心灵世界里，他的故乡是人鬼交混，充满着灵异的世界。拉丁美洲的气候适宜人类生存，自然资源丰富，动植物种类繁多，而且拉美大自然本身就是神奇的，原野上有肚脐长在后背上的猪、无爪的鸟、没有舌头的鸟，还有"四不像"的怪物：头和耳朵像驴，身体像骆驼，腿像鹿，叫声像马。这里奇幻美丽的自然风光为马尔克斯带来了许多创作灵感，时刻穿插在故事里展现南美洲大陆奇特、神秘又充满魅力的自然。在马尔克斯的小说里，阿拉卡塔卡被命名为"马孔多"。从他的处女作《枯枝败叶》到诺贝尔文学奖获奖作品《百年孤独》写的都是"马孔多"，因此形成了"马孔多"系列小说。他从不同角度、不同层次揭示贫穷、落后、闭塞、守旧、愚昧，渗透精神毒液、病入膏肓的

"马孔多",也就是今天的哥伦比亚。"马孔多镇上的牧师企图以死后灵魂升上天堂为诱饵来吸引人们到教堂里去做礼拜,约瑟·阿克多·布伦特拉为了帮助牧师证明上帝是存在的这个问题,特地向教民们描述了上帝的模样。雷姆朵斯·布伦特纳就是在这样的气氛中升了天,他死了之后有没有见着上帝谁也讲不清,但那个麦尔奎德斯·布伦特纳却死了两次。第一次,他死了后感到死的味道不好受,又见不着上帝,于是又活了过来。直到第二次才无可奈何地死去。结果引起了教民们对教会的愤怒,他们群起而攻之地扑向祭坛,认为这是由于上帝把他们遗忘所带来的灾难性的后果。"[①] 马尔克斯获得诺贝尔文学奖时的演讲,深刻全面地向世人展示了拉美式的孤独。当印第安人在南美洲的土地上留下第一个脚印时,这片孤寂的大地迎来了生机,上演了新的史诗与传奇。然而,当人类历史上新航路的开辟转化为西班牙、葡萄牙开拓、冒险的海外殖民时,等待拉丁美洲的就是悲惨地沦为欧洲殖民地,遭受惨无人道地掠夺的命运。人与自然不再和谐共生,人与人的关系也濒临破裂,物质上的贫困和精神上的恐慌时刻笼罩在这片昔日祥和安逸的土地上。

　　19 岁的加西亚·马尔克斯考进了首都波哥大的大学,并选择学习法律,但是第二年因哥伦比亚发生内战,他不得不中途辍学。辍学后,他做了新闻记者,足迹遍布欧美各国。马尔克斯满怀着深厚的民族情怀,有着顽强地探究现实、力求真相的执着精神。他曾表示想重回记者身份,因为一个人在文学创作中不断前行的时候,会失去对现实真相的感知力,但是新闻记者不会这样,他每天都在零距离接触真实。1955 年,力求真相的马尔克斯因连载文章揭露被政府美化了的海难而被迫离开哥伦比亚。之后,他担任《观察家报》驻欧洲记者,不久报纸也被哥伦比亚政府查封,他也被困在欧洲。在这落魄的一年,马尔克斯发表了第一部中篇小说《枯枝败叶》。作品竟从死人视角切入,通过棺材里的一具尸体的独白,讲述一位老上校在前妻难产过世后续弦,生了女儿伊莎贝尔,女儿伊莎贝尔热情而富有个性,但命运不济,被负心的丈夫遗弃后,与父母同住于祖传的老宅的故事。作品通过老上校、伊莎贝尔和她的儿子马尔克斯的独白,展现一家三代人的命运,以小见大地揭示出马孔多镇的兴

---

① 曾建华:《文坛群星——诺贝尔文学奖史话》,海南出版社,1993,第 209~210 页。

衰演变。1958 年，加西亚·马尔克斯与恋人梅尔塞德结婚。1961 年至 1967 年，加西亚·马尔克斯与妻子梅尔塞德、儿子定居墨西哥，一边担任记者一边从事文学创作。此时的马尔克斯经济拮据到几近破产，直到 1967 年《百年孤独》出版后颇受好评，甚至多次加印出售到国外，作品带来的金钱收益才改善了马尔克斯拮据的生活，令其能够全身心地写作。《百年孤独》讲述了由西班牙移民的后代布恩迪亚家族七代人创建的加勒比海沿岸马孔多小镇的一百年的兴衰史。其内容涉及布恩迪亚家族一百年来七代人的兴衰、荣辱、爱恨、福祸、文化与人性中根深蒂固的孤独，反映了当地政治经济、神话传说、宗教习俗，幻景与现实的交织，成为拉丁美洲历史文化的浓缩投影。小说也以现实主义笔调描绘了 20 世纪 30 年代哥伦比亚的工人运动和 1948 年恐怖的权力斗争。加西亚·马尔克斯在诺贝尔文学奖领奖台上讲道："魔鬼独裁者对拉美实行种族灭绝，两千万拉美儿童不满周岁就夭折、无数被捕的孕妇在监狱中生下孩子……"惨无人道的殖民侵略使拉美人民的生存遭到严重威胁，精神的恐惧和幻灭时刻折磨着拉美人的心灵，死亡与孤独充斥在拉美的每一个角落。

马尔克斯的作品深刻地揭示了拉美的状况，向世人展示了哥伦比亚乃至整个拉丁美洲封闭落后的现实，以及遭受腐败独裁统治的人民的悲惨境遇。1975 年，马尔克斯出版了一部关于独裁者的长篇小说《族长的没落》，小说主要人物尼卡诺尔是一个地道的独裁暴君，他衰老得令人难以想象，孤零零地待在一座母牛到处乱闯的宫殿里。他身为共和国总统，权欲熏心、心肠歹毒、饱食终日、无所用心。小说用不同的叙述视点即"多人称独白"来串联衔接，独裁者打开一扇朝着大海的窗户，看到哥伦布的三艘三桅轻快帆船正停靠在美国海军陆战队遗弃的装甲舰旁边。这里牵涉两个历史事件——哥伦布到达美洲以及美国海军陆战队登陆，作家把发生在不同时期的历史事件糅合在一起。独裁者所在的是一个加勒比地区的国家，作家把那个地区的风土人情都概括了进去：巴兰基利亚的妓院、卡塔赫纳海港小酒店、满载妓女的阿鲁巴岛的纵帆峪、巴拿马商业区的街道等。这种时空的转换和浓缩，令读者感到仿佛重温了一堂高度概括的史地课。① 小说通过繁杂的细节描写，表现独裁者统治的

---

① 刘斌、邱胜编著《诺贝尔文学奖获奖者的故事》，金盾出版社，2017，第 520 页。

兴盛衰败，暴露他们残忍暴虐、腐朽无能的本质，同时揭露外国侵略者的罪行。

　　1975年以后，住在墨西哥城的加西亚·马尔克斯多次公开进行政治宣讲，表达自己左派的政治思想，可是却不承认自身的党派身份，他经常提醒采访者，他从来不是一名共产党员。1976年9月11日，为向杀害阿连德总统的智利军事独裁当局表示抗议，加西亚·马尔克斯宣布"文学罢工"，自此搁笔5年，直到1981年才发表著名中篇小说《一件事先张扬的凶杀案》。小说根据1951年的一桩真实凶杀案改写而成。一位身份显赫的人来到加勒比海沿岸的小镇上，娶了一个出身平庸的女人，举办了奢华隆重的婚礼。新婚之夜，新郎却发现新娘不是处女，于是将新娘休回了娘家。在母亲和哥哥的逼迫下，新娘将自己的失身之过归罪于一个叫圣地亚哥·纳赛尔的人。于是，两个哥哥就拿起杀猪刀要杀死这个年轻人。这个无辜的年轻人，在镇上大部分人知情而自己一无所知的情况下，被残忍地杀害。圣地亚哥·纳赛尔在被杀的那天，清晨五点半就起床了，因为主教将乘船到来，他要前去迎候。通过这一事件，作者无情地鞭挞了存在于拉美某些地区愚昧、落后的现象，深刻地揭示了拉美社会现实生活中的阴暗面，对各类有权有势的人物进行辛辣的嘲讽。①

　　1985年，马尔克斯公开发表被马尔克斯本人称为"一个老式的幸福的爱情故事"的《霍乱时期的爱情》，展示了世间爱情的一切可能图式："幸福的爱情，贫穷的爱情，高尚的爱情，庸俗的爱情，粗暴的爱情，柏拉图式的爱情，放荡的爱情，羞怯的爱情……"洞穿了爱情的真相，充满了人生的思考。《百年孤独》和《霍乱时期的爱情》是他最为著名的代表作。1999年，加西亚·马尔克斯患淋巴癌，因为马尔克斯家族有阿尔茨海默病遗传史，担心化疗会导致大量脑部神经元缺失，所以他拒绝化疗，但是这加速了他罹患阿尔茨海默病。2014年4月18日凌晨，这位伟大的魔幻现实主义作家在墨西哥城仙逝，享年87岁。哥伦比亚总统桑托斯在其个人微博上称赞马尔克斯是史上最伟大的哥伦比亚人，并发表电视讲话，认为马尔克斯的辞世让哥伦比亚举国悲痛，带来"千年的孤独和悲伤"，随后他宣布，哥伦比亚将举国哀悼3天，政府机构降半旗致哀。

---

　　①　刘斌、邱胜编著《诺贝尔文学奖获奖者的故事》，金盾出版社，2017，第520页。

（二）《霍乱时期的爱情》：爱与时间的哲思

《霍乱时期的爱情》是马尔克斯获得诺贝尔文学奖后的第一部作品，被纽约时报称为人类历史上最伟大的爱情小说。小说的背景设置于19世纪后半叶哥伦比亚的一座小城。这里内战不断，底层民众和上流社会之间贫富悬殊，富人们过着高贵优雅的日子，而底层民众却因毫无公共卫生概念，致使霍乱时有爆发。书中描绘人们乘船从海上到这座小城，还没登岸就能闻到死尸的臭味，污水沟里的老鼠往外乱窜，孩子们依然一丝不挂地在水潭里打滚嬉闹。就在这样的背景下，人们生生不息地生活着、爱着、死亡着。人们对于爱情总会有自我的理解，所谓情人眼里出西施，就说明爱情归属于人类的心灵、情感、欲望等非理性的范畴，是无法用逻辑、理性来推理言说的。马尔克斯的《霍乱时期的爱情》最深刻的地方就在于对人物心理的刻画既单纯又恐怖，既可爱又残忍。例如书中描绘男主弗洛伦蒂诺·阿里萨年轻时对女主费尔明娜的爱而不得的痛苦思念就如同得了霍乱一般，茶饭不思，上吐下泻。当女主费尔明娜转身离去嫁给乌尔比诺医生后，男主阿里萨未曾娶过一人，并发誓要等待费尔明娜，等到她重获单身，再向她表明心意。几十年间，阿里萨有了自己的运河公司，有了财富与地位，也有了六百多位情人来缓解他对费尔明娜的思念。最后他们已年逾七十，他在永不停岸的轮船上向她说出了"爱就是永生永世"。但男主阿里萨对费尔明娜爱的忠诚是通过时间来传达的。肉体之爱与灵魂之爱的最大差别，就是时间。男主阿里萨的一位恋人曾说"灵魂之爱在腰部以上，肉体之爱在腰部以下"，这句话或许是作者对于爱情的理解，也是小说中男主爱情的真实写照。阿里萨曾有六百多位情人，各种机缘下的偶然巧遇、心机谋划，各种职业、年龄样貌，但都不是男主的红玫瑰或白月光，都不过是电闪露珠的短暂情缘或欲望耦合。男主阿里萨与这些情人都是腰部以下的肉体之爱，而他的灵魂之爱就只有女主费尔明娜。爱之永恒必归属于灵魂之爱，它是亘古不变，是地老天荒。爱情时间越久长、越接近死亡时越显得伟大。所以最后尽管他们都年逾七十，男主阿里萨依旧有勇气对女主费尔明娜说出"爱就是永生永世"。可见，灵魂之爱方可达时间的永恒。

　　1. 爱情是浪漫的幻想还是物质的婚姻

　　小说的男主人公阿里萨是个 18 岁的其貌不扬的穷小子，他不太会说话，非常瘦弱，一双眼睛总给人一种十分可怜的感觉。一天清晨，阿里萨透过窗户瞥见了贵族女孩费尔明娜·达萨，她有一双杏眼，明媚而高贵。阿里萨偶然的一瞥，就认定她是自己梦寐以求的花冠女神，从而引发了一场持续半个多世纪的爱情灾难。阿里萨对费尔明娜产生了狂热的情感，他每天早晨坐在垂着杏树枝叶的长椅上，假装读一本诗集，只为能一睹意中人的芳容。费尔明娜也注意到了总会偶遇到的阿里萨，她和姨妈一开始只把他当作消遣时谈论的对象。但都说日久生情，费尔明娜渐渐也对阿里萨产生了好奇，甚至开始期待他的突然出现。有一次在教堂里他和费尔明娜对视了，阿里萨激动得热泪盈眶。在母亲的鼓励下，他字斟句酌地为费尔明娜写了长达七十页的情书，鼓足勇气交给了费尔明娜。在等待回信的日子中，由于思念，他甚至出现腹泻、呕吐、突然昏厥等类似霍乱的症状。小说的霍乱隐喻便由此展开。在西班牙语中，"霍乱"是一个双关语，不仅是一种疾病，还是一种狂暴、激烈极端的情绪。爱情和霍乱一样，一旦遭遇就会沉沦。当拿到费尔明娜表示愿意接受他的信时，阿里萨如痴如狂地读了一下午，甚至一直延续到半夜。阿里萨读了无数柔情蜜意的爱情作品，从中摘取词句，每晚都在灯下疯狂地写情书。两人痴狂相爱一年，但从未正式见面，更别谈约会，他们只能白天思念彼此，夜晚梦见彼此，然后急切地等待对方的回信。两年后阿里萨觉得时机成熟，便向费尔明娜求婚，但费尔明娜的父亲嫌弃阿里萨的出身，为了阻断两人的交往，父亲为费尔明娜安排了长途旅行，费尔明娜为此流了一夜的眼泪。阿里萨当时在电报局当报务员，他就利用职务之便，全程追踪费尔明娜的行迹，两人一直鸿雁传书。两年后费尔明娜回到城里，阿里萨迫不及待地等在广场上，终于要看到日思夜想的恋人，他激动万分，却发现她和同伴走进了一个卖下流唱片的市场。其实费尔明娜只是想避避阳光，可阿里萨并没了解情况，一张脸因愤怒而变了形。当费尔明娜看见他那冰冷的眼睛、青紫的面庞和因爱情的恐惧而变得僵硬的双唇时，她没有感到爱情的震撼，而是坠入了失望的深渊。在那一瞬间，她惊慌地问自己，怎么会如此残酷地让一个幻影在自己的心间占据那么长时间。当阿里萨想说点什么时，费尔明娜一挥手说：

"不必了，忘掉吧。"她给阿里萨写信说："我们之间的事无非幻想而已。"她退回了所有的情书和礼物。阿里萨又写了无数封悲愤欲绝的情书，也没能使得她回心转意。费尔明娜曾无数次想象自己与阿里萨见面重逢的时刻，但真的见面时，她感觉到了失望、幻梦破灭。她认为也许是时间和距离让自己对阿里萨和自己之间的感情充满了幻想，时间和距离将它们美化，升华为无可替代的存在。当时，她还不能清醒地意识到是等级差距、社会地位、财富和文化的差别阻碍了浪漫的爱情。

　　20 岁时，费尔明娜与小说的另一位男主人公乌尔比诺相遇。乌尔比诺 28 岁，出生于医生世家，曾在巴黎学医，现在回来接管父亲的诊所，负责治理城里正在蔓延的霍乱传染病。在一次出诊时他遇到费尔明娜，对她一见钟情，费尔明娜的父亲也欣然批准了他们的婚姻。乌尔比诺受过良好教育，出身名门，相貌堂堂，稳重大方，成年以后顺利跻身成功人士的行列。费尔明娜与乌尔比诺虽称不上金童玉女却一定是门当户对，他们的婚礼盛大豪华，蜜月之行如梦似幻。对于结婚，少女们总会有许多浪漫的憧憬，以为婚姻就是新生活的开始。但结婚之后才发觉，每天都是柴米油盐、房租、水电费，还要忍受孩子淘气、婆婆刁难、丈夫出轨。费尔明娜也毫无例外地开始失望了，在婚姻生活里，乌尔比诺只看重自己的身份、事业、地位以及在同龄人眼里所保持的完美形象，而无法令费尔明娜感受到激情。这个丈夫是父亲替她选的，并不是自己想要的。婚后不久，费尔明娜就思念起阿里萨来，她觉得城里的每个地方，她所难以忘怀的每一个时刻，无一不是因为阿里萨而存在的。只要阿里萨在她的心中突然出现，她就会觉得眼下的生活很不幸福。事实上，乌尔比诺医生娶费尔明娜更多是出于娶到一位美丽的妻子可以满足自己的虚荣心。费尔明娜会和乌尔比诺医生结婚，是因为乌尔比诺医生能给予她金钱、安全感和地位。这三个元素加起来似乎是爱，也几乎等于爱，但毕竟不是爱，他们俩只是以爱的名义开始了他们的生活。结婚后，费尔明娜就像生活在一个牢笼之中。每天都要在餐桌上铺上绣花台布，摆上银质餐具还有一个大烛台，让公婆和姨妈在晚餐时喝杯牛奶、咖啡、吃芝士蛋糕。与此同时，费尔明娜每天都要忍受女性长辈们对她的恶评，批评她拿刀叉、走路时的样子，甚至连她喂奶的方式都受到批评，甚至连做梦都会被指责。如果是你面对这样的生活，你会怎么做？费尔明娜什么也没做，只是对一切逆来顺受。在家中，她是一个雍容华贵的女仆；在外面，她极力做个心满意足的快乐女人。

假如和相恋多年的恋人分开，你是否会站在原地坚持半个世纪的等待？当你在婚姻中经历人生的千辛万苦之后，你突然觉得人生就像一潭死水一样平淡无奇，你是否还会相信爱情？时间一晃过去 27 年，在这期间费尔明娜和乌尔比诺的婚姻一直维持着表面上的风平浪静。费尔明娜怀孕生子，完全符合上流社会标准太太的模样。27 年间乌尔比诺证实了自己是好人，家里最大的矛盾——婆媳矛盾爆发的时候，他总会跟妻子说是自己的错。他在母亲面前唯唯诺诺，转过身来，再对妻子安慰一番，这让费尔明娜越来越觉得丈夫是个懦夫。他那种气宇轩昂的派头，完全在于他的出身、门第和一个备受尊敬的姓氏。费尔明娜对婚姻始终没有满意过，因为在她的婚姻中，爱情始终是不足量的。乌尔比诺没有写过火热的情书，也没有像阿里萨那样做过那么多令人心醉的表白。他只向费尔明娜奉献俗世间的东西，提供稳定的经济保障，以及体面的社会地位。费尔明娜无法要求他做到更多，她一次次默默地想这些东西的数量值加起来等于爱情吗，还是接近爱情呢。而乌尔比诺从来没有改变过，从来没有意识到妻子对爱情的渴盼。费尔明娜在长时间孤寂的独处之中渐渐把儿子当成唯一的寄托。书中写道：在那个不幸的家庭里，只有儿子是费尔明娜唯一可以忍受的。寂寞公墓式的花园，没有窗户的巨大房间，停滞不动的时间都使她感到压抑。漫漫长夜，从邻近的疯人院里传来疯女人的叫声使她觉得自己也要疯了。27 年间费尔明娜学会了压抑内心的遗憾，她在公共场合维护丈夫，表现出和睦美满幸福的样子。可以说，他们取得的最辉煌的胜利就是压抑住了彼此间的敌对关系，没有让它爆发。费尔明娜自己也有一句苦涩的经验之谈："社会生活的症结在于学会控制胆怯，夫妻生活的症结在于学会控制反感。"许多人结婚后才明白，外人看起来幸福的婚姻，其实都经历着各自的不幸，唯一不同的是用什么样的方式去经营。

阿里萨并不了解乌尔比诺，只是默默地把乌尔比诺视为情敌，并且坚信时间会站在自己这一边，早晚有一天乌尔比诺会被时间打败，而他阿里萨则一定会战胜时间与费尔明娜在一起。说白了他在等待情敌乌尔比诺死去，可是他到底要等待多长的时间，阿里萨并不知道，这一等就是 51 年 9 个月零 4 天。在这漫长的等待中阿里萨会做些什么？假如有这么一个人对你说，我心里全是你，可是他又经常出去和别的女人约会，你还相信他对你是真心的吗？假如一个出轨的丈夫对妻子说："我是出轨了，但我和她只是逢场作戏，我小心翼翼地不让你知道，正是因为我爱你。"那么妻子会不会接受这样一个人？他一边说心底里爱着你，但又无数次地背叛你。实际上，有些人的认知世界里的确存在这样一种理论——爱与性是分离的。灵魂之爱在腰部以上，肉体之爱在腰部以下，至少在阿里萨的世界里就是这样。阿里萨得知费尔明娜结婚后，他决定为费尔明娜守住自己的童贞，以捍卫属于他们的爱情。他决心在获得想要的爱情之前不碰任何女人。但有一次，阿里萨在船上被一位饥渴的寡妇占有。这次经历让阿里萨突然明白，自己等待费尔明娜的空虚，可以用世俗的性爱来填满。从此他成为一名猎艳高手。他有 25 本笔记，记下了与 623 个女人的露水情缘，她们中有寡妇、女仆、海滩上的女士、音乐教师等。他已经说不清楚这到底是心理的需要还是生理上的欲望，他只是用这种方式缓解失去费尔明娜的痛苦，同时让自己保持旺盛的生命力。与每一个女人厮混的时光，都被阿里萨看作为迎接费尔明娜做的准备。和这些女人交往时，阿里萨从来不允许消息公开。他一面疯狂地追求不同的情人，与她们的肉身相结合，一面全力守住这些秘密，以免费尔明娜知道他的不忠。与此同时，阿里萨一直保持着与女性相处的底线，就是不与任何人结婚。他要一直保持单身，以便能在任何时候再见到费尔明娜，都可以追求她、迎娶她。当阿里萨看到怀有 6 个月身孕的费尔明娜和她的丈夫乌尔比诺医生站在一起，受到城里人的热烈欢迎时，阿里萨感到十分自卑，就在这一天，他发誓要为她争取地位和财富。他觉得自己可怜卑贱，无法配上费尔明娜。于是在以后的 30 年里，阿里萨在叔叔的加勒比航运公司工作，从报务员到送信人，一个又一个岗位努力地工作，终于继承了叔叔的产业，成为航运公司的董事长和总经理。重获费尔明娜是阿里萨在这半个世纪中唯一的目标。同时他细心保养自己，生怕自己变老，并且与不同女人做爱，因为他认为一个人只要坚持做爱，身体就会一直起作用。他认为自己只是在肉体上对费尔明娜不忠，但在心里却始终死心塌地爱着费尔明娜，他想让自己变得足够优秀，足以和费尔明娜匹敌，最终阿里萨凭借这份信念与努力成了商业巨头。27 年过

后，乌尔比诺医生终于得知了阿里萨的存在，在阿里萨的办公室里两人
见了短短一面。阿里萨此时已是航运公司的董事长，乌尔比诺也完全是
一个社会精英，谈话非常高雅稳健。乌尔比诺明明活在一个无爱的婚姻
里，但是他不认为这有什么问题，他平静地告诉阿里萨说："没有费尔明
娜，我将一事无成。"阿里萨把乌尔比诺的话看成崇拜妻子的表现，把他
看成和自己一样的情圣，认为他们两人共同遭受了爱上同一个女人的不
幸，就像挂在同一个车套里的两头牲口。当然他心里更强烈的情感是
嫉妒。

2. 爱，何以为？

尽管爱情早就不在了，乌尔比诺夫妇的婚姻却没有破裂，相反到了
结婚三十年的时候，他们的关系更稳定了。这是为什么呢？因为随着年
岁增长，他们变老了，看到了死亡的彼岸。乌尔比诺的身体状况突然下
滑了，陷入了无可挽回的衰老之中。他感到自己的肾脏有病，他会像睡
着的猫一样哼叫。他感到自己的胆囊在发光，血液在动脉里嗡嗡作响。
他有时早上醒来感到自己就像一条透不过气的鱼，有时感到心脏里充满
了水，有时感到双脚不听使唤，有时还会出现心脏停搏。费尔明娜像引
导盲人一样拉着丈夫的胳膊为他引路，还小心地不伤害丈夫的自尊，在
他耳边悄悄地提醒，注意大门的台阶是三级而不是两级，街中央有个凹
坑，在人行道上横着一具乞丐的尸体，小心别绊倒了，等等。两人在衰
老的考验前，看到了死亡的未来，他们终于进入了和谐期，达成了完全
的默契。一个人可以猜到另一个人的心事，可以抢先说出另一个人要说
的话。费尔明娜时不时地能感受到夫妻生活的欢乐了，她明白自己已经
蹚过了婚姻中的激流险滩，他们两人都因此而感谢对方，并准备共同面
对生活接下来的考验。可就在这时，一场前所未有的婚内危机骤然降临。

可以说，人生的复杂性是永远无法想象的。在经历了这些婚姻琐事
后，又出了一个大问题，乌尔比诺医生出轨了。当孩子们都长大了，以
为婚姻生活最稳固时，费尔明娜闻到了丈夫前一天下午穿的衣服，上衣、
马甲、短裤上都有一股奇怪的气味，更让人害怕的是这种气味一直不断
出现。这座城市很小，乌尔比诺的车又很显眼，所以，他很难隐瞒事实，
而且他也觉得偷鸡摸狗的日子太痛苦，最后他艰难地向妻子承认了出轨
对象是他的已经离婚了的 28 岁的女病人。自己的猜测得到证实，一向傲

慢固执的费尔明娜心里极度愤怒和痛苦。过了几天，她乘船去了表姐家，这一去就是两年。没人知道他们家里发生了什么事，连孩子们都以为费尔明娜是去调养身体的。在乡下，她又目睹了霍乱的肆虐，这许多年，霍乱依然牢牢地控制着社会的底层。不过慢慢地，费尔明娜对过去的事情都释然了，她觉得好像一辈子所有的故事都已经发生了。她就像是取经路上的人，每渡过一次劫数，她都向圆满迈进了一步。不久以后乌尔比诺用一个隆重的仪式到乡下去迎接她，以表达自己的歉意。费尔明娜恢复了往日的坚定、执着，她昂首回家，在心里默默发愿说："我不会原谅乌尔比诺的出轨，我要平静地向他讨还债务，讨还他这一生给我带来的全部痛苦和煎熬。"

城里一直存在霍乱，阿里萨身上的爱情"霍乱"也从未治愈。虽然他也慢慢上了年纪，但他始终觉得自己还很年轻，随着与他有过恋情的女人一个个去世，他也依稀看到自己无法超越自然规律，因此他把注意力重新投回到费尔明娜身上。他寄希望于和费尔明娜一起为自己一生的苦等画上一个圆满的句号，阿里萨对费尔明娜可以说一直是痴心不改。有一次他在一个饭店偶遇费尔明娜，当时费尔明娜正在和丈夫与友人交谈，镜子里映出她的形象，之后长达一年的时间里，阿里萨纠缠着饭店的主人非要买那一面镜子，后来他终于如愿。阿里萨就把这面大镜子放在他家的客厅里，倒不是看上镜框的做工精致，而是因为他心爱之人的形象，曾经占领这面镜子两个小时之久。见到自己的情敌一点点老去，阿里萨也会感伤，因为乌尔比诺就是他自己的镜子，年龄不会饶过任何一个人。阿里萨虽然比乌尔比诺小三岁，可随着年龄的增大，他不再像过去那么确信自己可以熬到乌尔比诺死去。

81岁的乌尔比诺和费尔明娜庆祝过金婚后，为爬上梯子去捉一只鹦鹉，意外坠下身亡。自从费尔明娜结婚时起，50多年来阿里萨一直在等待这个消息，而现在这一刻真的来到时，他并没有感到喜悦和激动，相反他的内心被一种恐惧撕裂着。他十分清醒地想到，如果自己死了，丧钟也会这样敲响。在乌尔比诺的丧礼过后，他向费尔明娜表白说："我为此等待了超过半个世纪，我永远爱您，至死不渝。"这是他们分手后51年的漫长时光中，两人首次单独谈话，但是费尔明娜痛恨阿里萨乘虚而入，愤然拒绝了他，可是，当晚她又在孤枕难眠中想念阿里萨。这时73

岁的费尔明娜内心十分矛盾，她还沉浸在丧夫之痛中，又觉得自己也行将就木。她一方面写长信大骂阿里萨，另一方面，又割不断对他的思念。费尔明娜写了一封充满侮辱语言的信给阿里萨，阿里萨却认为这是费尔明娜给他回信的机会。阿里萨开始给费尔明娜写信。他从头学习用打字机打字，花了 12 天的时间，在浪费了一大叠纸后，终于打出来一封准确无误的情书，足足有六页长。信的开头，他用了庄严的称呼，称费尔明娜为夫人，而签名则用自己名字的第一个字母，像年轻时那样在情书上洒了香水。他将信邮寄出去，信封上有一个代表哀悼的花饰。阿里萨这样做，既是对费尔明娜的尊重，又想表明自己依然年轻，依然有旺盛的生命力，可以学会用最时髦的打字机。从每星期一封到每天一封，信的内容已不再是年轻时炽热的情书，而是一位睿智老人关于人生、爱情、死亡的思索，陪伴着费尔明娜度过失去丈夫后的痛苦时光。不幸的是，4个月之后阿里萨下楼梯时，不慎摔了一跤，腿上打了石膏。这让他伤心地认识到自己的衰老。他孤零零地躺在床上没有人照顾，还长出了褥疮，等到伤稍微好了一点，他就拄着拐杖去见费尔明娜。费尔明娜似乎已经走出了悲伤，她的眼睛里闪耀着任凭岁月无情的决心，还抽起了戒掉多年的香烟。阿里萨觉得费尔明娜是在向衰老、向时间、向死亡表达愤怒。这种愤怒让已经 73 岁的费尔明娜显得气度非凡，让她重现了 20 岁时的美艳动人。费尔明娜也慢慢地接受了阿里萨的拜访，他开始每周星期二下午到她家喝下午茶。

　　然而平静的生活突然被打破了。费尔明娜的父亲被爆出印假钞、贩卖武器等丑闻，这几乎把费尔明娜击垮了。阿里萨在另一份严肃的报纸上发表了一篇文章，声讨揭露费尔明娜已经过世的丈夫和父亲丑闻的不道德行为，同时还邀请费尔明娜乘船外出散心旅行。在丈夫死后，费尔明娜受尽了羞辱，阿里萨的痴情终于打动了她。她决心从丧夫之痛中走出来，和阿里萨一起乘船远行。她的儿子、儿媳一开始听说她要出行还很高兴，他们也希望老人能有自己的生活，但是当他们知道费尔明娜邀请阿里萨同行时都很吃惊，因为他们觉得这个年纪的人还谈恋爱是一件不体面的事。但是阿里萨和费尔明娜都不惧怕别人的眼光，他们一同登上了这条爱情之船。在船上，两个皮肤松弛、头发稀疏的老人，首次共浴爱河。他们在船上聊着往事，回忆着各自的生活。他们在交谈中，一步一步更坚定了对彼此的爱。在黑暗中两个人握紧双手，开始亲吻对方，就像新婚夫妇一样紧张而羞涩。此时费尔明娜73岁，阿里萨78岁，从此之后两人再也没有分开过。白天阿里萨给费尔明娜送上白玫瑰，晚上又让乐队为她演奏小夜曲。两人相识五十多年的漫长岁月中，这是他们第一次真正在一起。他们的爱情是在一个霍乱频发的社会背景中展开的，他们共同经历了病痛的折磨、死亡的威胁，但他们明白，不管在任何时候、任何地方，爱情就是爱情，离死亡越近，爱得就越深。在那一刻，他们的爱超越了性、时间甚至死亡，他们的爱纯洁而永恒。在小说结尾的时候，为了不让两个人的世界受到干扰，阿里萨要求船长沿途不要停靠，永远保持航行。他把爱情和这条船看成一体，他不想下船不想回到现实的时间轨道之中，不想走向死亡，他认为留在这条船上就能超越生老病死。船长很为难，因为这艘船还有货运和客运合同在身，于是阿里萨就命令他挂一面黄色的旗帜。这是一个已经约定俗成的标志，意思是船上有患霍乱的病人，这样船就不用靠岸了。船长问："我们就这样永远把船开下去吗？咱们这样到什么时候是个头呢？"阿里萨激动地回答说："永生永世。"这句话是他早在五十多年前就准备好的答案。就这样，故事结束在两位七旬老人终成眷属的浪漫之中。

3. 爱是冲淡孤独的良药

《霍乱时期的爱情》以平稳细腻的手法讲述了在几个年轻人身上发生的长达半个世纪之久的爱情故事，作者想表达的并不仅仅是爱情，更深层次的还有随着岁月的变迁，拉美这片土地几十年来的变化。同时，马尔克斯也向众人展示了他想表达的孤独。马尔克斯笔下的不幸爱情与死亡均来源于生存意识的社会孤独感。马尔克斯是一位关注现实、关注人性，积极探讨人的精神意识的具有社会责任感和悲天悯人情怀的作家。这部小说以爱情为主题，描写了霍乱时期的爱情。经过半个世纪的热恋，阿里萨和费尔明娜在各自的人生中，走向了两个不同的世界：一个以欲望代替思念的痛苦，但坚持心中的爱情；一个似乎很幸福，其实是在虚假地迎合生活。阿里萨的那句"世界在改变，而我没有变"，成就了他们这一生的爱情。他们的爱情在那一瞬间超越了性、时间甚至死亡，他们的爱情才是纯粹而永恒的。这本书穷尽了爱情的一切可能性。初恋时的热情，分离后阿里萨分裂的爱，费尔明娜以爱情之名过着鸡毛蒜皮的婚姻生活，阿里萨守了半个世纪又换回了一生一世的忠贞爱情。

费尔明娜与两个男人的爱情是小说的主线。作者笔下的费尔明娜美丽、灵动、有思想，是一切美好的代名词，她那骨子里特有的单纯与高傲，让她在这个不太美好的世界里活得相对安稳幸福。无论是阿里萨五十年如一日的执念，还是乌尔比诺医生一辈子相濡以沫的陪伴，他们都将爱情寄托在了费尔明娜身上。与其讨论费尔明娜更爱谁，不如说她始终爱的是自己。年轻时的她喜欢激情又浪漫的阿里萨，更多的是出于好奇与初遇爱情的兴奋，也有为了摆脱教会学校和父亲束缚而产生的反叛心理。少年时的轻狂与盲目幻想使她坠入爱河，她爱的不是阿里萨，而是爱情本身。然而对于成年的费尔明娜来说，世俗的婚姻才是她最好的选择。费尔明娜是幸福的，乌尔比诺医生给了她美满幸福的婚姻生活，阿里萨则在费尔明娜丧偶后无法正常生活时给予了陪伴。乌尔比诺是在法国学成归来的医生，他那足够长的姓氏彰显着他高贵的身份。当他回到家乡时，正值霍乱爆发时期，他挽救了无数人的生命，同时为城市建设做出了诸多贡献。而他和费尔明娜相识正是源于一场误诊。见到费尔明娜后，他便开始追求她。乌尔比诺的爱情不像阿里萨那般激情浪漫，而是理性的，他觉得与费尔明娜结婚是最好的选择。小说中两位男主人公不同的爱情方式也对应着作者的两个精神层面。阿里萨的激情和幻想象征着老年马尔克斯的活力，也是他作为文学家个性的体现；乌尔比诺的理性和世俗则凸显了马尔克斯作为一个普通人的平常之心。如果说长情的阿里萨是女人们心中完美的情人，乌尔比诺医生则是最完美的丈夫，当然也是最普通、最糟糕的丈夫。他有除了为爱情奋不顾身的激情外的所有荣耀——身份、地位、财富、样貌、修养。费尔明娜嫁给他，最大的收获就是女人所渴望的踏实的安全感。充满戏剧性的是在他们拥有王子和公主般让人羡慕的爱情时，也过着柴米油盐酱醋茶最平凡的生活。那些充满紧张婆媳关系的不幸岁月，在别人眼中却是无可比拟的幸福时光。他们像所有的夫妻一样，在日复一日鸡零狗碎的相处中一次次掀起内心的反感与厌恶，旧伤疤被揭开，变成新伤口。他们也不得不面对最普通夫妻间的种种家庭生活问题。但他们终究是幸运的，因为他们比世人更懂得放下骄傲尊严，没有输掉他们该得的。他们知道，夫妻生活的关键在于学会控制厌恶。费尔明娜一直都无法相信，经历了那么多的吵闹和厌烦，竟然还能感到幸福。费尔明娜说他们之间不是爱情，而是陪伴。或许，对于恩爱夫妻，最重要的不是幸福，而是稳定。五十年来的陪伴未必不比等待辛苦，这对夫妻在五十年里耳鬓厮磨，互相争吵、妥协是他们世俗爱情的印证。年轻的时候所追求的幸福是浪漫，年老的时候才知道安稳的日子才是最大的幸福。他们合作关系般的夫妻生活，一路走来的磨合与谅解，正是他们所不得不承认的朴素的爱情。随着时间的延续，费尔明娜渐渐感知到彼此对对方的需要。起初是因为爱，后来是因为习惯、依赖。作者马尔克斯借乌尔比诺之口传递了自己的爱情观："爱情，首先是一种本能。要么生下来就会，要么永远都不会。"他认为：婚姻本身的性质是荒谬的。两个几乎完全不同的人，没有任何血缘关系，性格不同，文化不同，甚至性别都不相同，却突然间不得不承诺生活在一起，睡在同一张床上，分享彼此也许注定有所分歧的命运，这一切本身就是完全违背科学的。阿里萨半个世纪的长情等待，虽然是一种令人向往的浪漫爱情，但乌尔比诺在这五十年之间无数的争吵与妥协、犯错与悔改，更是值得品味的世俗婚姻。乌尔比诺在临死前坚持等待费尔明娜的出现，只为看着她的眼睛说一句"只有上帝知道我有多爱你"①。也许费尔明娜并不清楚他们之间有多少爱意，但是她感受得到乌尔比诺医生逐步占据了她的内心，她早已习惯了他的陪伴，而乌尔比诺同样离不开她。以至于乌尔比诺医生去世后，她无法忍受一个人生活，她是那么渴望陪伴，所以阿里萨出现后，费尔明娜并没有始终抗拒他的接近，阿里萨是接替乌尔比诺医生继续陪伴费尔明娜的人。阿里萨年轻时激情的爱、年老时拯救费尔明娜孤独的爱，费尔明娜对两个人不同阶段、不同心境的爱，这些爱并不矛盾。相反，正是这些爱，让漂泊于世的孤独灵魂得以安身。这是一场可歌可泣的战胜时间、死亡的爱情故事。死亡与爱情是人类生活的永恒主题，爱情使人的死亡升华到至善之境。正如阿里萨父亲所说，"我对死亡感到唯一痛苦的是没有为爱而死"，还有乌尔比诺生前的最后一句话"只有上帝知道我有多爱你"，都诠释了爱情是超越死亡力量的真实存在。"爱情"并不是一个单薄的词，而是

---

① 〔哥伦比亚〕加西亚·马尔克斯：《霍乱时期的爱情》，杨玲译，南海出版公司，2015，第48页。

可以在人生中一直延续的主题，它能让一个年轻人思考衰老与死亡，也能让一个老人焕发生机。

马尔克斯书写了一对七旬老人的爱情，他们的爱情超越瘟疫、战争、时空和生死，成为主人公跨越半个多世纪的信仰。不幸的爱情与死亡源于生存意识的社会孤独感，阿里萨就是马尔克斯笔下孤独的代名词。由于社会制约和自身制约，阿里萨年轻时的爱情并不美好，他偏执的爱恋使他放不下执念，终其一生都在等待不属于他的爱情。他无时无刻不是孤独的，他似乎没有自我，他的生活只有费尔明娜和肉体的放纵。费尔明娜是他的人生坐标，每一次邂逅都丈量着他的生命轨迹。他的时间仿佛永远定格在福音花园的那个下午，不曾流逝。少年时的他浪漫且富有才情，为了爱情倾尽所有。他是那么爱费尔明娜，以至于被拒绝后，他的爱反而有增无减，甚至融入了生命里。此后终其一生，都是为了再次与她相爱。即使费尔明娜已经嫁作人妇，他仍然愿意等待，无限期地等待。阿里萨是孤独的，由于被拒绝而产生心理创伤，他便用肉体上的放纵来弥补精神上无限的孤独。他在无数个孤独的时候流连于大街小巷，去寻觅和他一样需要安慰的猎物。阿里萨的爱属于肉体的背叛，灵魂的独守。阿里萨始终将心爱的费尔明娜和与他有过朝露之情的女人们分开。他自认为自己是爱费尔明娜的，得不到她时，便无止境地秘密偷情，虚伪、肮脏、圆滑便是他失恋的完美写照，那是得不到费尔明娜的嫉恨与不甘心。阿里萨在黑夜里寻找猎物发泄不得志的爱欲，却又在现实世界里伪装成正人君子。他文弱忧郁的奇怪气质里澎湃着的是妒恨的血液，他能在任何情况下都不忘当初的恋人，又能在不忘恋人的情况下勾引别的女人。他是孤独、复杂、放荡、倔强、自私的。

作者笔下阿里萨癫狂的精神状态，正是当时饱受战争与霍乱残害的拉美人民的缩影。这部小说将故事深深植根于拉美的社会现实，并与霍乱这种传染病巧妙地结合起来，让个体和时代在小说中互相映照。作为题眼，马尔克斯笔下的霍乱既是浪漫爱情的隐喻，又是哥伦比亚种种灾难的缩影。乌尔比诺从巴黎学成归来，娶妻生子，一生都过着整洁体面的上流生活。可是只要从他们的世界迈出几步，就是污水横流的街道，以及被霍乱折磨得奄奄一息的平民。小说中的三个主角都多次目睹霍乱，直到乌尔比诺晚年出轨，费尔明娜回乡时，家乡的霍乱依然触目惊心。

阿里萨也是一个"霍乱"患者，不过他患的是爱情"霍乱"。他从 18 岁见到费尔明娜起就经常在费尔明娜的住所附近徘徊，在等待费尔明娜的回信时，他不言不语、茶饭不思，夜夜失眠，后来甚至腹泻、吐绿水，分不清东西南北，常常突然昏厥，一度让他母亲以为儿子患上了霍乱。他甚至在被费尔明娜的父亲拒绝后疯狂地朝他喊："朝我开枪吧！"他把爱情当作自己一生的事业，将自己打造成一个情痴。他长年累月地写情书，盼着情敌乌尔比诺早死。随着时间的流逝，阿里萨对费尔明娜的爱情越来越狂热，这种仿佛比霍乱还要可怕的病症也越来越严重。阿里萨所代表的浪漫爱情观，与乌尔比诺的理智性格形成了鲜明的对比。乌尔比诺医生的职业是消除霍乱，在他看来霍乱发生了就要消灭它，消除了霍乱社会就会正常，就如同去掉了疾病人就会健康一样。他是一个完全理性的人，内心没有激情、爱情和浪漫。他对妻子说，最好的婚姻重要的不是幸福而是稳固。对于阿里萨的爱情"霍乱"，乌尔比诺觉得幼稚可笑。他说："城里有太多人感染了这种病，应该好好治一治。"作者讽刺的是乌尔比诺既没有治好爱情的"霍乱"，也没有治好作为传染病的霍乱。他在婚姻生活里没能让妻子感受到爱情，同时他的事业也并不成功。他从 28 岁开始治理霍乱，一直到他 81 岁去世时，霍乱依然牢牢地统治着社会的底层。就在两位老人共浴爱河的途中，阿里萨登上船头看到的是这样的景象：大片的森林因滥砍滥伐而遭到毁坏，参天大树都不见了；靠近海口的地方，被渔民用炸药炸死的鱼都浮在水面上，恶臭难闻的河水都流向大海，死亡无处不在。马尔克斯以作家的眼光注视着这片土地的生存，也一直注视着爱的力量。在这样一个被摧残的世界里，阿里萨的爱情之船驶过一片荒凉的废墟，他们之间惊天动地的爱情在时间、生命、历史等面前似乎代表着救赎与永恒。他们在船上挂起霍乱旗帜，用爱情的"霍乱"，来向衰老和死亡宣战。

小说出版的 1985 年，哥伦比亚经历了一连串灾难，《霍乱时期的爱情》的推出令人震惊。人们赞叹马尔克斯的勇气，因为在这样的时代还敢写爱情。人们更赞叹于这个完全不同的马尔克斯，因为他不再写权力和史诗，而是转向爱，转向人类关系和私人领域。书中的爱情难以明确定义或者划分种类。生命与死亡、理智与激情、变幻与永恒、肉欲与灵欲、平淡与冒险，全部交织在一起，完美结合。或许这才是爱情完整的形态。爱情究竟什么样，只有切身体会才能感知一二。马尔克斯在他的作品里极写孤独，却不歌颂孤独。透过孤独，本质上是对生命的渴求。老年的阿里萨与费尔明娜的爱是超越生命与死亡的，当他们走到岁月的尽头时，生命的杂质荡然无存，爱变得更加浓醇。对于费尔明娜来说，回到旧生活意味着死亡，而与阿里萨一起在河上永远航行才是对死亡的超越和对生命、爱情的肯定。在某种程度上，《霍乱时期的爱情》更像是《百年孤独》的续集，马尔克斯从另外一种视角提出了拯救拉丁美洲的办法，唯有跨越了时间和生死的"爱"才能治愈创伤，让人重新起航。马尔克斯用他充满激情的笔触，抚平了自己内心深处的汹涌暗流，也为这不安的国家带来了"爱"和"爱的力量"。

十　威廉·戈尔丁与《蝇王》

（一）威廉·戈尔丁：原罪的镜子

威廉·戈尔丁（William Golding，1911－1993），英国著名小说家、诗人。1983 年戈尔丁凭借《蝇王》获得诺贝尔文学奖，获奖理由是："具有清晰的现实主义叙述技巧和虚构故事的多面性和普遍性，显示出来当今世界人类的情境。"①

1911 年 9 月 19 日，威廉·戈尔丁出生于英格兰康沃尔郡，他的父亲是一位对科学抱有极大热情，笃信知识与真理，热爱实践的学者，也是当地某个学校的校长。母亲崇尚女性主义，致力于宣传消除社会性别歧视的观念，强调女性独立意识。出身书香门第的戈尔丁，在享受充足的物质条件与接受良好的教育之外却充满了孤独感。幼小的戈尔丁每日除了与双亲和保姆沟通交流外，几乎没有同龄的伙伴。在眼界开阔、思想先进的双亲的影响下，戈尔丁自小与文学结下了不解之缘，书籍是他最亲近的朋友，他尤其喜欢儿童文学和各种奇幻故事，对古希腊神话故事更是情有独钟，同时还阅读了大量文学著作。戈尔丁较早地展露了在文学创作方面的天赋，他年仅 12 岁时就开始搜集灵感，整理素材，准备创作一部描绘社会底层工人真实处境的长篇小说，遗憾的是这部作品最终由于种种原因没有完成。

1930 年，威廉·戈尔丁在其父亲担任校长的马尔波罗中学顺利完成学业后，遵循双亲的期望进入牛津大学布雷齐诺斯学院攻读自然科学专业。但两年之后，年轻的戈尔丁发现正在学习的专业并不是自己的兴趣所在，经过仔细考量后，他改学了英国文学。大学毕业后的四年时光里，戈尔丁尝试了多种职业，其中包括社会工作者、小剧院的临时演员，有时还亲自撰写剧本，导演作品，在此期间戈尔丁还出版了第一本诗集。

---

① 曾建华：《文坛群星——诺贝尔文学奖史话》，海南出版社，1993，第 211 页。

后来，他将这段时间亲身感受到的戏剧魅力融入作品中。1939 年，威廉·戈尔丁与安娜·布鲁克菲尔德走入了婚姻的殿堂，同年，他动身前往索尔兹伯里的一所学校教授英语和哲学。因为第二次世界大战爆发，他中止了自己的教书事业，转而投身战斗。1940 年，戈尔丁加入英国皇家海军，直接参加第二次世界大战，他曾在火箭发射指挥船服役，参与了很多次海上战斗，并在诺曼底战役中成功指挥击沉德国战舰，因此荣升中尉。戎装生涯为戈尔丁后续的文学创作提供了大量灵感与素材。战争结束后，他返回学校继续教学，并开始文学创作。戈尔丁的写作经历并非一帆风顺，初期创作中，他的作品很少且无法进入大众视野，代表作《蝇王》被反复退稿 21 次。直至 1954 年，《蝇王》成功出版，一举成名，享誉世界。1961 年，他告别了深耕二十余年的校园，开始专业创作，一生创作有十余篇小说，陆续出版了《继承者》、《金字塔》、《品彻·马丁》以及《自由堕落》等一系列作品。1993 年 6 月 19 日，戈尔丁因突发性心脏病离世，享年 82 岁。

威廉·戈尔丁的小说有着丰富的深层内涵，总体上属于哲理小说。所处时代背景即第一次世界大战和第二次世界大战曾给欧洲人民造成强烈的震撼和难以愈合的心灵创伤。同胞挥戈而向，大地生灵涂炭，现实的丑陋与残酷迫使人们开始反省、自察——人性之恶的底线究竟在哪里？恰如戈尔丁所说，经历过那段恐怖岁月的人大概都会明白，恶之于人就像是蜂蜜之于蜜蜂。戈尔丁认为，恶源于人的本能，它蛰伏于人的潜意识中。如其 1964 年出版的作品《塔尖》中写了中世纪时一座大教堂的教长乔斯林为了给自己树碑立传，不顾教士、教民和建筑师的反对，硬要在教堂顶上加建一个 400 英尺（约 120 米）高的塔尖，结果酿成了无数罪恶的故事。小说向人们展示了作为一个信奉上帝的教长，他的人性中也有邪恶的种子，由于受野心和狂妄的驱使，他犯下了罪行，而且为其他人的犯罪创造了条件，结果既害了别人，也害了自己。[①] 于是戈尔丁将社会层面的各种罪恶行为都定性为人性之恶，认为人深层意识中固有的暴力和罪恶是导致社会黑暗的原因，这种悲观观念也体现在他的创作中。在古希腊悲剧艺术、先锋派以及西方现代派作家的影响下，他善于

---

① 刘斌、邱胜编著《诺贝尔文学奖获奖者的故事》，金盾出版社，2017，第 526 页。

把现实主义的场面、情节与虚构的幻想情境融为一体形成独特的叙事风格，通过光怪陆离的折射，表现社会现实的残酷真相。他不看重典型性格与环境的具体描写，而是承袭西方伦理学的传统，着力表现"人心之黑暗"，在一个具有现代意味的神话寓言故事中探讨道德的真伪与人性的善恶，在一个虚构的特定境遇中展示人性本能对善与恶的吸引与抗争，讨论二者相互矛盾冲突的过程。为此，他的作品习惯于将笔下的人物置于与世隔绝的时空环境中，脱离社会道德、宗教、教育、理性等外在文化力量的约束，使人心灵深处的邪恶展露无遗，彻底揭示"人性之恶"。如《蝇王》中一群孩子被困孤岛而互相残杀；《过界的仪式》将场景置于一艘海船上。作品中人物的境遇是非真实的、象征式的，但其心理及生活是现实的，细节是真实的，即采用现实主义的叙事方法撰写了关于人类的现代寓言神话，传达出作家对人类罪恶的批判，表现出作家对人类前途命运的隐忧和对道德与人性的坚守与呼唤，并使威廉·戈尔丁的艺术成就达到了顶峰，也为后世带来了宝贵的精神财富。

（二）《蝇王》：善与恶的绞杀

《蝇王》是一部探索人性善恶问题的道德寓言式哲理小说，也是一个现代悲剧、人性悲剧。人性是善的还是恶的？针对这个问题东西方哲学一直争论不休，由此产生两种不同的政治理念。中国儒家的代表人物之一孟子就提出"性善论"，认为人皆有恻隐之心。西方哲学家卢梭也觉得自然状态下的人是好的，比如儿童，然而随着岁月流逝、社会环境的浸染，人性之溪流就会变得暗黑、污浊。无政府主义认为既然人性本善，更无须政府的存在。西方学者霍布斯对于人性的假设是恶的，他认为没有一个好的政府去管理，人就会像野兽一样自私，将不会有任何文明、公平、秩序可言，必将发生一切人反对一切人的战争。然而戈尔丁的《蝇王》则以儿童视角描述了一个自然状态下的丑陋社会。戈尔丁曾目睹第一次世界大战并且亲身经历第二次世界大战，被战争的残酷与血腥所震惊。对战争的起源进行探索之后，他对人类的本性产生了怀疑。他认为悲剧的根源就是人性的缺陷、人性的恶以及人们错误的认知。他力图暴露人类本性中的兽性，引导人们正视并了解人本性中的冷酷、暴力、野蛮等恶的一面。

《蝇王》善与恶的主题主要通过拉尔夫、杰克之间的矛盾冲突表现出来。戈尔丁在作品中设置了一个孤岛环境，在第三次世界大战中，一群 6 岁到 12 岁的少年被安排坐飞机撤退，然而飞机失事，驾驶员也死掉了，只剩下一群孩子来到了荒无人烟的孤岛上。12 岁的拉尔夫是这群少年中年龄最大的，他性格开朗，内心淳朴，温和而勇敢。他父亲是海军军官，因而他掌握了不少航海知识并颇具领导能力。拉尔夫用螺号把大家组织起来开会，为了在岛上活下去，孩子们很快民主地推选拉尔夫为首领，并且制定了一系列规定，比如谁要发言，就必须把这个海螺拿在手上。"海螺"代表宪法、民主和自由，"开会"象征着现代文明的民主制度。这是文明社会秩序的基础，类似于古希腊城邦的共和政体。拉尔夫象征着现代社会的文明。他组织孩子们用木头和干草搭起窝棚，在暴风雨来临的时候可以为大家遮风挡雨。为了维持一种文明人的生活方式，拉尔夫要求所有的人必须在固定的地方上厕所，那个地方的水流可以很快地冲走大家的排泄物。起初孩子们服从文明和礼仪的惯性还没有消失，他们对身上充满秩序感的大男孩拉尔夫有一种发自内心的敬畏感，但随着时间的流逝，这种民主制度一旦松散、无监督就形同虚设的弊端也就慢慢显现出来。孩子们几乎哪里方便就在哪里上厕所，生活的地方被搞得臭气熏天。小孩们玩性大，又没人管理，经常活干了一会儿就跑出去玩了。现实的情况就是虽然有拉尔夫建立的规则，但并不那么有效。

负责打猎的杰克是个孤儿，从小就在街头巷尾过着好勇斗狠的生活，也没受过什么教育。如果说拉尔夫是一个英国绅士，那么杰克就是一个彻彻底底的小混混和恶棍。他有着特别强的领导欲，刚上岛时他想当这群孩子的首领，但孩子们没有选他，而是选择了拉尔夫，因此他总想超越拉尔夫，夺取领导权。杰克象征着与拉尔夫完全对立的无政府主义，他想当首领当然不是为了追求自由和平等，而是为了满足自己的欲望，使自己行事没有阻碍。杰克从心底里反叛拉尔夫代表的道德权威，认为礼仪和斯文并不能当饭吃，弱肉强食才是最真实的生存之道。此时，他对野蛮力量的崇拜逐渐压倒了对文明的敬畏。杰克的捕猎队也像地方军阀一样，只听命于自己的上司杰克，不受中央管束，这样就导致了拉尔夫成了一个没有什么统治力的光杆司令。那些五六岁的小孩整天为了找吃的到处奔波，除了吃睡之外，就是在沙滩上毫无目的地玩耍。如果有人吹螺号找他们，他们也会跟着去，但是除此以外也不会打扰大孩子们，过着自己的群居生活。这就是典型的底层群众，他们既不参与政治，也没有什么欲望和目的，对发生的事情逆来顺受，毫无意义地过着自己的日子。但没过多久，孩子们平静的生活就被一种叫作"怪兽"的东西打破了。起因是有一个小孩说他梦到了像蛇一样的"怪兽"，这个岛上又经常刮风打雷，总会发出一些吓人的声响，所以关于"怪兽"的恐怖情绪，就开始弥漫在这个小岛上。

拉尔夫的助手皮吉，身体矮胖，患有气喘病，人称"猪崽"。虽然他的身体不好，但他聪明、理智，是这个群体的智囊。也是他提议要用海螺来代表领导权，吹响海螺时就召开全体会议，并使拉尔夫选为领袖的。皮吉时常提醒拉尔夫要冷静理智地思考问题。在这座荒岛上，只有他最清楚错误会导致什么样的后果。他用眼镜片在太阳下为孩子们弄出了火苗，带来了生的希望。火是文明的象征，所以皮吉坚定地支持拉尔夫维护烟火。在少年们因为恐怖的夜晚和传闻中的"怪兽"感到害怕时，只有他坚信世界上是没有鬼魂的。皮吉代表的是理智，他是科学与文明的象征。但在野蛮与恶占优势的荒岛上，皮吉却每每成为孩子们的笑料。孩子们不仅不听他真诚理智的劝告，反而嘲笑他。

困居荒岛，拉尔夫始终坚持应该在荒岛上生火，他坚信只要经过的船看到山顶上的烟，大家就可以得救。火是拉尔夫带领孩子们回到文明世界的希望，也是文明的象征。在应该留人看火还是派所有人打猎的问题上，拉尔夫和杰克一再发生冲突。杰克不愿执行拉尔夫维持烟火、寻求获救机会的命令，只想组成自己的野蛮"部落"去打猎，满足他心底的冒险欲和征服自然的野性的杀戮欲。现实的矛盾就是这样，如果留人看着山上的火，不让火熄灭，那就没有足够的人手去打猎；如果大家都去打猎了，那么就无人维护火种，希望就没有了。荒岛上的孩子们再一次面临选择，到底是保存能回到文明世界的火种呢，还是放任自己野兽的天性去打猎？刚开始的时候几乎所有人都听从拉尔夫的指挥去看着山顶上的火，让火烧出来的烟飘起来。但是这种局面很快就被打破了。杰克带着他的手下去打猎了，面对着死命挣扎的老母猪，随着杰克的一声令下，孩子们举着尖头的用火烧过的木头长矛冲向了老母猪。老母猪被木头长矛扎中，受惊的猪崽们四处逃窜。最终杰克冲上前去，一刀砍下了老母猪的头。那些参加了猎捕行动的孩子们洋洋得意，因为他们胜利了，还取得了光荣的战利品。那些没有参与到猎捕行动的孩子同样分到了猪肉吃，他们吃得津津有味，要知道自从流落荒岛，他们就一直在吃野果。自此，杰克命令孩子们浑身涂上有色泥土和猪血，跳狂乱的舞蹈，显示了人性中非理性的力量。

　　"西蒙是先知与真理的化身，他是一个先知先觉，神秘主义者。"① 他身体瘦弱，患有癫痫，平时少言寡语，羞怯腼腆，好沉思默想，虽然性情有些古怪，但他敢于正视黑暗。刚来到荒岛上时，他就乐于帮助别的孩子采摘野果，搭建窝棚。他喜欢一个人独处，在游荡中思索各种问题。一天，西蒙又来到林间空地，这曾是他的"圣地"，现在却成了杰克和打猎队放置向"怪兽"献祭的猪头的地方。野猪血淋淋的头颅吸引了非常多的苍蝇，这个布满了苍蝇的死猪头，显得异常恐怖。西蒙绕过死猪头继续往前走，发现那个让所有人都恐惧的"怪兽"不过是一个早已死去的飞行员的尸体，尸体挂在降落伞上随风而动。西蒙迅速下山想要告诉孩子们"怪兽"的真相。

　　这个时候由于杰克把人带去打猎了，篝火没人维护。恰好路过一个救援队，但因篝火熄灭了，救援队没有发现他们。拉尔夫得知后，去找杰克理论，杰克不服，就说："我带兄弟们打猎吃肉去。"孩子们闻到烤肉的香味，全跟着杰克走，只剩下拉尔夫和皮吉两个人，最后他俩抵制不了烤肉的诱惑，也跟着去了。为了激发心中的野性，他们大声喊口号、跳舞，用肉体上的狂欢去掩盖对"怪兽"的恐惧。杰克还让一个小孩扮成野猪，其他人假装去捕猎，嘴里大声喊着"杀野猪了！割喉咙了！放了它的血"的口号。孩子们就像原始人进行巫术活动一样，这些人的声音越来越高，节奏越来越整齐，一边跳舞，一边大喊着："杀野猪了！割喉咙了！放了它的血！"一种原始的兽性迸发出来，天上开始出现雷鸣和闪电。突然远处有个黑影向这边跑来，孩子们惊呼"怪兽"来了，于是像疯了一样去尖叫着打他、咬他、踢他、杀死他。而这个被打死的"怪兽"正是那个刚从山上下来要告知大家"怪兽"真相的西蒙。拉尔夫也加入了刺杀西蒙的行列，可怜的西蒙就这样被打死了。西蒙身上带有宗教的神秘色彩，犹如基督教中被犹大出卖的耶稣，耶稣有一个门徒就叫

---

① 〔英〕威廉·戈尔丁：《蝇王》，龚志成译，上海译文出版社，2014，第5页。

西蒙，西蒙想把真理告诉人们，却被人们乱棍打死。西蒙因此成了殉道者，他用自己的死替所有孩子的罪恶赎罪。作者戈尔丁曾经说过，古希腊的神话给了他非常多的创作灵感。西蒙的结局就像古希腊神话里出现的先知或者是预言家的结局。如特洛伊的先知拉奥孔，预言了希腊人使用木马计的险恶用心，但是没有人相信他，智慧女神雅典娜甚至招来毒蛇咬死他。所以说，先知总是背负着悲惨的命运，他们能看破人类命运的悲剧走向，但是他们先知先觉的能力往往又不被人们相信，甚至会给自己带来死亡的厄运。因为被欲望支配的人就像是没有理智的野兽，不愿意相信他们不想相信的真相。西蒙这一形象的塑造是作者戈尔丁所寄予的希望，西蒙理智、勇敢，有愿为真理而献身的奉献精神、牺牲精神。戈尔丁认为人类应当以这种精神力量感化恶、改造恶，从而走向消除罪恶，追寻真善美的道路。西蒙最可贵之处就在于，他能在清醒地认清自己的同时不逃避现实，认清心底黑暗的同时敢于正视它、化解它，这正是人类作为灵长类动物与其他生物相比所体现的高贵之处。然而，西蒙之死也象征着此时邪恶已经毁灭了美德。

　　西蒙之死是整本书的转折点，一群天真烂漫的孩子在不知不觉中就成了嗜血的恶魔，最后竟没有一个人意识到自己杀了人。作者戈尔丁参加过第二次世界大战，亲身经历过当时德国和日本善良的市民是如何在极端狂热的情况下，一个个都无意识地变成了沾满鲜血的刽子手。杰克打猎的时候，会往脸上涂颜料，他看水里的倒影，看见的不是自己，而是一个可怕的陌生人。如同一个人戴上面具后，就摆脱了自我意识和羞耻感，可以为所欲为了。这就像士兵的制服一样，穿上它之后你就不是你自己了，你就是集体的一部分，个体的身份和个性都会被抹杀，只剩下高度一致的集体。穿上制服后，你干的事情都由这个集体去负责，个人是不用负责的。喊口号也是一个道理，它强调的是一种感性的东西，它的作用是用来抹杀个人理性的自我意识。因为理性、人的个人意识在极度狂热的环境下完全被淹没了，就连他们自己也没有意识到惨剧的发生。拉尔夫问"猪崽"皮吉，当时你也在场，怎么就没有阻止？"猪崽"说："我没反应过来。再说了你不也没出手？咱俩都一样。"在这场暴行里拉尔夫完全是无辜的吗？不，拉尔夫也不完全是正义的化身，他"既英勇又不健全"，他性格中的恶在没有约束的情况下也在一点一点膨胀。

当自己的权威受到杰克挑战时，他也曾想把民主转化成独裁，只是在弱肉强食的法则里，拉尔夫是权力斗争的失败者。杰克他们猎杀西蒙时，他也加入了，就算只是被那种狂热的氛围蛊惑，拉尔夫也确确实实是谋杀西蒙的凶手之一。拉尔夫是一个悲剧性的人物，他的悲剧告诉人们：人是一个复杂的个体，每个人既有善的一面，也有恶的一面，这就是为什么一个人有时行善，有时作恶。拉尔夫和杰克的斗争代表着人类文明中理性与非理性的冲突、文明与野蛮的对立。杰克的胜利象征着野蛮彻底压倒了文明，非理性战胜了理性。拉尔夫的动摇也意味着文明的脆弱，在本能面前，文明的力量是这样的不堪一击。人性的恶在这里暴露无遗，没有一个人可以置身事外，没有一个人可以独善其身，所有的人都是暴力的参与者。

　　杰克为了夺权，十分仇视皮吉，先是打碎皮吉一片镜片，又带人偷走剩下的一片，并把火种占为己有。拉尔夫和皮吉去找他理论，结果杰克一伙"猎人"用石头将皮吉砸得脑浆迸裂，象征着自由民主理性的海螺也随之被砸碎，理性和智慧被野蛮和专制所扼杀。小说的最后，所有孩子都选择跟随杰克，并且准备猎杀失势的拉尔夫。杰克必须把这个权力斗争的失败者揪出来，杀掉他，才能让自己的权威彻彻底底地无可撼动。所有人都开始追杀拉尔夫——这个小岛上唯一正常的人。最后他们用放火烧山的方式逼拉尔夫出来，这场大火引来了附近巡逻的海军。军官问拉尔夫："你们是在闹着玩吗？"拉尔夫说："你太小看我们了，都是动真格的，而且杀了两个人。"军官说："我以为你们会像珊瑚岛里面写的那样。"英国当代作家 R. M. 巴兰坦 1857 年出版的《珊瑚岛》，描写了一群儿童流落在荒岛上，他们天真纯洁，勇于探索，团结互助，传递着理性与善良战胜人类原始野蛮本能的坚定信念。读者不得不对比反思，为什么原本依照成人文明社会建立的文明秩序会变得一塌糊涂？难道人的本性真的是恶的吗？为什么戈尔丁《蝇王》的观点就是人性本恶，然而《珊瑚岛》里面却没发生这种事？因为《珊瑚岛》写得比较理想化，岛上资源非常丰富，不会因为资源稀缺而打架，而且也不存在意识形态对立的个体。马克思就说，人性的善恶不是固定的，它会随着环境的变化而变化。就如同《史记·管晏列传》中的观点，"仓廪实而知礼节，衣食足而知荣辱"，百姓的粮食充足，才会懂得礼仪，穿的吃的都很丰富充足，才会知道荣誉和耻辱。所以要尽量去创造一个良好的环境，把人善的一面激发出来，把恶的一面遏制住。荒岛上这些面对善良与邪恶、民主与专制的选择，却没有道德和法律引导的孩子们，只能遵循本能，最后成为被"怪兽"和"蝇王"所控制的傀儡。他们中大的不过十一二岁，小的也不过六七岁，最后都演变为比成年人更残暴、更血腥、更恐怖的恶人。如果说杀老母猪是人类寻找食物征服自然的本能，杀西蒙是大家意识不清的失误举动，那么像杀老母猪一样地猎杀拉尔夫就是人性彻头彻尾的堕落，是人性深处最最恐怖的恶。杰克是人性丑恶的综合体：他崇尚强权与专制，崇拜暴力、嗜血成性。他是作者潜心研究、深入描绘的那个无所不在、作孽多端的人性恶的化身。在饥饿、绝望和恐惧中，在没有理性文明约束的孤岛上，他心中的兽性压过了理性，成为嗜杀并且残害同伴的野蛮人。戈尔丁的小说《蝇王》揭示了人性中具有与生俱来的善良和美德，然而也存在根深蒂固的兽性和邪恶，作品寓示人们警惕和防范人心中的"兽性"，以避免给人类带来灾难。

《蝇王》的英文书名 *Lord of Flies* 来自西伯来语 Báal Zevuv，在《圣经》中译为希腊文 Beelzebul，其意为"粪之主"或者"苍蝇麇集的粪堆之主"。《圣经·路加福音》中犹太人称它为"鬼王"，因为它有苍蝇的外形，是引起一切疾病的恶魔，它和撒旦一样，都是恶魔头领的代称，是"万恶之源"，是邪恶的象征。小说中作为邪恶象征的"蝇王"有两个：一是外部的具有实体的"怪兽"，即一场空战中被击落的空军降落伞和阵亡者的尸体，而那"闪闪绿色"的蝇王，则是围满苍蝇的腐烂猪头；二是来自人心的也是真正的"蝇王"，即孩子们心中、人类本性中普遍存在的邪恶。书中代表理性和智慧的西蒙临死前仿佛听到了"蝇王"在告诫他，如果他坚持寻找真相，就会被杀死。"别梦想野兽会是你们可以捕捉和杀死的东西！你心中有数，是不是？我就是你的一部分？而且分不开，分不开，分不开！……我可怜的误入歧途的孩子，你认为比我高明吗？我再警告你，我可要发火了。你看得出吗？没人需要你。明白吗？……别再继续尝试了，我可怜的、误入歧途的孩子，不然我们就会要你的命。明白吗？杰克、罗杰、莫里斯、罗伯特、比尔、猪崽子，还有拉尔夫，他们都要你的命。懂吗？"① 作家借助蝇王的话告诉我们，

①　〔英〕威廉·戈尔丁：《蝇王》，龚志成译，上海译文出版社，2014，第166~167页。

野兽就在人的心中，就是人类心底的恶念。邪恶是人性中永远无法分离的一部分。西蒙时常说的一句话"大概野兽不过是咱们自己"表明他清醒地认识到了人性的恶这一事实，他的可悲命运让读者认识到人类迫切需要救赎的现状。

从善恶斗争的结果看，正义和理性的力量最终没有敌过恶的力量。代表科学与真理的皮吉、西蒙惨遭杀害，代表理智和民主的拉尔夫最终天真泯灭，而野蛮残忍的杰克则不可一世地雄霸于整个荒岛。在戈尔丁看来，这正是不加约束的人性恶所带来的恶果。《蝇王》突破了传统荒岛小说笛福的《鲁滨孙漂流记》和巴兰坦的《珊瑚岛》将主人公善良化、理想化，"荒岛变乐园"的模式，用讽喻和象征等艺术手法传达出他对传统认知的怀疑，揭示出人从文明蜕变到野蛮、从人性善良走向人性邪恶的历程，成为探索"文明人类的邪恶"的荒岛文学。作为一部寓言，作者借在岛上发生的故事映射现实生活，荒岛上的生活不只是20世纪英国社会、欧洲社会的缩影，也是世界的缩影。戈尔丁借《蝇王》再现了20世纪世界的动乱，借少年们的世界展现了人类社会的各种丑恶与黑暗，少年的心灵仿佛是一面镜子，映照出人类内心最深处的种种罪恶，表达了作者对现实世界的深刻思考，对人类生存现状形而上的反思。戈尔丁意在阐明邪恶是人的天性，它之所以潜而不露，是由于受理性、宗教、道德、法律等的约束。但是人一旦离开这样的时空环境，人性中的邪恶就会暴露无遗，酿造出种种恶果。岛上的战争情形正是两次世界大战中德国情形的缩影，德国曾诞生过康德、马克思等哲学家，但为什么又会成为两次世界大战的发源地？为什么世人眼中最为严谨理性的民族却会陷入疯狂的个人崇拜、非理性的疯狂的战争？法律、道德与宗教伦理被法西斯邪恶势力肆无忌惮地践踏，自由、民主、博爱被野蛮、杀戮、残暴所取代，许多人沦为战争的牺牲品，人类用自己一手创造的文明摧残着自己。虽然《蝇王》充满了人性悲剧的色彩，但戈尔丁并不是一个绝对的悲观主义者，戈尔丁提出这些人性恶的问题的意图只是想使人真正了解自己包括恶在内的本性，完整地认识人类自身。他认为恶是可以认识的，所以，戈尔丁在小说中揭露人性恶的一面的同时，也隐含了救赎的希望。以拉尔夫为代表的一方虽然处于寡不敌众的劣势，但始终坚持要为维持烟火、为集体的得救而斗争。拉尔夫最后的大哭是为失去的天真与对人性黑暗的无能为力而哭，隐含了作者对认清心底黑暗并且直面它之后转化为向善的力量的希冀。戈尔丁通过小说要说明的不仅在于人心的善恶问题，更是人应该并且必须有自知之明，因为人类最大的不幸就是不敢也不想去了解自身。

在《蝇王》的结尾，威廉·戈尔丁安排了一位军官出现以结束岛上毫无秩序的生活，在结束了残忍血腥的杀戮后，军官也载着孩子们去杀戮他的敌人。这也暗示着人类的恶是无止境的，象征着理性文明世界的海军军官的到来，使小岛由孤立走向开放，人类社会的理性文明力量重现，《蝇王》的意义也就从寓言故事指向现实生活。小说的创作背景是第二次世界大战以后，突如其来的浩劫使西方社会蒙上了浓重的阴影，战争给人类带来的创伤不仅是肉体上的，更是心灵上的，在战争与强权的压迫下，人人自危，生怕死亡的厄运降临。书中的少年们由合作走向对抗、由理性走向非理性、由民主走向独裁的过程正是现实生活的镜像，是战争爆发过程的映射。《蝇王》出版的时候，正值国际局势紧张，美苏两大阵营在进行着一场异常激烈但是没有硝烟的战争。戈尔丁对这一局面的大胆假设，正是他对现实的深切忧虑。小说最后，前来解救孩子们的海军军官的到来意味着文明与理性世界的重现。但将少年们带离恶的深渊的海军军官同样也参与了战争，也在对同为人类的同伴进行着杀戮。儿童的战争可以由成人阻止，那成人之间的战争又该怎么办呢？这是经历过第二次世界大战的作者怀着恐惧与悲愤的心情发出的深刻诘问。如何驱逐人类内心的“蝇王”，如何拯救一颗颗被恶蒙蔽的心灵，是当下人类生存与发展必须面对的问题。威廉·戈尔丁将多年的经历融入小说中，去揭示现实的残酷和人性的贪婪。《蝇王》就是要人们去认识自己，提醒人们要用人类社会的法律、道德、制度去约束人类天性中的恶，使人类不沦落为“蝇王”。戈尔丁提醒人们，文明与理性的坚守是人类自我拯救的必要途径。

十一　克劳德·西蒙与《弗兰德公路》

（一）克劳德·西蒙：新小说叙事者

克劳德·西蒙（Claude Simon，1913-2005）是法国新小说派代表作家。1985 年，诺贝尔文学奖瑞典方面以"通过对人类生存状况的描写，善于把诗人和画家的丰富想象与对时间作用的深刻认识融为一体"[①] 为颁奖理由将诺贝尔文学奖颁给年已 72 岁的克劳德·西蒙。

1913 年 10 月 10 日克劳德·西蒙出生于非洲法属殖民地马达加斯加的塔那那利佛，他 4 岁时，身为骑兵军官的父亲在梅茨河战役中阵亡。然而西蒙却说，他一生的好运气就是能以社会最底层的身份参与到撕裂欧洲的几个大事件中。这种时代的动荡、社会心理的不安、人生的颠沛流离似乎都只是为了加深西蒙的人生体验，为其日后的创作提供素材。西蒙曾在小说《阿拉伯树胶》中回忆母亲和两个姑姑如何一个村子又一个村子地搜寻父亲的坟冢。1936 年，23 岁的西蒙志愿到西班牙帮助共和党战士与佛朗哥作战争夺巴塞罗那，他帮共和党输送枪支，共和党失败后，他游历了苏联、印度和中东等地，去重新认识世界。1939 年，第二次世界大战在法国爆发，26 岁的西蒙应征入伍，在骑兵团服役。他先来到父亲埋葬的地方体验战争的残酷，然后随整个骑兵团，用血肉之躯抵挡德国坦克的炮火与硝烟。他参加了著名的牟兹河战役，溃败中，西蒙头部受到重伤，成了德军的战俘。五个月后，他逃出德军战俘营，回到尚未被占领的法国南部米迪地区的家中，又参加了当地的反法西斯运动。在残酷的现实面前，西蒙越来越感受到自己的革命理想被玷污，他看到革命并不像人们渲染的那么神圣，战争中也没有美德之类的东西。侵略者是凶恶的，而战败者也没有什么可赞美的道德优越性。战后，克劳德·西蒙回到老家，边种葡萄边写小说，偶尔到巴黎居住，不问政治且

---

① 刘硕良：《诺贝尔文学奖授奖词和获奖演说》，漓江出版社，2013，第 476 页。

淡泊名利，很少出现在公共场合。他孤独又沉默，很少谈及自己的生活。此后，西蒙再也没有离开比利牛斯山区，终年 92 岁。西蒙一生中的大多数时间，远居在葡萄园内，刻意与巴黎的文坛主流保持距离，当年获颁诺贝尔文学奖时，很多法国人并不知晓他的大名。

克劳德·西蒙早期创作多采用传统叙事手法，但自 1957 年《风》、1958 年《草》相继发表，克劳德·西蒙的创作手法出现反传统的现代派倾向，开始采用一种全新的小说结构，成为当时法国文坛上正在兴起的新小说派（Le nouveau roman）的代表。1957 年发表的《风》的书名副题是"试图重建祭坛后面巴洛克式的画屏"，表明作者意图打破传统的直线型叙述方式，运用像巴洛克式图案花纹的线条，把过去和现在同时表现，把自己对事物的感知、触觉、现实生活经历的回忆与印象的零碎片段交织成多幅场景。据西蒙自述，在创作《风》的过程中，他深切感到感知的世界缺乏连贯性与小说艺术所要求的连贯结构之间存在矛盾，而过去传统小说的写法不过是制造一种假象：感知世界并展现有条不紊的秩序，小说的叙述也是连贯的。在《风》里，作者尝试通过对零碎的不连贯的记忆和印象所组成的各种画面的描绘，重现主人公的处境，同时表现经过两次世界大战创痛的西欧人民的心境：在那像法国西南部常刮的西北风那样无法控制的力量下，人在历史中无法驾驭自己的命运。①

新小说派声称"传统小说形式已经死亡"，认为自 19 世纪中叶以来，传统现实主义一直统治着的小说表现方式及语言意识已然僵化。新小说派认为传统的巴尔扎克式的现实主义写作手法，并不能真正给出"真实"，一切现象都是通过作家加工呈现出来的"陷阱"，即从人物形象、心理的塑造到情节安排、场景刻画，以及浸润在丰富情感色彩中的语言，都是现实主义小说家的诱饵，引导读者进入作家编织的叙述世界中去，一切现实仅是通过作家的眼睛过滤后的世界，即虚构的真实世界，令读者忘记自己所面对的现实世界。因此新小说派主张作家退出小说文本，剔除作家本身的道德观念与思想感情，无视时间与空间的限制，大量运用意识流手法对客观世界进行纯粹的描绘，致力于揭示世界的荒诞。新小说派对传统小说艺术反映社会现实的作用也进行了否定，主张更深入

---

① 刘斌、邱胜编著《诺贝尔文学奖获奖者的故事》，金盾出版社，2017，第 539~540 页。

人的"自我"意识层面去追求真实，从而摆脱现实与读者视角的束缚。西蒙甚至一度觉得，逗号和句号都是些"骗人的习俗"，让人难受。一次访问中，西蒙说："如果有读者，我很高兴，读者越多越好。如果没人喜欢我的作品，怎么办？我不能为了让人'理解'而改变我的写作方式。"①

20 世纪 60 年代，战争经历是西蒙小说中最重大的、几乎贯穿始终的主题。从 1960 年出版的获"快报"文学奖的《弗兰德公路》到 1967 年出版的获"麦迪西"文学奖的《历史》，西蒙的作品呈现出诗与画结合的特色，这也奠定了他在文坛的地位。1962 年的《豪华旅馆》，西蒙以参加西班牙内战的情感经历为基础，讲述一名学生参加了被发起人吹嘘成要建立一个公正社会的政治革命，但历经种种残酷现实的鞭打后，信仰坍塌，这个懵懂的学生终于明白，带来绝对公正的政治革命不会发生，甚至最好不要对此抱以任何希望。1967 年的《历史》则以世事沧桑、时光无法留住为主题。1969 年的《法尔萨鲁斯之战》文体有所改变，色彩更加斑斓。

20 世纪 70 年代以后，西蒙小说的叙述特点是文字与形式的探索冒险。西蒙自创剔除传统小说叙事的时间追索法，转而探寻小说空间结构，织构出层次丰富的画面。1985 年克劳德·西蒙凭借作品《农事诗》荣获诺贝尔文学奖，成为第 12 位获得诺贝尔文学奖的法国作家。《农事诗》的内容是克劳德·西蒙在西班牙内战中的切身经历，描写了第二次世界大战时期法军溃败之际，人们在战争之中的惨况，以及 1789 年法国大革命期间，发生在一个贵族家庭的悲剧与一个年轻的美国人在巴塞罗那争夺战中的感受。在战争与革命的主题色彩中挥发出浓郁的史诗感。小说以古罗马诗人维吉尔的著名长诗《农事诗》命名，其中一则寄予维吉尔诗中哲理：任世事纷杂，自然固守己律，春夏秋冬，四季恒长，人唯有在自然更迭中获得安宁与秩序的稳定；另一则是指小说主人公心中对家园农事不灭地依恋。克劳德·西蒙有着将原本可以线性叙述的故事搞得支离破碎的"恶习"，让读者在阅读的时候感到挫败，继而烦躁不堪。

---

① 作从巨：《"在流沙中行走"：论〈植物园〉的叙述》，《外国文学评论》2001 年第 4 期，第 61 页。

不仅如此，克劳德·西蒙是一个对"物"极端迷恋的人，他对"物"的描写和呈现，正如福克纳对人类心理的呈现一样精细、复杂，这一点也更增加了阅读的难度。因为对人类心理的呈现有可能是缓慢的、抒情的，但对外在的"物"的呈现却是克制甚至拒绝抒情的，它只剩下光线照耀在物体上的冰冷阴影，有时甚至连这样的诗意也没有。读者会在小说中看到，西蒙对人物、场景、植物、动作无限深入、无限细微的描绘，犹如一幅静物画，其笔触深入皮肤底下的蓝色静脉，细微到了毛发的阴影。但是连贯的情节、完整的人物形象在小说中都退隐了、消失了，犹如尘埃散落在这些"物"的间隙，几近于无。V.S.奈保尔说，这是一个长篇小说已死的年代。在这个时代里，除了那些在书斋中以研究为职业的人之外，人们的耐心已经慢慢地流失。长篇小说也许还不会消失，但是像西蒙这样精细、错乱以至沉闷，不断给读者制造阅读障碍的长篇小说作家也许正在消亡，这也许就是他的寂寞。

（二）《弗兰德公路》：历史与诗意交织的世界

1940年，在法国北部接近比利时的弗兰德地区，法军被德军击溃后慌乱地撤退，故事交织着战争的灾难与自然的包容之境，表现了3个士兵和他们的队长在此种遭遇中的种种经历与情感感受。作者以贵族出身的主人公德·雷谢克队长与新近入伍的远亲佐治的会面揭开了小说序幕，并以德·雷谢克的神秘死亡作为全书的讲述线索。小说的叙事由佐治战后与德·雷谢克年轻的妻子科里娜夜宿时所引起的回忆和想象组成，充满幻想的佐治回忆起骑兵队仅剩4人后，队长就拿着枪管，对着自己的太阳穴扣下了扳机，队长是把胳膊支在壁炉架上开枪自杀的。他们谈论队长的自杀，认为他是用自杀掩盖失败的真相，并由此联想到队长家族中另一位成员的自杀事件。小说起始的前12页，以第一人称的"我"作为叙述者，但参考文本后面部分的章节以及第12页括号中的说明，佐治是逻辑上的叙述者"我"，这样第一人称的"我"转变为第三人称的佐治。在这里，佐治失去叙述者"我"的身份，变为叙述者"我"叙述的第三人称客体"佐治"。小说中佐治的主客体叙述身份的变化，引出一个问题：到底是谁在讲述故事，谁向谁展示佐治的心理情感？那位取得第一人称叙述者身份的"佐治"是谁？此外，小说亦含有另一个层次：

可以视为佐治在战后对科里娜的叙述，借用了时间上的错位，即叙述内容被隐含的读者、佐治、"我"三者反复叙述。三位叙事主体的交错，成为叙述现实环境场景变换的契机。文本《弗兰德公路》的三个部分正是借这种方式结构而成，第一部分由佐治与科里娜性爱回忆结构填充，第二、三部分由佐治自己将第一部分叙述内容重述、拓展和改写。西蒙将这种叙述方式称为巴洛克式螺旋结构，赋予作品画面感、层次感与纵深感。"作者以斑斓浓重的色彩，巴洛克体千变万化、重复回旋的笔法，绘画出时间的迁移、季节的变化、战神的狰狞、死亡的阴影、爱情的渴求、情欲的冲动、饥寒的折磨、土地的抽搐、大自然神奇的魅力……既充满诗情画意，又不乏幽默讽刺；既含人生哲理，也有对人心的解剖。它的独特的风格，使西蒙成为西方文坛上受人注目的小说家。这部小说被列入西方现代文艺代表作之一。"①

西蒙眼中的小说艺术在于同时性的描绘，而非时间的持续，世界在线性时间中给世人的只有荒诞感而非历史的磅礴。小说正是通过不断循环的重复叙事，向读者强调人类悲剧的生存状态的。《弗兰德公路》展现出一种共时性艺术观：时间的存在感被溶解，历史进程被模糊。叙述描写频繁地进行人称切换，让读者在不知不觉中就有了深陷其中的感觉。不仅给人一种强烈的切身现场感，更重要的是读者还能借此获得战争导致一切破碎的过程体验感。西蒙的厉害之处在于他所呈现的并不是战场上宏观的崩溃或是细节上的精妙准确，而是把发生在人心里的、环境上的、物上的各种崩溃及破碎完全融为一体。打个比方，他能把每个瞬间都变成一场风暴，意识的、意念的、感觉的、想象的、记忆的风暴。在他的笔下，战争中的几分钟都可以变成小说里的十几页，甚至上百页。有时他会使用电影手法不时切换镜头画面，有时又像在绘画，甚至会给每个人物确定一种颜色，然后按写作时的情感与感觉决定颜色的配置组合交织方式，就像画一幅画那样描绘出整体。在第三部分文本开头，西蒙将战俘因饥饿伏地啃食野菜的回忆同行军途中与一位姑娘的性爱回忆穿插堆叠，联系两者的是行为体姿的相似，性交的趴伏姿势很容易对应伏地觅食之姿。此外，女性的某些身体部位同野菜的形状气息也具有一

---

① 刘斌、邱胜编著《诺贝尔文学奖获奖者的故事》，金盾出版社，2017，第540页。

定的相似性，以此将看似无联系的事物巧妙地加以串联。

小说《弗兰德公路》共有三个部分，每部分的卷首都具有点题作用，分别引用达·芬奇、马丁·路德和马尔科姆·德·沙扎尔的话——生是在学习死亡、上帝创造男人与女人、不必要性爱与死亡与时间的关系，借此传达了战争灾难中人的绝望处境和对世界无尽破碎的感受。从小说开篇起，人物纷乱断续的回忆像潮水一般涌现并此起彼伏，交相动荡。此后 3 个骑兵和队长在战争中的惨痛遭遇，与山河破碎的世界以异常纷繁凌乱的方式一阵阵地浮现。在西蒙笔下，世界的破碎首先体现在空间的破碎，从始至终读者都看不到一个完整清晰的背景世界，所有场景都是局部的，那种动荡的状态就好像这破碎的过程还在持续着，空间里的所有事物也是破碎不堪的，地上残缺的尸体、植物、烂泥都在映衬着空间的破碎。小说片段之间的衔接，起决定性作用的是事物（景物、动物）与人能够感知的各类因素，诸如气味、形状、颜色与质量。以文本为例：佐治在回忆与现实之间跳跃的契机是无边的黑暗与弥漫在黑暗中沉重的空气，战时是佐治同布吕姆相遇，战后是佐治同科里娜的性爱缠绵。五月份的暮色中"玻璃似的透明绿色"触发佐治将"战时醉酒与科里娜幽会"这两个不同时间、地点内的情形相联系。现代派小说里打破时间次序已不新鲜，但西蒙小说里的时间状态已无法用打破次序来概括，只能说时间已完全破碎，在他的描写与叙述中，任何时间节点几乎都可以随机复现，它们通常会在那些长达几页的段落里频繁交替出现，产生一种不同时间点的事件被并置的效果。小说的开篇："他手里拿着一封信，抬眼看看我，接着重新看信，然后又再看看我。在他后面，我可以看见被牵往马槽饮水的一些马来来往往的红色、棕红色、赭石色的斑影。烂泥深到踏下去就没到踝骨眼。我现在回忆起那天晚上大地突然霜冻，瓦克捧着咖啡走进房间说道：'狗在啃吃烂泥。'"① 前三行字还是写队长雷谢克正在看佐治母亲来信的场景，到第四行就突然跳到了事后回忆的视角。瓦克随口说的那句"狗在啃吃烂泥"，让佐治联想起野狗吞食、扫荡战场地面的场景，然后又突然闪回到队长看戏的现场，通过佐治的观察与联想呈现队长的性格和背景，接着谈及队长人生悲剧的根

---

① 〔法〕克劳德·西蒙：《弗兰德公路》，林秀清译，上海译文出版社，1987，第 3 页。

源——与科里娜的婚姻，直接切换到队长阵亡的现场描述，在这一段的收尾处，谈到队长那类似于耶稣受难的痛苦时，又把女人肉体的隐秘深处比喻为受难的祭坛，从而为读者揭示了队长之所以一心求死，主要是因为他自认为犯下了被欲念所迷的罪过，认为只有自杀才能赎罪。

　　小说中与破碎的世界相伴的是人物意识的破碎，残酷的战争对世界的破坏，可以通过场景、事物的破碎的视觉效果来传达。但在战争的灾难中，被破坏最为深重的，是人本身。自然环境破坏了，可以慢慢恢复，其间的万物也可以重生，但人在遭受了战争摧残之后，心灵层面上的破坏是根本无法恢复的。因此在西蒙的笔下呈现的破碎世界的时空深处，还有人的意识彻底破碎后的无序流动状态，使得所有时空事物的碎片突破了，不同层面的界限交织纠缠在一起，共同生成了一个极度破碎的世界，将死去的、幸存的人们深埋其中。在书中正是后来佐治与科里娜发生了私情，使得佐治的诸多战场回忆得以不断生成。他们在旅馆幽会，但此时佐治仍然摆脱不了战争噩梦的纠缠，大脑在似睡非睡、似醒非醒之中涌动着没完没了的回忆，战争的惨烈、充满破灭感的个人体验，最后都由佐治与科里娜在旅馆里的私通过程展现出来。当所有这一切交织重叠在一起的时候，就生成了一幅漫长、复杂、无始无终地融合了战争世界与人的内心世界的奇妙画卷，像滔滔流水般地叙述，带着零碎回忆片段，断断续续、不连贯地联系着各种不同场景以及故事中插入的故事，完全颠覆了传统现实主义小说叙述技巧的局限性。也就是说这本小说不像传统小说那样有一个完整清晰的故事可以复述，书里各种印象与想象相互渗透。整部小说表面上叙述混乱，其实服从着一个严格巧妙的内部结构，各个支离破碎的情节碎片就像是一幅画上的各个色块，在作品不同部分里相互呼应、折射形成立体效果的线性叙述。

　　西蒙在小说里大量使用迂回曲折的长句，并用很多分词连接，还常常使用不完整的句子，因为他认为人们回忆、思考、日常说话的方式就是这样的。比如下面的这段文字："或男或女的低声细语嗡嗡的声音，在野绿树浓密的树叶下悬空浮荡。这些说话的声音不失礼貌、毫无变化、十分无聊，所用的词语完全不堪入耳，甚至是像示威的士兵说话一样，所谈论的内容不外交配、金钱、初次、洗礼等，不论谈什么都是同样缺乏连贯、同样客客气气、同样骑士般从容。这些声音混合了小路上的皮靴和高跟鞋发出的持续不断、纷纭、嘈杂的声响，滞留在空中无法捉摸的金色浮尘中，在那漂浮着，于平静的绿荫的午后闪闪发光，与鲜花、马粪和香水散发出的气味混在一起。"在书中有时连着几页都是长句，如在文本第 63~66 页，佐治回忆起德·雷谢克自杀的情状，在此情境中作者仿佛听到了枪械的机动声，看到了人们惶惑的形容举止，这一切都被定格在层叠的括号中。西蒙采用大量的电影、绘画艺术手法，如慢镜头闪回与细致鲜艳的描画。小说中还常常在连续无标点的符号与分词连接的长句中嵌入不等段的插入语，借以补充说明修改记忆中事物的变形，截断人在思考、联想、回忆中行为的连续性，例如"与此同时""这是说""更确切地说"。据西蒙所述，真实地还原脑海中的回忆印象，就好像不是在用文字写小说，而是在用几十甚至上百台高速摄像机，从很多个角度去拍摄战争中所有纷繁破碎的场景，然后以正常速度放映出来，于是每个瞬间里每个细节都以高清晰的且极其缓慢的状态呈现在人们的眼里，而所有的这一切又会融合生成洪流，不断淹没读者，并在读者目不暇接的时刻涌入意识深处，产生内化的史诗般的阅读效果。西蒙认为，战争除了展示出非理性的残酷和未经启蒙的野蛮彻底破坏了整个世界和战争中的人所拥有的一切之外，毫无意义可言。战争瓦解了一切存在的意义与价值，把历史、社会、自然、人物都砸得粉碎，留下的就是幽灵般四处游荡的人的意识，像无形的风一样，卷积了所有破碎的东西，慢慢地以极其复杂的状态生成了另一个世界——一个令人目眩神迷的人间地狱般的立体派与野兽派绘画融合的世界。

十二 君特·格拉斯与《铁皮鼓》

（一）君特·格拉斯：荒诞的寓言者

君特·格拉斯（Günter Grass，1927-2015）是当代联邦德国著名文学家、柏林科学艺术院院士，美国、波兰等国家的大学荣誉教授。1999年，因作品《辽阔的大地》荣获诺贝尔文学奖，获奖理由是："其嬉戏之中蕴含悲剧色彩的寓言描摹出了人类淡忘的历史面目。"① 瑞典文学院在颁奖词中这样评价格拉斯小说中的人物塑造："剥去人物重要的话语，强调肉体的可靠性，将人类带入动物的世界。在他的动物园中，我们每个人都能找到自己的定位：猫与鼠、狗、蛇、比目鱼、青蛙和稻草人。"②

1927年10月16日，但泽（今波兰的格但斯克）一个小商人家庭迎来一个新生命——君特·格拉斯。君特·格拉斯的父亲是德国人，母亲是波兰人。格拉斯的母亲和三个舅舅都特别喜爱文学和艺术，受到家庭氛围的影响，格拉斯从小就痴迷于文学阅读、画片鉴赏。13岁的君特·格拉斯曾立志从事艺术方面的工作，不幸的是，他的童年和青少年时代正处于德国纳粹统治时期，他参加过希特勒少年团和青年团，甚至高中没毕业就被卷进战争。第二次世界大战期间，他加入过纳粹德国军队，充当了法西斯的傀儡，在前线受伤后不久就在战地医院成了盟军俘虏。离开战俘营后，他学习过版画、雕刻和造型艺术，为了生计，还曾经做过矿工、石匠、鼓手、模特等。第二次世界大战结束后，他拒绝了父亲为他谋得的做商务管理实习生的机会，毅然走上艺术道路，开始诗歌、戏剧、小说的写作，并成为联邦德国文学"四七社"的一员。"四七社"因成立于1947年而得名，是德国战后文学的摇篮，也是君特·格拉斯文学生涯的重要起点。

---

① 刘斌、邱胜编著《诺贝尔文学奖获奖者的故事》，金盾出版社，2017，第636页。
② 刘斌、邱胜编著《诺贝尔文学奖获奖者的故事》，金盾出版社，2017，第641页。

　　1958年，31岁的格拉斯在"四七社"社团朗读了《铁皮鼓》第一章，当时在场的文学同人们起立欢呼一部伟大的作品即将诞生。《铁皮鼓》是战后德国反思文学的一个里程碑，书中以但泽为主要背景，透过一个3岁侏儒的眼光，描绘了从纳粹兴起到倒台这十几年间的德国社会与人们的心理，展现了一个混乱、荒诞的世界。1961年中篇小说《猫与鼠》讲述了中学生马尔克因喉结过大，形如老鼠，经常受人歧视。自尊心极强的马尔克总是做出许多"不平凡"的事来掩盖这一缺陷。他在体操、游泳和潜水等方面表现得极为勇敢，以此赢得伙伴们的敬佩。但是虚荣心膨胀的马尔克因偷走了两名军官的勋章被学校开除。第二次世界大战中，一心想成为英雄的马尔克受到一位军官太太的赏识和引诱。不久，他在水塘里发现了敌方的一个地下仓库，因此终于获得了真正的勋章。衣锦还乡后，马尔克想在学校做一次报告，恢复过去受损的名誉，以此获得社会的认可，但遭到校长的拒绝，梦想破灭后，他钻进中学时代经常去玩的一条沉船里，从此就在人们的视线中永远消失了。作品深刻反映了纳粹时期整个社会的异化，揭露了法西斯意识形态和荒谬的英雄崇拜对学生的毒害，以及在集体名义的压力之下一个孤独者的命运。[①]1963年长篇小说《狗年月》通过描写磨坊主的儿子马特恩和犹太血统的阿姆泽尔这一对儿时的伙伴，因为血统不同、性格迥异而分道扬镳，最后又重逢的故事，反思了德国黑色历史，谴责纳粹反犹罪行。小说讲述了在德意志人民和但泽市的名义下，一条取名"亲王"的牧羊犬被作为生日礼物献给了希特勒，但泽市因此而出名。这条元首的宠物狗的出现，入木三分地讽刺了"狗年月"即"极为糟糕的年代"的荒诞现实，并以此来暗示第三帝国的纳粹时代，充满了历史的凝重感。

　　《铁皮鼓》《猫与鼠》《狗年月》这三部小说描写的地点都是但泽，时间在1920年至1955年，因而被称为"但泽三部曲"。但泽在第二次世界大战前为东普鲁士的一部分，隶属德国，现今属于波兰的格但斯克。"但泽三部曲"均着眼于纳粹时期德国的过错问题，深刻剖析了法西斯主义给人类带来的深重灾难和这些灾难产生的原因，并揭露了人性在邪

---

　　①　刘斌、邱胜编著《诺贝尔文学奖获奖者的故事》，金盾出版社，2017，第638页。

恶力量面前的脆弱本质。① 1977 年长篇小说《比目鱼》出版，该小说对
20 世纪 70 年代欧洲"女性解放"风潮进行了反讽。小说情节离奇，颇
具童话色彩。埃德克是新石器时代的渔夫，与他捕获的一条学识渊博又
会说话的比目鱼订立条约，得以长生不老，从而摆脱了女性的统治，过
渡到父系社会，历经青铜时代、铁器时代直至当今时代。正当埃德克向
妻子讲述自己的这段历史时，比目鱼被三个女子逮住，并被告上法庭，
要求记载女性对人类文明的贡献，写出男性统治下的两性关系中女人的
历史。小说用独特的艺术形式勾勒出了人类发展进程中的九个重要阶段，
揭示了占据统治地位的男性制造暴力、追求权力并且走向穷途末路的过
程，探寻了一直没有话语权的女性在推动历史真正进步即消除饥饿方面
所起的作用。1995 年出版的长篇小说《辽阔的大地》，以德国统一这一
政治事件为背景，通过波茨坦的冯塔纳资料馆工作人员之口，叙述了在
东德生活了 40 年的主人公武特克，在 1989 年至 1991 年期间的生活经历
及其对这一巨变的思考。② 2006 年 9 月，君特·格拉斯出版自传回忆录
《剥洋葱》，自述曾在青年时代为纳粹党卫队效力的黑历史，一度遭到知
识界的唾弃。2015 年 4 月 13 日，君特·格拉斯在德国吕贝克的一家医院
去世，享年 88 岁。

（二）《铁皮鼓》：荒诞与隐喻

君特·格拉斯的长篇小说《铁皮鼓》中充满了尖锐的反讽、惊悚的
刻画和狂热的肉欲，可以说风格奇诡无比、怪诞至极。小说《铁皮鼓》
采用倒叙手法开场，一个收容所里，30 岁的奥斯卡在写回忆录，身边放
着一面铁皮鼓，敲打几下，往事随着鼓点声出现，他就记录下来。作品
以侏儒症患者奥斯卡第一人称"我"的口吻自述德国边境和但泽地区半
个多世纪的事件，第一次世界大战、希特勒上台、第二次世界大战及其
后 20 世纪 50 年代的德国小市民生活。小说从奥斯卡的祖辈们开始，写
到奥斯卡的出生、成长、第二次世界大战时的种种冒险、家庭变故以及
战后的遭遇。

---

① 刘斌、邱胜编著《诺贝尔文学奖获奖者的故事》，金盾出版社，2017，第 638 页。
② 刘斌、邱胜编著《诺贝尔文学奖获奖者的故事》，金盾出版社，2017，第 640 页。

奥斯卡的回忆构成了小说主体的三个部分，第一部分的故事发生在但泽——位于波兰和德国之间的小城。第一次世界大战结束后，德国人、波兰人和其他的一些民族是构成但泽城内人口的主要部分。其中德国人占比最大，其次是波兰人，然而当时的国际联盟却做出了不合常理的决定——将但泽城交给了波兰管辖。这种微妙的格局也反映在奥斯卡的家中，奥斯卡的母亲阿格尼斯就出生在但泽，她有一个波兰表哥，也就是奥斯卡的舅舅，两人曾经热恋，但阿格尼斯嫁给了德国青年军人，也就是奥斯卡的父亲，混乱的关系就此形成，从法律意义上讲，德国父亲和母亲属于夫妻关系，但母亲却仍和波兰舅舅藕断丝连，这个一女配二男的格局象征着20世纪30年代纳粹德国和波兰对但泽这座小城的明争暗斗。可以说在"母亲"这一人物形象上隐晦地表现出在德波争夺下，但泽小城中不可调解的矛盾冲突。"母亲"自始至终都对德国和波兰依赖且臣服，她既无力反抗德国丈夫用法律铁箍所带来的约束，又因迷恋肉体的满足而与波兰表哥有着暧昧的情感纠葛，灵与肉的分割虽然让这个女人处于不断的矛盾痛苦中，却也卑劣地享受着。小说中不管是母亲与波兰舅舅的情人关系，还是与德国父亲之间的夫妻关系，都令主人公奥斯卡十分厌恶，他决定用停止生长的办法来与这个肮脏龌龊的世界隔绝，这映射着作者对于但泽引起的德波争斗冷眼鄙视的态度。

奥斯卡从出生起，身上就不断出现一系列怪诞事件。他很小就显现出与年龄不相称的成熟。因身材矮小不被注意，他曾多次在桌下的阴暗处看到母亲与舅舅之间的暧昧关系，觉察到成年人世界的复杂和丑陋。小奥斯卡尝试藏匿在祖母的裙摆里，希望借此来逃避这个荒谬的世界，但是如此卑微的奢望也被祖母冷酷地拒绝了。于是，他做出了极端的决定，从陡直的楼梯上摔下，从此停止生长，保持了3岁孩子94厘米的个头儿。他用这种行为做出了对成人世界飞蛾扑火般的反抗。奥斯卡的脖子上整天挎着一个红白相间的铁皮鼓，他总是不停地敲着那个鼓。纳粹的集会上，他用鼓声把本来狂热的集会变成了大型的舞会。此外，奥斯卡的尖叫声能够震碎玻璃，能把"值钱的东西变成碎片"，也震碎了那个时代的次序和道德。奥斯卡不仅弄碎了老师的眼镜，反抗学校对人思想的奴化和禁锢；还弄碎了医生的标本瓶，挣脱医院对人身体的监控。奥斯卡爬上钟楼，弄碎了周围建筑的窗玻璃，引起了城市的封锁。他的尖叫声甚至唤醒了教堂里的小耶稣。他靠着尖叫和打鼓，在学校、家里、广场上制造了一系列混乱，这些混乱背后是第二次世界大战爆发前夕欧洲的紧张局势。

　　母亲和舅舅每星期都出去偷情幽会，他们幽会时就把奥斯卡放在附近的玩具店里，让店老板代为照管。有一天，母亲回来时，店老板突然跪下向母亲求爱，被拒绝之后，店老板悲伤地对母亲说，随着纳粹德国在欧洲的扩张，但泽的德国人必将发动对波兰人的排挤和迫害。母亲并没有理睬玩具店老板的好心提醒，波兰人舅舅似乎也丝毫没有意识到危险，他一味贪恋着母亲的身体。奥斯卡此时对舅舅的轻浮充满轻蔑和鄙视。一天，奥斯卡的铁皮鼓破了，听舅舅说邮局有一个同事能修补，就硬拽着要舅舅带他去找那个同事。当时的波兰邮局正处于德国军队炮火之中，舅舅竟然答应了奥斯卡的请求。他们鬼使神差般穿过德军的包围圈，走进了邮局，外面枪炮声四处炸裂，其他人都忙着抵抗德军。舅舅、奥斯卡以及那个邮局同事，却一起坐在地上打起了牌。同事都已经中弹了，生命垂危，连牌都捏不住了，舅舅还把牌捡起来，塞到他的手心里，一个劲儿地催他赶快出牌，直到同事被枪杀，舅舅被德军俘虏。人们麻木不仁、苟且偷生到如此让人无法想象的境地。奥斯卡回去说，舅舅被带走并被枪决时，脸上带有一种傻乎乎的微笑，好像是嘲笑自己30多年稀里糊涂的人生。对于舅舅的死，奥斯卡满不在乎地说，舅舅本来就是一个有罪的人。作者借奥斯卡之口表达了他对第二次世界大战前后波兰人的态度，在与德国人的较量当中，波兰人鲁莽、自大、盲目，缺少战略思考，最终也死得不明不白。作者对德国人也十分鄙视，小说中，德国人和波兰人没有本质区别，他们都麻木不仁、安于现状。比如，小说中多次出现打牌的场景，奥斯卡的父亲、母亲和舅舅，平日里三人只要聚在一起就会打牌。父亲和舅舅不管彼此有什么矛盾，一打牌就能坐到一起和好如初。奥斯卡的父亲经营商店，并加入了纳粹党卫队，隐喻着德国人放弃了独立心智，加入纳粹党听从号令去做"领袖"要求他们做的事儿。从奥斯卡的讲述中可以看到，他的德国人父亲粗鲁、缺少教养，喜欢吃喝，有典型的大男子主义，虽然娶了奥斯卡的母亲，也尽心尽责地操持家里的生意，但他从未把奥斯卡的母亲当作一个平等的朋友来看待，也正是这种轻慢间接导致了奥斯卡的母亲的死亡。有一天，父亲带全家去海边度假，在那里，他帮助一个渔民从海中捞起了一个腐烂的马头，又从马头中发现许多鳗鱼，就带回去炖着吃，母亲被这个场景深深恶心到了。鳗鱼类似生殖器的形象，让她联想到自己与表哥的偷情，不堪忍受畸形家庭的罪恶感，让她自虐般地用力吃鱼，最终中毒身亡。第一次世界大战后，舅舅被德国人杀害，父亲加入了纳粹党，他可以照常开店，而且终于没有情敌了，但母亲也死了，所以父亲最终也没能够独占母亲。可以说这两个男人都不是胜利者，就像德国人想尽办法从波兰人手中夺取了但泽，其实也只是徒劳一场。

　　小说进入第二部分，这部分的时间跨度是从 1939 年第二次世界大战爆发前夕，一直到第二次世界大战结束。父亲为了照顾生意，找了玛丽娅来帮忙。奥斯卡虽然只有三岁的身高，但这时实际上已经十七岁，他爱上了玛丽娅，可父亲突然宣布要娶玛丽娅为妻，奥斯卡无法阻拦这件事情，因此怀恨在心。玛丽娅成为他的继母，而父亲似乎已经忘记了母亲，隐喻德国人拥有了但泽之后，就遗忘了但泽。在作者的笔下，"父亲"代表了德国人的冷酷和贪得无厌。当第二次世界大战进入尾声，苏联军队开进但泽，苏联士兵冲进了奥斯卡的家中搜查。奥斯卡找到了报仇的机会，他偷偷把纳粹徽章塞到父亲手中。父亲惊慌地把纳粹徽章吞进嘴里，却被别针卡住了喉咙，他剧烈咳嗽，引得苏联士兵朝他猛烈开枪，父亲就这样死了。回忆时，奥斯卡冷冷地说了一句："我可能是故意把纳粹徽章的别针打开，交到父亲手里的。"这里其实暗含着弑父的冲动和原罪。此时奥斯卡的情感，已经倾向于他死去的舅舅，他还说："我一直认定我是母亲和舅舅生的，而不是我父亲的孩子。"这个风格荒诞的小说中，主人公奥斯卡处于荒诞的中心，那个脖子上挂着铁皮鼓的侏儒形象几乎成为黑暗年代最好的隐喻。在家中，他一直是个冷眼旁观者，他讨厌粗俗愚蠢的父亲，更加同情母亲和舅舅，但实际上他不仅害死了父亲，也间接害死了舅舅，显示了一种极端的自私自利。他的身高、面貌很容易让他受欺负，可是他也充分利用这一点为自己谋得好处。

　　小说中奥斯卡的身份多变，有时他是纳粹的见证者，有时又是纳粹的受害者，有时他完全是一个变了形的纳粹分子，有时又是乱世中谋取私利的投机分子。大人们在他面前总是放松戒备，他们当着奥斯卡的面读色情读物，舅舅和母亲当着奥斯卡的面打情骂俏，父亲当着奥斯卡的面强行霸占玛丽娅，寂寞的妇女公然邀请奥斯卡来满足自己的欲望。当他参与到世界的混乱与丑陋之中时，他就变成一个小小的混世魔王。奥斯卡在跟父母看戏的时候，偶然认识了一个侏儒剧团，其中有个团员告诉他，世界即将陷入大乱，我们这些长不高的侏儒，如果不想被别人所控制，就要先下手为强，先操纵别人。奥斯卡对此有所领悟，所以选择主动出击，他跑到尖塔的顶上高声尖叫，震碎了许多玻璃，然后看大人们惊慌失措的样子，偷偷得意；他去纳粹党徒集会的现场，用鼓声和尖叫操纵他们；战争时期，他加入了侏儒剧团，坐着纳粹军车去前线劳军，用玻璃碎裂的声音鼓舞军队的士气。有一天晚上，奥斯卡决定搞个恶作剧，他用尖叫声震碎了一家商店的橱窗玻璃。舅舅果然从橱窗里偷拿了一串项链送给奥斯卡的母亲，奥斯卡自己也加入趁火打劫的行列中，那家卖铁皮鼓的玩具店老板是犹太人，当打砸抢事件发生后，奥斯卡冲到了玩具店里，发现店铺已经受到冲击，店老板也已经上吊自杀。但他对此并不关心，只是想多抢出一些铁皮鼓来。奥斯卡的自私冷漠，正是成人世界道德状况的折射。当玛丽娅出现在他的生活中时，他凭着自己的孩童长相引诱玛丽娅，挑动玛丽娅的欲望，满足自己征服的本能，让她给自己生孩子，这些行径都显示了他即便不是一个潜在的小纳粹，至少也是乱世中的投机分子。

　　奥斯卡的身上甚至浮现出了希特勒的影子，他的阴险中带着狂妄，他的叛逆中透出野心。奥斯卡曾两次进入天主教堂胡作非为。第一次，母亲带他去教堂忏悔，奥斯卡发现了一个圣母抱着小耶稣的雕像，奥斯卡凝视着它，突然做出了一个举动，把铁皮鼓的鼓槌塞到了小耶稣像的手里，把铁皮鼓挂到小耶稣像的脖子上，他说："现在你也打鼓吧。"雕像当然没有反应，一动也不动。当战争爆发后，奥斯卡率领着一群到处惹是生非的流氓小孩儿，再次冲进教堂，他看到之前那个一动不动的小耶稣像突然活了，不但活了，还跟他说话。小耶稣像说："我要重建我的教堂，奥斯卡继承我吧。"[①] 接着奥斯卡那帮人发动了一场对抗成年人社会的大暴动，他们抢占了教堂，自己做起耶稣。正当纳粹德国在欧洲高歌猛进的时候，奥斯卡成功地让小耶稣像开口说话，并且让出位置，表

① 〔德〕君特·格拉斯：《铁皮鼓》，胡其鼎译，上海译文出版社，2005，第386页。

示对奥斯卡的屈服，这也是对希特勒的直接映射。希特勒在欧洲曾逼迫
各国政治和宗教领袖下台，承认他才是唯一的统治者。当读者发现称霸
欧洲的希特勒在小说中只是一个狂妄的侏儒时，更能体会讽刺的意味。
奥斯卡又是这个肮脏与丑陋时代的批判者，如他因不愿进入这个黑暗的
成人世界而拒绝长大。奥斯卡还在母亲子宫里的时候，就有了记忆和对
外界的意识。他在成长过程中，从没喜欢过他的家庭、他的老师、他的
街坊和邻居孩子。他不断地敲鼓，是为了创造一个自己的世界，然后生
活在里面。他拒绝长大，是为了不加入成年人的世界，也是为了有朝一
日能够重新回到母亲的子宫里，那是世界上最安全的地方。小说中，奥
斯卡的外祖母是个农妇，穿着一条肥大的层层叠叠的裙子，奥斯卡的外
祖父钻进了这条裙子里，躲过了警察追捕，也因此与外祖母结合，生下
了奥斯卡的母亲。战争爆发后，舅舅被杀，奥斯卡脱险回来后去外祖母
那边报丧，然后他一头钻进了外祖母的那条裙子里面，这条裙子让他产
生了一种逃离外界的冲动，他觉得那里面很安全。这里的裙子也是一个
隐喻。

　　随着纳粹德国的扩张和覆灭，奥斯卡的舅舅、母亲和父亲先后死去。
波兰、德国和但泽这座城市的历史至此都已告一段落了，奥斯卡感受到
了这一点，他觉得自己不必再像原先那么抵触成年，那么害怕长高了。
相反，他应该大胆地去迎接一个新的时代和更多的机会。战争结束了，
可是但泽将何去何从？奥斯卡将何去何从？在"父亲"阿夫来德的下葬
仪式上，奥斯卡把铁皮鼓扔到坟墓里说"我是一个孤儿了，我要长大"，
这标志着他要告别过去，表达了他重生的愿望。奥斯卡的儿子用石头击
中了他的后脑勺，神奇的是，21 岁的奥斯卡，又重新开始艰难地长高，
不久后他身高一米二三左右，变成了鸡胸驼背的侏儒，他那丑陋、惊恐、
扭曲的相貌，又使他被看作一个病态的、混乱的时代所遗留下的典型。
长高以后，他将要面对成年人的种种烦恼和挑战，他无法藏在孩子的外
表之下耍阴谋，必须为自己的行为负责，于是他很快就发现之前的特权
都没有了。长高之前他可以跟玛丽娅在床上调笑缠绵，现在玛丽娅拒绝
了他；长高之前，他可以窥探女人的私事，现在他被人骂着赶走。别人不
再把他视为孩子，而是把他看作一个面貌古怪、身材畸形的侏儒。作为男
人，奥斯卡必须挣钱养家。有一天，他被一个艺术学院的教授看中，让他

去做裸体模特。教授赞叹地说："艺术就是控诉、表现、激情！""他断言，我，奥斯卡，体现了控诉着、挑衅着、无时间性地表现着本世纪的疯狂的被破坏的人的形象。"① 在教授眼中，奥斯卡简直是纳粹统治和战争年代留下的一件鲜活的文物。这是一个讽刺性十足的情节，形象地再现了那段历史中群众性的狂热，在后人眼中，一切都成了荒诞滑稽的笑话。

　　长高的奥斯卡到处流浪，组建过爵士乐队，赚到过大钱，但是他最终还是对人生彻底厌倦了，于是他想了个办法，装疯卖傻，让人把自己判定为精神病人送进收容所。他说："我 30 岁了，我的故事讲完了，我愿在这里度过余生。"在小说最后的自白中，奥斯卡再一次拿自己和耶稣对比，总结自己的人生，他说："耶稣 30 岁的时候就出去招收门徒了，而我呢，我曾经觉得我要做出一些不同凡响的事儿来，可是我的所作所为似乎只是导致了一桩又一桩的死亡，我不爱的人死了，我爱的人也死了，我最大的成就都被死神所嘲笑，所以现在我什么也不想做，我只想笑，唯有笑才能让我面对成长的考验，面对死神的等待。"② 奥斯卡人生最后阶段的回归渴望，隐含着作者深厚的情感。德意志民族曾是一个在科技、思想、文化等各个领域群星闪耀的民族，如康德、黑格尔、尼采、歌德、席勒、巴赫、贝多芬，这些都是人类文明的杰出缔造者，偏偏这样一个民族成了两次世界大战的始作俑者。德国为什么会沦落？这是第二次世界大战后许多德国有识之士深入思考的问题，也是战后德国文学经常探讨的一个主题。显然其中的戏剧色彩只能用荒诞的情节来呈现。格拉斯说，《铁皮鼓》展现的是德国纳粹兴起、倒台的那段最黑暗、最泯灭人性的历史，理性消亡，狂热冲昏桀骜的日耳曼人的头脑，他们不分善恶，道德崩坏，构成怪诞的历史，因此只能用荒诞的情节来呈现那个扭曲、夸张、丑陋但又真实无比的世界。只有荒诞不经的情节，才能够真正写出这个时代的混乱和堕落。第二次世界大战前后，纳粹法西斯主义的黑暗历史以及战争中民众的麻木狂妄，在小说当中一一呈现。在作者君特·格拉斯看来，战争结束后，医治民族精神的创伤比清除国土上的废墟还要紧迫，还要艰难。

---

① 〔德〕君特·格拉斯：《铁皮鼓》，胡其鼎译，上海译文出版社，2005，第 512 页。
② 〔德〕君特·格拉斯：《铁皮鼓》，胡其鼎译，上海译文出版社，2005，第 635 页。

十三 约翰·马克斯韦尔·库切与《耻》

（一）约翰·马克斯韦尔·库切：直面人性假面具

约翰·马克斯韦尔·库切（John Maxwell Coetzee，1940-），南非白人小说家、文学评论家、翻译家、大学教授。曾两次获得英国文学最高奖布克奖，同时他也是非洲第五位、南非第三位诺贝尔文学奖得主。2003 年，瑞典皇家学院以"在人类反对野蛮愚昧的历史中，他通过写作表达了对脆弱个人斗争经验的坚定支持"[①] 为由授予库切和他的作品《耻》诺贝尔文学奖，约翰·马克斯韦尔·库切之名由此享誉世界。

约翰·马克斯韦尔·库切 1940 年 2 月 9 日出生于南非开普敦一个荷兰裔家庭，父亲是律师，母亲是小学教师。父母都是阿非利卡人，南非白种人，即当年到非洲南部进行殖民的荷兰人、法国人和德国人的后裔。库切身上既有德国又有英国的文化背景，但他更注重自己的英国血统，因此以英语作为母语，他的小说充满对种族之间的对立以及人性的探讨、追问，努力跨越狭隘的民族、种族观念等障碍与偏见。少年时代的库切遵循个人主义、人道主义的自由主义价值观。在带有自传色彩的小说《男孩》中，库切一再强调母亲深爱自己，然而在现实中库切却有意和母亲保持一定距离：他从来不叫母亲，只是直呼其名维拉。他试图用一种不带恶意的轻微伤害，来阻止母亲以爱的名义来控制自己，尽力抵御母亲的爱。在库切的精神世界中，过分的母爱是"个体自我"的异己力量，是"个体自我"的他者，充满着威胁意味。这表明少年库切就已经产生了强烈的自我主体意识，具有自我意识的自觉觉醒，进而发展出坚定的个人主义价值观："如果不再是自己，活着还有什么意义呢？"

库切成长的年代是南非种族隔离政策逐渐成形继而猖獗的年代，1960 年他大学一毕业就开始了在海外自我放逐的生活，从南非开普敦移

---

① 刘斌、邱胜编著《诺贝尔文学奖获奖者的故事》，金盾出版社，2017，第 662 页。

居英国，从业计算机程序设计师，但似乎文学才是他的最爱。因此在1964 年他前往美国得克萨斯大学学习文学，并取得了博士学位，最后在纽约州立大学布法罗分校教授文学课程。然而造化弄人，1970 年，纽约州立大学布法罗分校的校长突然弄来数百名警察驻扎在校园，自己却悄悄躲开，库切与 40 多位教师静坐抗议，结果被捕。此次事件扼杀了库切留在美国的机会，他的签证被撤销。但"塞翁失马，焉知非福"，正是因这次意外库切推开了文学创作的大门。30 岁的库切，把自己反锁在地下室里，发誓每天不写作一千字绝不出门，直到完成一部小说的草稿，也就是在这样的坚持下诞生了长篇小说《幽暗之地》的雏形。

　　1983 年，库切发表了长篇小说《迈克尔·K 的生活和时代》。故事的主人公是一名叫迈克尔·K 的园丁，他在南非种族歧视、种族隔离日益激化的情况下带着母亲离开城市打算到渺无人烟的内陆去生活，但在路途中却遭受了非人的磨难——被追杀、被监禁，最后以绝食进行抗争。小说讲述了一个卑微的生命，在险恶的社会中苦苦挣扎，渴望从现实逃离，寻找生命的绿洲而不得的悲剧。全书充满了卡夫卡式的寓意。此书获得当年英国的布克奖。① 1999 年，《耻》获布克奖。布克奖是英国文学最高奖，而且只颁给原著是英语的创作者。库切的作品中没有明晰的地理位置，但是从故事的讲述中，读者总是能感觉到殖民主义时期的种族隔离政策，无论是对殖民地的黑人，还是对今天留在南非的白人后裔，都带来无尽的隐忧与伤害。库切文学声誉极高，公众曝光度却极低。库切关注国际正义，关注南非，他的作品描述了南非从殖民主义时代到后殖民主义时代民族发展的艰难历程。"对于库切来说，小说的文本世界恰如介于天堂与地狱之间的灵泊之境，充满着诗意的想象与自由。文学的想象代表着诗意的自我救赎之旅，库切致力于通过文学想象对抗着历史的霸权话语。"② 库切的《耻》、《等待野蛮人》和《内陆深处》等作品深刻批判了西方文明的理性主义和伪道德，精准地刻画了众多假面具下的人性本质。

---

① 刘斌、邱胜编著《诺贝尔文学奖获奖者的故事》，金盾出版社，2017，第 664 页。
② 庄华萍：《真实的虚构与虚构的真实——库切小说中的自我与真相》，博士学位论文，浙江大学，2015，第 10 页。

（二）《耻》：后殖民主义时代创伤叙事

库切是有英国血统说英语的白人，但在南非这样复杂的环境中，不公正的殖民历史所带来的耻辱感、原生家庭双重文化交织的教育背景带来的文化身份的多重性和文化认同上的不确定性危机，使库切感受到更多的孤独和困惑。过早地体味到社会的边缘之感，又使库切形成了一种局外人的独特气质。库切的《耻》有着丰富的思想文化内涵，揭示了后殖民主义时代如何处理种族关系的时代话题。这里的"耻"具有三重含义。

第一，"道德之耻"。南非白人教授戴维·卢里在个人生活中遭遇的两性道德之耻，其中要探讨的难题是，人如何在服从制度和法律惩罚的同时，也能够在道德层面对受害者做出真诚的忏悔。发自良心的忏悔是过错方与受害者真正获得尊严的唯一途径。小说开篇，年过五十的大学教授卢里在离婚后每周四从妓女索拉娅那里得到肉欲的满足，但他又被大二女学生梅拉妮的青春气息所吸引。卢里开设的大学课程是西方浪漫主义诗歌，于是他将梅拉妮带到自己家中并与她大谈拜伦的情史。在课堂上，他又借浪漫诗人华兹华斯谈论爱情与激情，但是他抽空了浪漫主义对信仰的尊重，将其变成了对个人自由的肯定，为自己勾引女学生提供借口。卢里利用大学教师的身份，引诱、胁迫、侵犯了梅拉妮。不久，梅拉妮和她的男友、家人向校方揭发、控告了卢里的罪行。卢里虽然承认事实、接受处罚，但不肯忏悔，他还强调忏悔已经超出了法律的范围，公开忏悔，是对个人的羞辱。卢里因拒绝忏悔而被学校开除。

卢里是欧洲殖民者的后裔，他的观念是典型的西方式思维。西方有一句格言，恺撒的归恺撒，上帝的归上帝，就是认为制度和法律层面的问题就按契约和条文来处理，而内心的信仰和尊严则属于精神和上帝，完全是个人问题。他曾跟女儿说，别指望我会改过自新，我就是我，永远也不想改。他认为，欲望包括性欲是人的一种天性，如果欲望造成了事实上的伤害，这个人的确应该受到惩罚，但是这种欲望作为天性本身，却不应该受到羞辱。卢里的这个观念属于西方极端个人主义，他的这种观念也体现在他的教学与研究当中。可以说，这时的卢里是一个价值观偏狭的人。卢里被学校开除之后，这件性丑闻也闹得满城风雨，卢里几乎被孤立了，他常常光顾的咖啡馆的店员都装作不认识他，他简直被这个社会给抛弃了。

　　第二，"个人之耻"。卢里开车来到女儿露茜的农场，但是在这里他感受到的却是更大的耻辱。比如卢里帮助女儿贩卖农产品、收拾田地却要听从黑人邻居佩特鲁斯的指挥；他到镇上的动物诊所帮忙救治动物，却要给一个毫无魅力的动物保护者打下手。这些遭遇，卢里还可以自我解嘲说，这是尝尝鲜，他喜欢带点历史味道的刺激。但是更大的羞辱突然降临，一天夜里，三个黑人闯入农庄，说着卢里听不懂的方言，用枪托殴打手无寸铁的卢里，他完全没有能力保护女儿，这些黑人轮奸了露茜，其中一个黑人还只是个孩子，施暴之后他们掠夺了露茜家中所有值钱的物品。卢里就像是一个漫画人物，握紧双手，恐惧地等待着暴徒离开。这个自大的知识分子突然觉得整个生活的乐趣被掐灭了，生命的血液正从他身体内流失，浑身上下只剩下绝望的感觉。但是露茜的反应完全不同，她被强暴之后并没有崩溃，尽管卢里在外面急促地敲门，但她还是洗漱干净，穿戴整齐，再出门来面对父亲。回答警察讯问时，露茜只是轻描淡写地讲述了事件经过，却只字不提自己受到强暴的事情。卢里一直追问，露茜，你为什么不讲呢？露茜平静地告诉他，报警只是为了拿到保险金，不可能指望警察抓到罪犯。卢里认为，女儿所遭遇的一切必须也必然能够通过法律解决。他说，他们是在犯罪，你是不幸的受害者，这没有什么可羞耻的，你完全是无辜的一方。露茜则不屑地说，什么罪行、什么不幸，这些抽象概念在南非无济于事，这里做事不是按抽象概念来的。卢里劝女儿离开南非，但是露茜不愿意离开。卢里无法明白女儿为什么愿意留在这里忍受黑人的欺压与侮辱，而女儿则认为这是她作为曾经的殖民者的后裔以身体和名誉为代价在向南非的被殖民者赎罪。

　　第三，"历史之耻"。这是种族层面上的"耻辱"，也是小说中最重要的历史之"耻"。身为殖民者的白人竟然要依靠黑人得以苟延残喘地生活，以此来赎白人曾经犯下的罪行。露茜发现自己怀孕了，选择嫁给黑人邻居做小老婆，只要求生下不知父亲是谁的黑人的孩子，继续生活在南非的土地上。从这篇小说中可以看到卢里教授对梅拉妮强行的侵犯、三个黑人对露茜的强奸，这种创伤是身体意义上的。黑人之所以强奸露茜，是因为他们曾经是被殖民者，他们遭受了极大的痛苦与折磨，他们是在向以露茜为首的白人殖民者泄愤，对其进行疯狂的报复。此时身体的创伤已经上升到文化、意识形态的抽象层面，造成了精神上的创伤。西方殖民者对南非的统治是以"我们文明，你们落后"为逻辑的，他们强制推行白人的制度和价值观，在南非实行种族隔离制度，这种制度在南非延续了将近一百年，从 20 世纪初英国殖民者来到南非，一直延续到1993 年。这种制度以"肤色决定身份"为理论，将生活在南非的人按照白种人、黑种人等做出区别，在生活区域上严格隔离。如白人的购物、交通、休闲场所，黑人绝对不能进入；在选举权、就业权、受教育权等方面，待遇也截然不同。黑人的日常生活，要受到三百多项歧视性法律的限制，生存权利被最大限度地剥夺。就如小说《耻》中写到的，白人曾占据南非城市的核心位置，过着井然有序、体面的西式生活，而黑人则聚居在贫民窟。在乡下的农场里，经营者很多都是白人，而黑人多沦为廉价劳动力。小说《耻》并没有正面表现种族隔离制度的黑暗，而是讲述了这一制度结束后留在非洲的白人后裔的生存状况。20 世纪 90 年代，种族隔离制度已经完结，人们为黑人的民权运动胜利欢呼之际，作家库切却敏锐地发现了新的问题：在他看来，制度的终结，并不意味着矛盾和痛苦的完结。种族隔离制度曾让黑人承受来自白人的羞辱，当殖民结束之后，黑人社会的力量将慢慢冲击白人的统治，并且将他们曾经遭受的耻辱，以同样的方式返还给白人。种族隔离制度结束后的南非，社会治安问题和暴力事件不断。在人们的心理层面，在清算历史罪责和重建互信方面，南非依然需要面对殖民后遗症的种族文化问题。

卢里和情妇的关系、卢里和学生的丑闻、露茜被黑人强奸，都指向了人性中不可避免的耻辱，使坚持着传统秩序、精英思想、相信南非白人道德优越的卢里不可避免地要忍受时代的屈辱，体会循环下降的命运。"羞耻"在历史中展开了重复与循环，展现出由种族观念的差异导致的生活在不同阶层的人们思想观念之间的矛盾和碰撞。卢里教授强奸了别人家的女儿（梅拉妮），成为一个被现代社会唾弃的"拜伦"；卢里教授的女儿露茜遭黑人强暴，成为被被殖民者羞辱的殖民者。这双重羞耻之中又蕴含着南非的历史之耻——种族分立基础上的阶层分化与未来之耻——各种无法糅合的文化冲突，以及发展中国家面对现代化的噬根之痛。卢里教授认为他自己是现实版的"拜伦",和学生梅拉妮上床后,他得到了"拜伦"想得到的一切激情;而当卢里教授的女儿被黑人强暴后,他才发现越轨之爱如此不合情理。他被迫从非现实生活中走出来,经历生活之痛后,卢里开始明白,整个南非的殖民历史都包含着一种无法化解的残余暴力。文化之"耻"也必然导致个人道德之"耻"。随着露茜怀孕、产期临近,卢里也尝试着与当地黑人群体和解,选择将"耻辱"化解到对下一代混血儿的祝福中。

1. 《耻》的复调结构

从复调小说理论来看《耻》这部作品,持有西方文化观念的教授和生活在南非农村的教授的女儿露茜,以及以佩特鲁斯为代表的南非黑人之间构成了一种"对话"结构。教授是一个充满拜伦式的自由浪漫气息的西方知识分子,他的女儿露茜是一个生活在南非黑人社会中的白人,在生活中她与父亲的观念无法达成一致,他们之间存在对立冲突关系。遭受黑人的强暴后,露茜选择默默承受,她认为这是自己应受到的惩罚,是身为殖民者对被殖民者应赎的罪孽。以佩特鲁斯为代表的黑人,他们对白人充满了复仇心理,他们的目的就是要占有所有的土地,让曾经的殖民者现在反过来变成他们的奴隶,让其为自己曾经所犯下的罪行赎罪。殖民者与被殖民者之间的对立关系一直存在,这些都符合复调小说理论。露茜更清楚当时南非的社会现实,种族隔离制度废除之后,郊区警察的角色已经变得有名无实,取而代之的是逐渐恢复起来的南非本地习俗。卢里在邻居佩特鲁斯的聚会上发现有一个少年正是强暴露茜的三人之一,卢里要报警,但佩特鲁斯却竭力庇护这个少年,在那个混乱的聚会中卢里成为一个异类。露茜说,在南非这片农村土地上,强奸者可以逍遥法外,被强奸的妇女则被嘲笑,带着永远的耻辱印记。父女之间简直没法继续交流。卢里去找露茜的朋友诉苦,没想到对方也站在他的对立面夸赞佩特鲁斯非常卖力还帮露茜保住了供货的菜园,很多地方都多亏佩特鲁斯的帮忙。作为一名白人,在今天的南非,已经没有了原来的地位。他们如果想要继续生活在南非,就不得不承受黑人对他们的报复,不得不付出代价。到这里,小说对于羞耻的描述已经深入历史脉络当中。种族隔离制度曾让黑人承受来自白人的羞辱,当殖民结束之后,黑人社会的力量又慢慢地冲击白人的统治,并且将他们曾经遭受的耻辱以同样的方式返还给白人。羞耻，在历史中展开了重复与循环。

　　小说虽然具有复调性，人物间的"对话"却进行得非常艰难。[①] 当卢里被学校开除来到女儿所在的南非边远乡村的小农场后，发现无论是日常生活还是对事情的看法，他与露茜的观念都存在分歧，他们的每次对话都演变为争吵，结果就是对话难以进行下去，只能不了了之。后来，露茜被黑人强奸，卢里意识到这起强奸事件就是由佩特鲁斯策划，而目的就是抢夺露茜土地的时候，他多次找到佩特鲁斯，试图与其进行谈话，但也是无法洽谈下去，反倒被佩特鲁斯嘲笑。甚至当他想了解露茜被强暴的具体情况时，露茜也总是保持一种拒绝的姿态，不愿意敞开内心让卢里了解。由此不难发现，小说中虽然存在"对话"，但是人物之间基本上不存在平等的对话。当卢里多次劝说露茜报警处理时，她却无奈地劝父亲："醒醒吧，戴维。这是在乡下。这是在非洲。"库切发现南非残酷的现实几乎无法允许"对话"的存在。虽然《耻》并非一部严格意义上的复调小说，只是具有一定的复调性，但是这部作品所体现的各种文化观念冲突的现实意义仍然值得人们深思。小说结尾，卢里已经明白，在南非的今天，他的地位，在某种意义上已经被颠覆了。他深切地明白了自己的困境，并同时感受到了其他白人身上同样的困境。佩特鲁斯暗示过，只要露茜成为他家庭的一员，就可以保证露茜的安全，这个农场则是露茜的嫁妆。这一切的背后不是教堂婚礼，而是一个联盟协议。作为白人后裔，露茜用她的土地来交换当地黑人佩特鲁斯对她的保护。露茜一方面试图保留最低限度的个人自由，另一方面，她要让自己的后代继续属于这片土地。作为白人殖民者的后代，露茜不过是这里的过客，佩特鲁斯所代表的本地人才是这里真正的主人。小说中卢里把自己最心爱的一条残疾狗送到诊所，实行安乐死。这条残疾的狗，是南非破败的历史进程的象征，也是这块土地上一切经受过"羞耻"的生命的象征。同时这也透露出卢里对自己以及他那一代白人的伤感之情，理解了生活真相后的卢里已经变得越来越无力，越来越充满自我怜悯。他怀着无限伤感将这只狗送入了大地的怀抱，仿佛浑厚和荒凉的大地，有着终结一

---

　　① 李左：《文明冲突下的人性对话——评库切的小说〈耻〉》，《合肥工业大学学报》（社会科学版）2006 年第 3 期，第 131 页。

切"耻辱"的力量，有着化解残酷的人类历史的力量。

2. 《耻》的文化越界

作者从人性历史意识出发，对后殖民主义下人性变异现象做了重要探索，同时对南非白人的生存困境寄予深切的同情和关怀。南非联邦直到 1960 年才从英国独立出来，然而这个国家曾先后被荷兰和英国统治，当地的黑人对于白人后裔有着不一样的仇恨。作为在南非土生土长的荷兰后裔，库切探讨了人类是否必须要为自己的行为承担后果的主题。

《耻》中的"越界"是一个很重要的主题，南非白人教授戴维·卢里的遭遇，体现了库切意欲探讨"越界"是否可能的主题。任何事物之间都各有其界限，强行越界，必然会付出一些代价。其中比较明显的"越界"有三处。一是卢里和妓女索拉娅之间的越界。卢里与索拉娅之间有着明确的界限，他们互不干涉对方的生活。当卢里无意中发现索拉娅是两个孩子的母亲的时候，他想突破界限，选择了雇用私家侦探跟踪索拉娅，企图进入她真正的生活。索拉娅发现后彻底离开了卢里的视线，乃至后来卢里给索拉娅打电话，索拉娅干脆就说不认识他，在卢里的世界中彻底消失了。二是卢里和女学生之间的越界。卢里的教师身份有某种隐含的权利，他的年纪也表明他在心智上、情感经验上都比梅拉妮更成熟。梅拉妮不得不挣扎在被迫和自愿、欲望和权力的灰暗地带。梅拉妮与卢里发生关系的第二天，因为后悔和害怕没去上课。她缺席的这堂课恰好是学期考试，但卢里给了梅拉妮 70 分。这种矛盾和困惑都对梅拉妮构成了一种羞耻的越界。卢里如果懂得控制自己对欲望的贪婪，或者在不当性关系被发现后公开道歉，就不用面临被开除的命运。但是，他保留个人对于欲望的合法权利，而忽略社会道德要求，那就必须为道德的越界付出代价。三是父女关系隐含的种族越界。卢里无法感同身受去体会女儿遭强暴时的痛苦，也无法左右女儿对人生方式的选择。露茜作为非洲白人后裔在非洲的生存状况表现了南非当时在特殊文化和政治对立下，土著人和殖民者的对立、黑人和白人的对立、施害者和受害者的对立、父女之间两代人的对立，以及对立者之间试图融合的艰难过程。露茜被黑人报复性强奸，是在为白人在南非种族统治越界承担后果，承担历史上的暴力。西方宗教文化中有救赎、赎罪的传统，他们心目中存在一个上帝、存在一个神。小说里的南非已经是没有"神"的国家了，没有"神"就没有监督者，人就可以任意妄为。卢里说"神"已经死了，我们再待在这里已经没有意义了，这既是说他自己，也是在担心露茜：她继续留在农场还有什么意义呢？殖民者撤退了，"神"也撤退了，社会秩序也撤退了，他的女儿完全暴露在黑人的枪口下，即便她嫁给了佩特鲁斯，做他第三个老婆，以后是不是还会出现另外的问题？他们谁也不知道未来会是什么样。生活如此荒谬，人们必须默默承受这些荒谬，但不知能否在荒谬中寻找到幸福。库切通过主人公经历的种种困境，对南非的复杂境况进行了不着痕迹又全面深刻的揭露。

小说的书名"耻（Disgrace）"有着宗教内涵，原意是指那些失去了上帝眷顾的人的处境。那么，如何重获上帝的眷顾，重获尊严？库切的答案就是真心忏悔。卢里曾不接受校委会的忏悔要求，但是他最终在女儿露茜的农庄完成了忏悔。忏悔并不能消除耻辱，但是，忏悔可以让做了错事、犯下罪行的人获得上帝的宽恕，让受到伤害的人重获尊严。卢里说，我已经跌到了耻辱的最底端，这样的惩罚我真心接受，我一天天在惩罚当中承受着，努力把它当成我的命运接受下来。故事的最后，卢里平静地接受对狗的安乐死，那个骄傲自大的教授到学生家里承认了过错。如果说，卢里因为侵犯梅拉妮而受到惩罚，这是一种社会规则标签下的"耻辱"，那么，这一次迟到的忏悔，则让他的内心世界终于获得了平静。只有这时，卢里方才懂得，实施羞辱或是被羞辱都是一种痛苦和残忍。卢里思想观念的转换过程，恰恰又在言说南非的历史进程不仅仅要面临种族融合、社会和谐等社会问题，甚至还要面对历史的恶化、悲剧的反复、人民的悲歌。总之，库切在种族对立与人性的探讨中，提醒人们要重新审视所秉持的人文观念、殖民主义的历史和现代文明的种种渊薮，展示了南非当代社会的人性畸态，从人的个体、种族、身份等方面呼唤人类人性文明的回归。正如哈佛大学著名学者霍米巴巴所说，《耻》的力量在于它的不确定性。库切让人们感受到当下的危机和焦虑，而不是假装这一切都烟消云散了。有关耻辱与和解的问题，是贯穿20世纪历史的重大问题。不仅在南非，在全球各地，殖民者与被殖民者之间的斗争都留下了无法抹除的矛盾印记。在人类反对野蛮愚昧的历史中，库切不失为一个清醒的怀疑主义者，小说《耻》也因此被称为一部反映人类生存境况的现代寓言。

十四　埃尔弗里德·耶利内克与《钢琴教师》

（一）埃尔弗里德·耶利内克：性权力叙事者

埃尔弗里德·耶利内克（Elfriede Jelinek，1946-），奥地利女作家，中欧地区重要文学家。2004年荣获诺贝尔文学奖，获奖理由是："她的小说和戏剧具有音乐般的韵律，她的作品以非凡的充满激情的语言揭示了社会上的陈腐现象及其禁锢力的荒诞不经。"[1]

1946年10月20日，奥地利施蒂利亚州米尔茨楚施拉格市的一个中产阶级家庭迎来了一个女婴——埃尔弗里德·耶利内克。她的父亲是一名化学家，捷克犹太混血，母亲出身于维也纳望族。童年时期，耶利内克在母亲的专制控制下接受精深的音乐教育，学习钢琴、管风琴与八孔长笛。后来她进入维也纳音乐学院深造，主修作曲、戏剧及艺术史。自小学习音乐的经历对其后期创作有明显的影响，赋予其作品独特的风格色彩。

20世纪60年代，耶利内克凭借诗歌在文坛崭露头角，作品中带有明显的女权主义色彩以及尖刻的社会批判意识。耶利内克的作品介于散文与诗、咒语与赞歌之间，包含了戏剧的场景和电影的序列，其创作后期由小说转向戏剧。《利莎的影子》是耶利内克的处女作，体现出作者的社会批判意识。70年代中期的讽刺小说《我们都是骗子，宝贝!》，批判了流行文化使人们生活在自欺欺人的虚假美化的幻想中，揭示了人们如何被影视娱乐产业潜移默化地渗透阶级偏见与性别压抑。《做情人的女人们》《美妙的年代》《钢琴教师》被公认为征服了德国读者的杰出著作。她的小说在各自叙事空间中通过探讨不同的社会问题，表现了人们在暴力、捕食、掠夺以及强力下的屈服，揭示了权力世界的冷漠。小说《情欲》一度因其中对情欲的描写而成为畅销小说。批评家们认为耶利内克小说中展示情欲被暴力扭曲的性语言和对文学的消遣，是她的一种

---

① 刘斌、邱胜编著《诺贝尔文学奖获奖者的故事》，金盾出版社，2017，第669页。

叛逆手段。戏剧《克拉拉·S》以著名作家罗伯特·舒曼与其妻克拉拉·舒曼的婚姻生活为题材。借用了弗洛伊德"艺术与性欲"的理论，通过主人公克拉拉同女儿向权力占有者——"指挥官"邓南遮（原型为19世纪著名意大利诗人）屈服的姿态，揭露了父权制体系下病态的无所节制的征服欲。《钢琴教师》尖锐地展开对"女性、艺术、权力"命题的追问，中国学界研究较为集中地借由精神分析术语将其作为精神分析学案例，女主人公艾丽卡被诊断为备受母亲管制，在欲望压抑下从"性倒错"转向"自虐"的病患。《娜拉离开丈夫以后》中耶利内克通过娜拉摆脱玩偶生活之后的处境转变，从社会权力等级结构出发，揭示女性对于男性权势地位产生渴望，并在渴望之下逐渐被主导意识形态驯服的过程，同时对女权主义进行解构。娜拉的身体、头脑、才艺等一切自己引以为傲的资本，在男性权力空间被贴上可图之物的标签，沦为色情场所里的欲望对象。娜拉的女权思想不但没有成为指导娜拉摆脱困境的理论基础，最终还导致娜拉否定爱情，视情感为软弱，认为情感会导致人的愚昧无能。

耶利内克反复探讨各种形式的权力与文学、艺术及哲学的密切关系，善于从社会生活环境以及社会权力话语中剖析两性之间的不公，认为男性话语禁锢了女性的发展，女性在两性关系中总是处于受压抑、被损害的地位。她的作品多以攻击男性专制暴力为主题，在小说中展示男性极其扭曲的凌虐、暴力手段，揭露被压抑、被禁锢状态下人性的变态和扭曲，描述女性在社会空间中被各式各样直接或间接的父权凝视所规训，乃至畸形异化。耶利内克甚至认为女性身体不可能摆脱男性文明的塑造和规训，因为男性把对自然界的征服、利己统治、占有欲望同样也加诸女性。耶利内克并不是仅仅简单地思考女性权力地位问题，而是不断对女权主义本身进行质疑和拷问："女权是否只是女性备受压抑，转而对父权求而不得的畸形崇拜？"因而耶利内克获得"激进女性、强悍的女权主义者"之称号。

（二）《钢琴教师》：病态心理悲剧的精神分析

小说《钢琴教师》是埃尔弗里德·耶利内克创作的半自传式小说。耶利内克素有"激进女性"之称，她的作品一贯以女性视角，关注现代女性生存困境，批判男性专制与暴力，并通过性和虐恋展现女性是如何被社会、家庭、自我毁掉的。小说《钢琴教师》讲述了刻板端庄的钢琴女教师在母亲极端家庭管制下，冲破束缚与年轻男学生不伦虐恋的悲剧故事，充分展示了母女之间捆绑与抗争的悖论心理，以及女主人公压抑与放纵的变态心理和逃离与回归的宿命心理。

1. 精神的捆绑与抗争

埃尔弗里德·耶利内克的父亲患有精神疾病，于1969年死在精神病院里。她的母亲曾计划把女儿培养成音乐家，于是耶利内克从小就被迫学习各种乐器，钢琴、吉他、小提琴等。面对母亲强烈的期望和精神状态逐渐恶化的父亲，耶利内克患上严重的焦虑症，甚至不得不辍学一年来养病。耶利内克试图借助小说《钢琴教师》中艾丽卡变态自虐形象的塑造，抒发自身所承受的原生家庭的创伤。"创伤"一词源起于古希腊语，本义指身体遭受的伤害，随着19世纪工业文明的推进，"创伤"一词的内涵逐渐转向对现代人生存状态的心理精神层面的探究和关注，即精神的创伤。弗洛伊德说过："一种经验如果在极短暂的时间内，使心灵受到高度刺激，以致人们难以用正常的途径谋求适应，从而使心灵的有效能力分配遭受永久性的扰乱，我们便称这种经验为创伤的。"① 也就是说，人的创伤来自个体经验，即人的本性追求在现实生活里遭受强烈的干扰和破坏，致使人的内心受到影响和改变，而不得不接受内心不愿接受的现实。精神创伤往往潜伏在一个人隐秘的内心世界。

一般来说，人一生中必然要经历两个家庭：一个是童年家庭，一个是婚后家庭。童年家庭即为原生家庭。可以说，原生家庭是人精神成长的起点，童年时期思想上被播种什么就会收获什么。英国心理学家约翰·洛克提出"白板"理论，人类没有感觉经验之前的心理状态就像白板一样，也就是说童年阶段的孩子，心理处于白板状态，随着经验的介入，人生经历开始在白板上留下印记，尤其是身边人的意识和观念会潜移默化地在白板上留下或好或坏的镂刻和浸染。原生家庭中父亲或母亲身份的缺失或者父母偏执的性格、粗暴的教育方式，会在这张"白板"上画出偏执的性格、分裂的人格、扭曲的灵魂，造成不可见的精神创伤。

---

① 〔奥〕弗洛伊德：《精神分析引论》，高觉敷译，商务印书馆，1984，第216页。

原生家庭对童年时期造成的精神创伤不易被察觉也难以描述，其影响与危害会在成人时期的日常言行、思维方式中显现。奥地利精神病学家阿德勒说，幸运的人一生都被童年治愈，不幸的人一生都在治愈童年。童年时期能够拥有一个有爱、幸福、完美无缺的家庭环境，就会塑造出妥当处理事务的能力和健全的人格。相反，拥有不幸童年的人，长期处在残缺和压抑的家庭环境中，就会不经意地生出病态的和残损的灵魂。

小说《钢琴教师》就像是作者所写的一本日记，作者用冷静、辩证、艺术的论调呈现出女性人物的所思所感。女主人公与母亲的形象完全打破了传统意义上母亲温柔慈爱、女儿乖巧懂事，母女二人和谐相处的模式。小说中的母亲形象偏执、蛮横、固执，偶尔出言都是恶语相向。她一直将女儿作为自己唯一的寄托，一方面像普通母亲一样希望她可以成才，幻想并且规划着两个人的未来，但同时对女儿的言行进行限制，甚至把这一切变成了樊笼和桎梏。因为母女之间强烈的观念差异和母亲过分的束缚，母女二人经常互相指责、争吵甚至扭打在一起。母亲的心愿是女儿永远独自一个人生活下去，不用依靠任何人，尤其是任何男人，这是一种典型的女权极端主义思想。

《钢琴教师》深刻地阐释了无时无刻不为儿女焦虑忧惧的父母，与时刻被父母捆绑囚禁在爱的襁褓中的儿女，最容易造成原生家庭的伤害而酿成父母与儿女反目成仇、杀父弑母或子女人格无法独立的悲剧。艾丽卡的母亲把女儿当成自己进入上流社会的工具，并把女儿当作自己的私有财产，时时刻刻从经济学角度计算自己的投资与收入是否成正比。母亲坚决要求女儿不可以越雷池一步，在作者的笔下，爱变成了暴力，艾丽卡企图挣脱枷锁，但最后只能导致更加悲惨的结局。作者极度放大了女主人公在青春期受到压抑的状态，把人性的毁灭推到极致，产生了令人震撼、恐怖的感觉，这个小说里的母女关系引发了人们对有关教育问题的思考。

女主人公艾丽卡的原生家庭中父亲缺席，母亲是家庭中绝对的权威，并有偏执的焦虑和控制欲。母亲的愿望是将女儿培养成钢琴家，实则又并非出于自己或是女儿对音乐的热爱，仅仅是希望借此使自己成为女钢琴家的母亲，从而步入上层社会。为此，艾丽卡的童年，从身体到灵魂都被母亲一直禁锢在背离自己内心的世界里。母亲每时每刻都在监控艾丽卡的行踪，执拗地要求女儿必须完全遵照指定的轨道去生活，否则便用哭泣或自杀相威胁。母亲这种密不透风式的畸形之爱，首先来自她对分离的焦虑与恐惧。因为婚姻失败，母亲一直处于无人爱怜的状态，女儿是她唯一的精神寄托，她需要用与女儿黏在一起的感觉来消除自我人格的孤独和空虚。单身母亲时常拉着艾丽卡撒娇，俨然把女儿当成了"丈夫"。当女儿渴望选择自我，按照自己的主体意志行事时，母亲就会感到极大的分离焦虑。此外，母亲一直幻想着女儿可以成为一名伟大的钢琴家，但艾丽卡在一次演出中大失水准，迫使她只能成为一名钢琴教师。母亲认为自己为女儿付出太多，却没有得到回报，没能实现自己进入上层社会的愿望，于是肆无忌惮地对女儿进行索取和控制。母亲以爱为名陪伴在女儿左右，潜藏的却是极度扭曲的人性。她禁止女儿穿漂亮衣服、和男人接触，讥讽辱骂女儿，指望通过令女儿自卑来牢牢地把她拴在身边，当然，这种有毒的母爱毁掉了艾丽卡的爱情和人生。

作者耶利内克用非常犀利的语言撕开了母亲的"画皮"，让变态畸形的母爱赤裸裸地呈现在公众的视野里，让这个"变态"的母亲接受大家的议论与批评。存在主义哲学家萨特说，他人就是你的地狱。即当人与人之间彼此怨憎又无法分开时，他者对自我的审视和监督就会变成地狱。也就是说，心灵的地狱是由按照自己主观意愿处理自我与他者的关系造成的。母亲怨女儿无能，女儿恨母亲自私。书中母女关系的悲剧性就来自彼此怨恨，却又捆绑在一起不能分开，彼此就成了对方存在的地狱。在书中，处处可以看到单身母亲和不婚女儿之间的相互占有和控制，以及日常的忍耐和伤害。小说以年近四十岁的女钢琴家艾丽卡"像一阵旋风似的窜进自己和母亲共住的住所"开始。艾丽卡买了新的裙子，由于怕被母亲发现而偷偷地拿回来。但艾丽卡刚从外面回来，就被母亲堵到门口盘问行踪。母亲搜出女儿艾丽卡包里色彩鲜艳的连衣裙，一边数落一边用力地撕扯，甚至耻笑女儿与其他男人的交往，为此，母女二人扭打在一起。

小说《钢琴教师》展示了一个接受禁锢又不断抗拒禁锢的婴儿化的女性形象。在母亲眼里，艾丽卡是个孩子，不是成年人。青春期也变成了"禁猎期"。母亲不让艾丽卡穿漂亮的衣服，想要一双高跟鞋都不行，不可以和外人随便交往，尤其禁止接触男人。母亲对女儿的过分控制，让女儿没办法拥有和常人一样的人生。母亲对艾丽卡的过分"保护"让她四十多岁了却还没有婚配，因为母亲觉得"她们"不需要男人，自己也可以把所有的事情办好。艾丽卡的人生缺少健康的母爱，母亲作为个体的存在已经失去了意义，这是一种悲哀。母亲长期残暴畸形的管教方式，无疑会在艾丽卡的精神世界中种下病态的基因。奥地利精神病学家阿德勒认为，人天生就是一种社会存在物，在社会生活中，人们进行交往，相互依赖，形成自我人格。母亲以家长的绝对专制切断了艾丽卡的正常社交关系，造成了艾丽卡极度扭曲的人格。她就像海面上的孤岛，以一种偏执又虚幻的优越感，漠视甚至鄙视周围的人。畸形封闭的成长环境，逐渐使艾丽卡成为想冲出禁锢城堡的反抗者，并由此变成不计后果的破坏者，甚至养成试图毁坏一切的怪癖。

艾丽卡厌恶自己的母亲，但背着母亲做了很多羞耻的事情。艾丽卡常年在母亲的压抑下度日，只能通过影像店和各种资料来了解男女之间的事。"她攒满了十先令的硬币。从来没有一个女人会这样误入歧途，但是她总是追求另类的东西。"她进入俱乐部，观看录像，但她不是为了学习，她只是为了自己消遣，她是一个另类。艾丽卡常常在肉体的自虐与偷窥的刺激下，玩味痛楚和想象的快感，从而达到自我畸形性意识的满足与陶醉。这些变态扭曲的行为是艾丽卡内心愤怒和欲望的抒发，是她自我意识中对高压母权的反抗。一个人没有被捆绑的时候是无须反抗和挣扎的，而一个人一旦被捆绑，反抗和挣扎就注定无疑了，并且被捆绑者必然走向捆绑者意识的反面，以示对捆绑者的突破和反抗。这对母女关系，就是捆绑者与被捆绑者相互抗争与较量的显现。比如，一次艾丽卡晚归，母亲扇了艾丽卡两巴掌，艾丽卡立马回敬了母亲一个巴掌。书中这样的描写，实则在倾诉彼此针锋相对的矛盾与冲突。

2. 本性的压抑与放纵

艾丽卡恐惧母亲的统治，同时又离不开母亲的统治，所以她恶作剧般反叛母亲的统治。弗洛伊德认为，性压抑是一切心理扭曲的根源。外表贞德贤淑的艾丽卡对性有着变态的渴望。母亲教育她，欲望是罪恶的深渊，但被压抑的欲望驱使她一次次跨越恐惧的边界。她偷窃别人的东西，并随手扔到她遇见的第一个垃圾箱；她若无其事地观看自助色情录像，嗅男性手淫后丢弃的卫生纸；在卫生间用男人的刮胡刀划破自己的私处，阴冷地看着血液涌出；在郊外偷窥男女在车里交欢，甚至渴望被发现，心里呼喊着要加入他们……母亲所崇尚的，在艾丽卡这里都变成了玩笑；母亲所鄙夷的，在艾丽卡这里都变成了现实。原生家庭的种种创伤——父爱的缺失、母亲的强权造成艾丽卡人格的诸多病态。依据弗洛伊德的精神分析，童年时期父爱的缺失可能会造成人格的精神分裂、多重人格的产生。父爱的缺失使艾丽卡对异性由不了解到彻底地排斥与厌恶。人们对于不了解的世界，往往都是盲目的。艾丽卡由于长期缺失父爱和缺失与异性相处的经验，也缺失了对于异性世界的了解和理解。尽管艾丽卡已经快四十岁了，但在充满神经质控制欲的母亲眼中，她依然是一个需要管束的孩子。单身的艾丽卡，在家里有自己的房间，但必须和母亲睡在一张大床上，而且应母亲的要求，睡觉时必须把手放在被子的外面。母亲的"禁足"更减少了她与男性正常接触交往的机会，使她无法真正了解男性，从而造成她对异性产生矛盾悖论的双重心理——既渴望又憎恨。"社会文明中对于女性低能的偏见强化了女性的自卑和男性的优越，这必然会造成男女关系、婚姻生活的不和谐，导致男性和女性对婚姻与生活的错误理解。"[①] 艾丽卡对异性的双重态度导致她在爱情问题上自动佩戴着"双重人格面具"：一面是怯懦不前，一面是蠢蠢欲动；一面是克制压抑爱欲，一面是渴望放纵爱情。

　　男主角沃特，帅气优雅，他在演绎舒伯特的柔情时技法娴熟且充满温情。考官席中的艾丽卡手上的动作、纸上的涂鸦，精妙表达出她不安躁动的内心世界。但艾丽卡还是给沃特的演奏投了反对票，幸而别的考官投的都是赞成票，沃特才得以顺利地进入音乐学院。沃特是走进女教师世界的第一位异性，他有着年轻人的冲动和直白，逐渐唤醒了艾丽卡潜意识中压抑许久地对异性世界探秘的渴望。对于这份突如其来的爱情，女主人公表现出不安、怀疑甚至还有嫉妒的情绪。伴随着二人的互动，艾丽卡与沃特的关系变得像猎人与猎物，征服与被征服，第一次单独授课时，沃特放肆表白，甚至直言"想吻她的脖子"。艾丽卡则保持着高贵庄严的仪态，神圣不可侵犯，对沃特的情感视而不见，一副高高在上的姿态，完全掌握着情感的控制权。艾丽卡的理性让她对沃特的表白嗤

---

①　张海钟等：《精神分析学派与女性心理学的发展》，兰州大学出版社，2006，第58页。

之以鼻，但她又无法抑制自我的情欲。当她发现另一位女学生喜欢沃特时，疯狂的嫉妒促使她把踩碎的玻璃杯放进女学生的大衣口袋，毁了那个女孩的手。艾丽卡从此落入了情感的旋涡。沃特猜到了艾丽卡在嫉妒那个女孩，她对自己并非如她表现的那般冷漠、无动于衷。他冲到女卫生间，对艾丽卡一阵激吻，更想要长驱直入，但遭到艾丽卡坚决拒绝。艾丽卡不断地声称会主动给他写一封信，里面有她所有的要求，到时他只需要照着做就行了，甚至命令他裸臀离开卫生间。沃特很生气，大声地抗议道："不能所有的规则都是你定！"这句台词足见当时二者各自的心理态势和微妙的处境。此后，女主人公身上逐渐焕发出青春的活力和气息。艾丽卡的女性意识开始逐渐觉醒，对爱情的渴望也变得愈发强烈。反观沃特，他追求的似乎不是炙热的爱情，而更像是在寻找一种刺激，当得到女主人公的回应后，两人便展开了对爱情的博弈。

艾丽卡在情欲问题上逐渐展露出鲜血淋淋的他虐与自虐倾向，甚至是自残的行为，并且还以此为乐。艾丽卡一直压抑克制自己的情欲，既用严肃态度侮辱少年单纯的爱恋，也用刀片切割自己的下体。她强迫沃特朗读她的信，信中她给沃特的爱情指令更是充满自虐，她在信中说："把我和母亲从外边一起关进去！我今天已经在等待着，你必须赶快走开，把我捆起来，就像我非常希望的那样，用绳子绑上，和我母亲一道放在我的屋门背后够不到的地方，而且一直到第二天。别担心我母亲，因为母亲是我的事。把房门和屋门的钥匙都拿走，一把也别留下！"[①] 至此，艾丽卡从母亲的捆绑中挣脱出来，但不幸的是她又把自己捆绑起来交给了另一个异性捆绑者。根据荣格的心理学理论，自虐人格障碍来自原生家庭的创伤。"自虐人格障碍者的自虐行为，是对创伤心理的自我臆想补偿。"[②] 也就是说受虐者其实以痛苦的精神折磨和肉体伤害为快感，由此可以推想艾丽卡的自虐心理正是童年原生家庭创伤的后遗症。艾丽卡在与母亲对家庭权力的角逐中，总是处于被控制被压抑的地位，她的思想与行为都烙刻着她母亲畸形管制的痕迹。艾丽卡的父亲精神分裂死在医院里，长期单身的母亲也许经历过夫妻关系的紧张、破裂，同时为

---

① 〔奥〕埃尔弗里德·耶利内克：《钢琴教师》，宁瑛、郑华汉译，北京十月文艺出版社，2004，第190页。

② 陈忠康、张雨欣：《荣格心理学》，辽宁人民出版社，1996，第97页。

了控制艾丽卡的行为，常常给艾丽卡灌输男人都是坏东西，情欲很可耻恶心的偏执情感观念。母亲长期畸形的教导和控制压抑，促使艾丽卡意识层面中认为爱有罪，情欲可耻。正常的爱与情欲会让她不安，也会让她母亲不安。屈从于母亲的控制，遵循母亲的观念，她压抑着自己对异性的爱，也只有在受虐中才可以心安理得地享受性爱欲望。她由于自小就受到母亲法西斯式的思想禁锢和钳制，形成了一些匪夷所思的性格特征和行为特征：她自闭，不肯与社会上的人打交道；她自虐，用刀片切割自己的手背和私处，鲜血淋漓却没有丝毫痛感；她龌龊，常偷偷从母亲严密的监视下溜出去，去看同性的色情表演，去看色情电影，去偷窥别人；她歹毒，从小就爱搞恶作剧，看到同学有一件漂亮外套，就跟踪监视，并最终告发同学是个"雏妓"。这些显示了她是一个施虐狂。然而她更是一个受虐狂，在与情人沃特进行了一系列"猫捉老鼠"的游戏后，艾丽卡最终变为掌控爱情指令的一方，她给沃特下命令，由她决定两人见面的时间，沃特只能乖乖听她安排。艾丽卡慢慢脱离母亲规划好的预定轨道，她写了封信寄给沃特，在信中详细地描述了做爱细则，其实是施虐和受虐规则，这明显是一种受虐的变态的性游戏，这反映了她的性倒错——由长期的性压抑导致的性倒错，以至于她的学生情人沃特暴怒，对她百般凌辱后强暴了她。至此，小说也到达了高潮部分，惊心动魄而又诡谲万状。她变态的性虐、变态的行径，只是为了在沃特面前袒露内心的矛盾和挣扎，她想要的是沃特给她受虐的性爱。这使沃特极其吃惊又心生厌恶。愚蠢的她不明白，没有人会去理解一个疯子。事隔一天，她拿着刀子，去找沃特，却见沃特正与一个女孩调情。她暴怒了，但没有用刀子刺向沃特，而是狠狠地刺在了自己的肩膀上。然后，她不顾自己肩膀血流成河，捂着伤口慢慢地孤独地走了，走回家。她以自残的方式证明女性在两性关系中的被动、脆弱与无奈。

　　3. 命运的逃离与回归

　　艾丽卡从母亲那里习得一种道德观念，就是女人不能有欲望，否则就是一个低贱的女人。艾丽卡总是庄严沉静无欲，坚守道德底线，这让有"恋母情结"的沃特欲罢不能。弗洛伊德广义的"恋母情结"不仅限于男性对母亲的爱恋，还可以指男性对具有母亲特质的女性主体的爱恋，如对教师、上级、医生、护士等的爱恋。电影《钢琴教师》的男主角沃特年轻帅气，深深地被女钢琴教师沉静贤淑的外表所吸引，这激发了沃特潜意识里对母亲美好依恋的契合感，由此产生了对女教师的"恋母情结"。他坚信自己可以成为她的学生，并一再对钢琴教师进行爱的诱惑。一个深夜，沃特遵照艾丽卡信里的指示潜进她的家。艾丽卡与沃特的关系，就在沃特破门入室之后达到高潮，她的性虐幻想终于被满足了。沃特像一头愤怒的公狮，把艾丽卡的母亲关进房间，拿走钥匙，掌掴艾丽卡，直打到她流鼻血。沃特对艾丽卡说："你不能这样不负责任，一切都是因你而起，可是你又不断地拒绝，我在你的窗下自慰，你知道吗？"小说原著中沃特强奸了艾丽卡，而电影中导演将此处处理成沃特靠近艾丽卡，艾丽卡没有任何反抗，但沃特却中途停止了举动，厌弃地离开。无论是原著还是电影都传达出，沃特冲破了"恋母情结"的束缚，夺回了情感的主动权。在施虐与受虐的情感博弈中，他找回了男性的尊严。艾丽卡做梦也没有想到，自己几十年对虐恋的幻想，竟然以这样的方式呈现，她并没有得到她所期待的虐恋的快感。

沃特喜欢艾丽卡站在道德制高点控制他的一面，本以为艾丽卡的矜持端庄、理性克制可以压制住他青春身体里顽劣的个性。但当艾丽卡把坚硬的面具摘下来，放弃所有的道德，做最低贱、最下流的事，还渴望被控制、被束缚，满足被虐恋的幻想，暴露出她最脆弱、最黑暗的一面时，沃特对艾丽卡的幻想轰然倒塌，一切深情随着爱欲狂热地褪去而不再。艾丽卡再次在音乐会上见到沃特，看到他和一群女孩子嬉笑着离开，对她视而不见、毫不在意的情形时，她彻底绝望了。艾丽卡没有想到自己苦心经营、极力控制的一段恋情，完全滑向她无法控制的方向，她愤怒地在自己肩膀上刺了一刀。故事到这里已经没有了爱情，影屏只剩下艾丽卡慢慢地走回家，走向母亲的画面。家是牢笼也是庇护所，艾丽卡只有在乖戾的母亲那里，才能找到令人绝望的安全感。

总之，影片《钢琴教师》展现了男女主人公施虐与受虐、暴力与性侵略的血腥画面，但摒弃了对性爱场面的重色描绘，更深刻地从压抑清冷的镜头中引导观者探寻导致这场悲剧的元凶。母亲的精神捆绑与艾丽卡的抗争，深刻体现了母女二人相爱相杀的情感悖论悲剧。艾丽卡本性的压抑与放纵，揭示了自我的情与理、灵魂与肉体的矛盾冲突悲剧。艾丽卡所有违背常情常理的性格与行为都是对母亲精神捆绑命运的反叛与逃离，可悲的是她冲出母亲捆绑的重围后，又落入自我捆绑的陷阱，将自己的幸福寄托于自以为完全掌控了的沃特的手中，沃特扬长而去后，艾丽卡只能再次回归母亲的精神捆绑之中，再次陷入命运的泥沼。恰如叔本华指出的，人生的悲剧性就在于人们常常处于幸福与痛苦的钟摆式的轮回中。自以为的幸福有时可能是另一段痛苦的开始。这似乎告诉人们，人生的悲剧性亦如在一段燃烧的木棍上来回奔跑的蚂蚁，无论奔跑到哪一端，都无法避免葬身火海的悲剧。《钢琴教师》既展现了男权社会中女性被控制、束缚的社会悲剧，也揭示了后工业时代文明冷酷无情的时代悲剧，更表现了无可摆脱原生家庭创伤的心理悲剧。这部小说一问世就引起人们的注意与争议。耶利内克以极度冷漠的态度和嘲讽的笔调，展现了一个中年女艺术家可鄙可怜的内心世界和完全变态的性心理与情欲，展现了男权社会中不正常、不平等的男女关系——猎人与猎物之间的关系，性爱因此变成了暴力。这是一个反映压抑和过分管控的讽刺小说，在更深的层面体现作者对于人性的讽刺，隐藏在肉体和精神暴力背后的，是一种权力的优越感。其惊世骇俗的内容和大胆直露的语言风格，曾在评论界引起广泛的争议。正是通过这样极端的写作方式，耶利内克将她对社会的批判深入整个文明的深处。

十五　奥尔罕·帕慕克与《红发女人》

（一）奥尔罕·帕慕克：乡愁记忆者

奥尔罕·帕慕克（Orhan Pamuk，1952-）是当代土耳其在欧洲影响力极大的重要作家，也是土耳其历史上第一位获此殊荣的作家。他的故乡尼桑塔斯区是伊斯坦布尔一个高度西化的地区，他笔下都是关于这座地跨欧亚两洲的城市的故事。东西方文化的冲突与碰撞始终是他创作的主题，正如伊斯坦布尔这座跨越东方和西方千年的古老城市一样，兼具东西方的特色，又超越了东西方的界限。

1952年，奥尔罕·帕慕克诞生于伊斯坦布尔一个富裕的西化家庭。6岁时，他迷上了绘画，幻想自己能做一名画家。因此在童年时代，他曾临摹过土耳其细密画，后来他受到了很多西方绘画的影响，也研究过中国绘画。虽然父母离异后母亲一直没有工作，生活比较困难，但这些并没有阻挠他对艺术的自我追求。大学时，帕慕克主修建筑专业，后来又转学新闻专业。1974年，他出版第一部小说《塞夫得特州长和他的儿子们》，以自己原生家庭的生活为原型，讲述伊斯坦布尔一个富裕家庭祖孙三代的故事，获得《土耳其日报》小说首奖和奥尔罕·凯马尔小说奖。此时有着两千年辉煌历史的伊斯坦布尔正经历着贫穷、破败和孤立，土耳其文化一直受到古老厚重的东方文化和政治经济崛起的现代西方文化的双重影响。帕慕克一再描写东西方文化的差别和交流，常常会在作品中对土耳其政府的作为进行批评。"当我身处东方时，渴望西方；当我身处西方时，渴望东方。"[①] 2005年帕慕克出版自传体小说《伊斯坦布尔：一座城市的记忆》，帕慕克在书中写道："福楼拜在我出生前一百零二年造访伊斯坦布尔，对熙熙攘攘的街头上演的人生百态感触良多。他在一封信中预言她在一个世纪内将成为世界之都，事实却相反：奥斯曼

---

① 〔土〕奥尔罕·帕慕克：《我的名字叫红》，沈志兴译，上海人民出版社，2006，第430页。

帝国瓦解后，世界几乎遗忘了伊斯坦布尔的存在。我出生的城市在她两千年的历史中从不曾如此贫穷、破败、孤立。她对我而言一直是个废墟之城，充满帝国斜阳的忧伤。我一生不是对抗这种忧伤，就是（跟每个伊斯坦布尔人一样）让她成为自己的忧伤。"① 帕慕克每天穿行在帝国的废墟间。城市在变化，记忆在消逝，帕慕克只能用文字记下这一切。因此，搬到纸上的伊斯坦布尔带着他笔下的落寞和忧伤，也因此具有了沉甸甸的分量。帕慕克文字里的乡愁，几乎延续在他每一部作品里。在文学视域里，饱含个人对文化、对记忆求而不得的落寞，又因为他艺术家的气质，充满了美学韵味。帕慕克作品的主题都是围绕着土耳其展开的，他的故乡和包围着他的种种文化塑造了他，他在探索故乡忧郁的灵魂时，发现了文明之间的冲突和交错的新象征。

接受法国独立媒体采访时，帕慕克说，他每天都要写作 10 小时，靠着耐心慢慢地像蚂蚁一样前行。他写小说与做研究密不可分，有时他甚至会因为想去研究某个领域而决定小说主题。"要说让我自豪的话，还是我作品的文学性和匠心。当我告诉人们我做了多少准备，我觉得自己是个没有才华的人。写《雪》时，我去了东北边城实地体验；写《我的名字叫红》时，我读了大量经典文献，查了很多画作；写《我脑袋里的怪东西》时，我采访了很多街头小贩。"② 在写《我的名字叫红》之前，帕慕克花了 6 年时间准备，其中大部分时间是阅读，观看各种美术作品。他曾荣获欧洲三大文学奖项：法国文艺奖、意大利卡佛文学奖和都柏林文学奖。其作品被翻译成多国语言在全世界出版。2006 年，瑞典皇家学院以"在追求他故乡忧郁的灵魂时，发现了文明之间的冲突和交错的新象征"③ 为由，授予他诺贝尔文学奖。

《我的名字叫红》是一部反映文化冲突的小说，整本书以 16 世纪一桩发生在土耳其奥斯曼帝国首都伊斯坦布尔的凶杀案为线索。千年帝国中心伊斯坦布尔在东罗马帝国也就是拜占庭帝国时期，叫君士坦丁堡。

① 〔土〕奥尔罕·帕慕克：《伊斯坦布尔：一座城市的记忆》，何佩桦译，上海人民出版社，2007，第 5 页。
② 钟娜：《帕慕克：写小说是为看待这个世界，去理解和我不同的人》，澎湃新闻，2018 年 1 月 15 日，https://www.thepaper.cn/newsDetail_ forward_ 1950929。
③ 刘斌、邱胜编著《诺贝尔文学奖获奖者的故事》，金盾出版社，2017，第 686 页。

在 1453 年，奥斯曼帝国终结了东罗马帝国的千年统治，征服者穆罕默德二世接管了这个东西方文明的交汇碰撞之处——连接着黑海与地中海的"东西方的金桥"。无论是历史还是地理上，这座城市注定是有故事的地方。故事的讲述者"黑"在这里遇见了爱情。12 年前，在伊斯坦布尔的黑无可救药地爱上了表妹谢库瑞，但是却惨遭姨父决绝的驱赶。离家多年以后，重回家乡，迎接他的除了爱情还有接踵而来的谋杀案。故事发生的时间是 16 世纪，东西方势力在此博弈，土耳其的辉煌历史即将在新航路开辟的变局影响下，慢慢失去曾经的荣光。

小说采用了故事套故事的古老框架式结构展开。故事的表层结构是侦破凶杀案的悬疑推理故事和一个旧爱复燃的爱情故事，深层结构讲述的则是伊斯兰细密画和伊斯坦布尔这座城市的文明与历史，故事的讲述者黑的姨父就是著名细密画画家。13 世纪至 17 世纪期间，细密画是当时奥斯曼帝国的正统画派，是一种插画艺术。细密画画面颜色鲜艳还需要镀金，追求平面空间的视觉享受，这与中国国画和西方油画都不相同。西方油画中的"法兰克风格"是在立体空间里运用透视规则的绘画方式，比如素描之类的焦点透视法，以近大远小构成强烈的空间纵深感。中国国画一般使用散点透视，虽然整体看立体性不强，但局部有透视逻辑，例如中国古典绘画中亭台楼阁的布局就展现了相当水准的平面散点透视。伊斯兰细密画是在平面空间内的创作，没有透视规则，没有近大远小，也就是说画面场景不是从某个人的视角看到的世界，也不是从窗子里看到的小世界，更不是肉眼所见的表象世界，而是从伊斯兰宗教唯一的真神——安拉的视角，即神的视角来看世界，是安拉神从宣礼塔上用 45 度角俯瞰众生的效果，近景远景比例差别很小，但赋予绘画神秘主义色彩。小说中主角的表妹最大的心愿就是拥有一张像她本人的肖像画，以便在老年时还能够看到自己年轻时的美貌。主角黑也一直渴望拥有一张表妹的肖像画，这样远走他乡时，只要爱人的面目铭刻于心，世界就还是他的家。甚至小说中的凶手在偷走苏丹的细密画后，也忍不住试图在苏丹的脸部画下自己的样貌。这些细节的讲述中，作者似乎想表达人人都有被看到、被记住、被保留的渴望，但他们最终都没能如愿。因为传统细密画大师坚信，所有的事物都有其最真实最完美的本质，就是安拉所见到的模样，而人肉眼所见的事物是被歪曲的，是不完整的，偏离了它最完美的模样。所以，应该遵从真理去绘画，而不是为了凸显自我性格而绘画。细密画大师所要做的就是不断地重复训练，通过娴熟的技巧尽可能把安拉眼中的世界还原。就算细密画中出现人物，观赏者也无法通过画中人物的面容知晓他的身份。同时细密画大师也坚持不应该有自己的风格，不应该有自己的签名，而应该模仿、重复前辈大师的作品。因此，小说中也提到最好的细密画大师会将自己眼瞎之后的绘画作为自己细密画创作的最高境界。

　　随着西方绘画作品与技法的传入，如欧洲威尼斯的油画画派运用平面透视和阴影等技巧，使得画中的人物和真人一样惟妙惟肖，形成栩栩如生的写实风格，唤醒了细密画画家对自我表达的强烈愿望。姨父认为这是一个能够展现画家的绘画个性，使绘画作品接近不朽的机会，从而萌生了改造伊斯兰细密画的念头。他对苏丹说，希望能够留下苏丹充满个性独一无二的肖像，让千年以后的人们依然知道他的模样。苏丹是一个热爱艺术的君主，他被黑的姨父的话深深地吸引了。为了庆祝即将到来的伊斯兰教的千禧之年，苏丹命令黑的姨父秘密地制作一本精致的艺术品，来传颂奥斯曼帝国的伟大，展现苏丹生活的奢华。书里的插图由四位当朝最优秀的细密画画家绘作，坊间传言这本书的最后一页就是结合欧洲绘画的透视法画出的苏丹的肖像画，而这种写实风格的肖像在奥斯曼帝国君王中是前所未有的。除此之外，这本书的制作还由宫廷画坊总监奥斯曼大师指导。奥斯曼大师相当于皇家美术学院的院长，与奥斯曼帝国的开创者同名，有着强势的性格和传统专制的态度。他对黑的姨父所代表的威尼斯画风厌恶至极，认为结合欧洲人的西方透视法来画苏丹肖像就是离经叛道，他将任何创新都归于大逆不道。这种暗流涌动的绘画艺术间的文化冲突，成为贯穿全书的主题，最终引发谋杀密案，开始了谋杀与反谋杀。主角黑离家多年以后重回伊斯坦布尔，迎接他的除了爱情还有接踵而来的谋杀案。四位细密画大师中，高雅先生首先被秘密杀害并被抛尸井底，黑的姨父继而也惨遭钝杀。表妹谢库瑞接受了黑的婚约，但发誓不抓住杀死父亲的凶手就不圆房。奉苏丹之命，黑与总监奥斯曼大师负责侦查此案。他们深入苏丹宝库日夜翻阅书册画集，寻找暴露凶手身份的裂鼻之马，终于排查出画家橄榄为罪魁祸首。读者跟着叙事者追查凶杀案真相的过程中，逐渐了解到土耳其细密画这一古老的艺术，领略了土耳其的历史和文化，并思考在西方法兰克绘画风格的冲击下，土耳其细密画以及土耳其传统文化应该何去何从。

　　故事的高潮部分由高雅先生之死展开。负责给插画镀金的高雅先生在工作开始后就惨死于深井之中。高雅先生的尸体旁留下了一幅草草绘就的马，这是一匹骏逸、简单、栗色的马，它有个不易被人察觉的缺陷——裂鼻。随后，担任主编的黑的姨父也死于非命。此时苏丹之书仿佛成了诅咒之书，参与制作而依然健在的其他三位画师蝴蝶、灌鸟和橄榄成了嫌疑对象，而凶手就在其中。来调查此案的正是故事的讲述者黑，他试图通过谈话了解三位画师的绘画观念来判断谁是凶手。蝴蝶讲了这样一个故事。有一位国王给公主比画招亲。第一位画家把自己的签名藏在了水仙花丛中。第二位画家在马的鼻子上留下了自己的笔触特征。第三位画家没有留下任何风格或者瑕疵，完全画得跟前辈大师一模一样。但是公主对父王说，他不爱我。因为当画家深爱一个人的时候，会忍不住把情人的形象注入笔尖，画到眉眼、唇角，甚至是睫毛里。但是从第三位画家的画里公主看不到自己的痕迹，他或许是一个了不起的大师，然而他不爱公主，于是婚礼取消了。蝴蝶似乎想说，完全没有风格的创作是违背天性的，一旦投入真心必定流露自我。灌鸟讲，很久以前一个国王打败了另一个国王，占有了他的王后和图书馆。美丽的王后只有一个要求，求他不要抹去图书馆的一本图画。因为画中恋人的脸是她和已故国王的，她想纪念他们的过往。国王表面同意，但心里嫉妒万分。于是，某天晚上他偷偷溜进图书馆，涂掉了已故国王的脸，亲自画下了自己的脸，但是他把自己画得年轻了一点、英俊了一点。第二天被图书管理员发现，错认成了邻国更年轻英俊的国王。谣言传出去，邻国国王打上门来，成了王后的新丈夫。这个故事似乎在说，画家也有自己的意志、高傲和尊严，不尊重创作者的本意，必遭天谴。最后的讲述者是橄榄，他讲的故事是这样的。很久以前善妒的国王害怕他的细密画大师日后为敌人服务，决定刺瞎他的双眼。大师就更刻苦地练习，在双眼被刺瞎了以后，找到国王的对手说，我双眼被刺瞎了，但我的记忆更纯粹了，我能够描绘出安拉所见的一切美丽。最后，大师画出了更加辉煌的细密画，打败了善妒的国王。从此以后，失明就成了神的恩赐，上了年纪的大师都会高强度无休止地画画，刻意追求失明，追求不必依赖眼睛去绘画，而是凭借娴熟的技巧，用心看到安拉所让他看到的世界。这个故事想说的是，肉眼是认识绝对真理的屏障，细密画是用心灵创作的，我手画我记忆而非画我所见。可见，三个画师中橄榄最坚持细密画的传统风格，他不能容忍任何西方文化的浸染。黑最终找到了真凶，然而为时已晚，凶手夺下了黑手中的匕首，刺向了黑。之后凶手又急匆匆赶到码头，准备离开。但突然有一个人拦住了他的去路，那是黑的情敌——表妹谢库瑞的追求者。夜色中，情敌凭着凶手手中的匕首，误以为面前的人就是黑，于是他结束了这个陌生的凶手的性命。被刺伤的黑血肉模糊地回到家，终于受到了做丈夫的礼遇，与表妹谢库瑞共同生活。谢库瑞的小儿子长大成人，成为作家，他的名字叫奥尔罕，他把父母的这个传奇故事写了下来，呈现给了读者。

《我的名字叫红》采用了角色视角讲述故事，全书共有 59 章 19 个角色，20 个声音。多角度叙述的复调艺术，让各种声音自由倾诉，形成一台多声部的大合唱，避免了单一第一人称叙述的局促和狭隘。最后凶手说出的一句悖论式的话点出了真理："因为你们将毕尽余生效仿法兰克人（指欧洲画家），只希望借此取得个人风格。但正是因为你们仿效法兰克人，所以永远不会有个人风格。"① 受害者在临死前如哲学家般，列举无数伟大的绘画内容终将灰飞烟灭。当凶手举起了凶器，受害者在临死前说："我以为是血，其实是红色的墨水；我以为他手上的是墨水，但那才是我流个不停的鲜血。"② 这里的"红"是何含义呢？作品中的"红"，是小说最主要的一个意象，书中透过"红"来显现真主，帮助读者理解细密画。《我的名字叫红》展现给读者的不仅是东方伊斯兰教与西方基督教的碰撞，而且是一种东方与西方的文化冲突，传达给读者一个深刻的历史教训，那就是："东"和"西"在某种程度上是存在的，但对他们不能过于顽固地迷恋和信仰，不能太看重东方之"东"和西方之"西"。③ 现在由于法兰克风格和西方文化的冲击、侵蚀，那唯一正统的红色或许不复重现了，而变成了浓淡不一的红色。帕慕克是西化的，据说他也不是一个虔诚的信徒，但土耳其的文化传统打磨、塑造了他，人

---

① 〔土〕奥尔罕·帕慕克：《我的名字叫红》，沈志兴译，上海人民出版社，2006，第 487 页。
② 〔土〕奥尔罕·帕慕克：《我的名字叫红》，沈志兴译，上海人民出版社，2006，第 210 页。
③ 刘斌、邱胜编著《诺贝尔文学奖获奖者的故事》，金盾出版社，2017，第 686 页。

们仍能看到他所透出的土耳其的底色。奥尔罕·帕慕克用《我的名字叫红》，带领读者穿越土耳其历史，读懂伊斯坦布尔。2006 年，这部作品被引介至中国，这位自称"忧郁落寞"的作家，用作品向人们展示了 16 世纪伊斯兰世界的艺术、宗教、人生、爱情、战争……那是一种世界上独特的文明几乎所有的可能性。

（二）《红发女人》：土耳其的文化困境

奥尔罕·帕慕克 2015 年创作的《红发女人》充满了悲天悯人的情感和地方宗教文化色彩，讲述了主人公杰姆杀害父亲后又被自己儿子所杀的悲剧故事，描绘了一个男孩走向男人的历程，也记录了土耳其在传统与现代、东方与西方文化冲突中的艰难选择。《红发女人》与古希腊的《俄狄浦斯王》、波斯史诗《列王纪》有着非常惊人的同构互文关系：父子冲突、文化矛盾、悲剧色彩。作者历经 30 年的酝酿，反复打磨，在清晰、简洁、惊心动魄的情节反转中展示了老伊斯坦布尔城市生活底层的古老挖井手艺，也展现了土耳其谚语"以针挖井"所形容的缓慢与耐心。

故事主人公杰姆是个 16 岁的少年，曾经过着富裕的生活。父亲阿肯在伊斯坦布尔开着一家小药店，经常同一些积极的左翼朋友低声交谈。热衷政治活动的父亲最终抛弃了杰姆母子，不仅仅为了政治追求，还因为外遇。从此杰姆和母亲便陷入了一贫如洗的窘境。主人公杰姆喜欢阅读爱伦·坡的诗集、弗洛伊德《梦的解析》等西方书籍，但为了赚钱，16 岁时就不得不跟随挖井师傅马哈茂德去伊斯坦布尔附近的小镇恩格，开始底层民众异常辛苦的挖井生活。杰姆和马哈茂德师傅渐渐情同父子，这和土耳其传统的师徒关系有关。在过去的手艺传承里，师徒就像父子一样，每一个师傅都会像父亲一样，爱护和教导自己的徒弟。徒弟也像温顺的儿子一样，听从师傅的命令，学习他的手艺。对于杰姆来说，马哈茂德师傅比亲生父亲阿肯更像父亲。在野外挖井的时候，师徒二人如同父子俩一样，互相光着身子冲澡。到了夜里，马哈茂德就像一个父亲一样，给杰姆说《古兰经》的故事。其中的一个故事是：先知尤索福因受父亲偏爱而招致兄弟们的妒忌，被丢到漆黑的井中。马哈茂德慈爱又严厉的目光，让杰姆深深地感受到了前所未有的父爱。但就像受到命运诅咒一样，亲密的父子师徒关系产生了裂痕。最开始是因为挖井事业的不顺利，他们挖的这口井并没有像计划中的那样顺利出水，雇用他们的地主拒绝继续给他们薪水，除非他们愿意另外找个地方重新挖井。但马哈茂德的伊斯兰神秘主义宗教思想——"我们挖得越深，我们就越接近上帝和他的天使的领域"，促成了挖井人骨子里的执拗。一天又一天，他们在同一个井口越挖越深，在日复一日的失望和沮丧中，杰姆失去了信心。但师傅马哈茂德依然像个专制的君王，又是威逼，又是劝告，让杰姆继续挖井。进一步激化这对师徒情感矛盾的导火索，则是一个红发女人情感和身体的诱惑。红发女人身材高挑，红红的头发就像火焰一样夺目，嘴唇浑圆却透着一股忧郁的气质，笑容透着可爱，有亲切的味道。年少的杰姆深深地被她吸引了，就像母亲的微笑从记忆深处苏醒过来，杰姆内心涌动起温暖的情感，他开始背着马哈茂德去寻找红发女人的踪迹。红发女人是镇上的一个戏剧演员，33 岁，足足有杰姆的两倍大，且已经结婚了。即便如此，杰姆依然无法停止对这个女人的爱。一天晚上，他和红发女人发生了一夜情。随即杰姆又得知，马哈茂德师傅竟然也是红发女人的朋友，也许还有更加亲密的关系，杰姆内心对马哈茂德产生了难以言喻的嫉妒。有一天，鬼使神差中杰姆失手将运载泥浆的篮筐掉落井底，井底传来一声惨叫，随后死寂。他没有援救师傅，而是惊慌失措地逃离了现场，搭上了回伊斯坦布尔的火车。就这样，杰姆一步步地陷入弗洛伊德所编织的宿命悲剧——"每个男孩心里都存在弑父的欲望"。杰姆在一种近乎梦幻的氛围里成为"弑父娶母"的俄狄浦斯。他不仅错手杀害了像父亲一样的师傅，还和带着母亲一样微笑的红发女人同床共枕。更加讽刺的是，这个和自己母亲差不多年纪的红发女人，竟然还是杰姆亲生父亲阿肯的旧情人。杰姆竟然和他的父亲共享了一个女人，这个女人还在杰姆不知道的情况下生了一个孩子。从此以后，黑洞一样的深井和如梦似幻的红发女人成了杰姆生命中挥之不去的梦魇。

奥尔罕·帕慕克还融合了东方古老神话"杀子"的传说，即古波斯诗人菲尔多西写的英雄史诗《列王纪》中鲁斯塔姆和苏赫拉布父子相争的故事。一个名叫鲁斯塔姆的英雄在一次打猎的时候迷了路，来到了另一个国家，这个国家的国王因为鲁斯塔姆的赫赫威名热情地招待了他。当夜幕降临的时候，公主来到鲁斯塔姆的房间，向英俊潇洒的鲁斯塔姆倾诉自己的爱慕之情，并希望能够和鲁斯塔姆共度良宵，留下一个孩子。第二天，鲁斯塔姆就离开了公主。一年后公主生下了没有父亲的孩子苏赫拉布。因为战争和阴谋，伟大的英雄鲁斯塔姆和他年轻的儿子苏赫拉布最终在战场上相遇了。他们谁都不知道，站在自己面前的死敌竟然就是和自己血脉相连的至亲。相见不相识的父子在命运的捉弄下，鲁斯塔姆最终杀死了自己的儿子。波斯文化包括其文学，曾是在奥斯曼时期影响了土耳其几个世纪的主流文化，但是现代的土耳其人，已经变得如此西化，早已遗忘了自己的诗人和神话。而此时，英雄鲁斯塔姆和他年轻的儿子苏赫拉布的悲剧再一次降临到了杰姆的身上。

　　杰姆把师傅马哈茂德留在井底，仓促回到伊斯坦布尔后，回归了平常人的生活轨道。大学毕业之后，他做了地质工程师，还与妻子创办了一家建筑公司，在土耳其城市化进程中赚了大量的钱，过着奢华生活。他代表土耳其当代社会中摒弃伊斯兰宗教思想的世俗主义者，成为"西化了的土耳其人"。读书、工作、结婚，开办公司，唯一的遗憾就是他没有自己的孩子。一次商业并购让杰姆回到了当初挖井的小镇，就在深夜那口井边，一个自称是他私生子的男孩出现了。男孩名叫恩维尔，是他与红发女人的儿子。恩维尔厌恶自己的父亲，不仅仅因为杰姆缺席了自己的成长，更是因为恩维尔知道杰姆的一切。他知道杰姆把像父亲一样的师傅丢在了井底，任他自生自灭；他知道杰姆在十六七岁就勾搭有夫之妇，还搞大了人家的肚子，让他作为一个私生子出生；他知道杰姆现在是个利欲熏心的承包商，为了开发土地谋取利益而抛弃手工劳动者。面对恩维尔的步步紧逼，惊慌失措的杰姆竟然掏出了手枪，把枪口对准了亲生儿子。父子相残的一幕再一次上演。儿子恩维尔在抢夺手枪的时候，误杀了父亲杰姆，还是混乱的黑夜，就在30年前杰姆抛下师傅的井边。

　　恩维尔究竟是蓄意谋杀还是失手误杀？帕慕克在书中并未进行明确的交代。

　　他让杰姆的故事不断反转，让古希腊的神话故事和波斯的史诗故事不断穿插在阿肯、杰姆和恩维尔祖孙三代人之间，极具戏剧张力。不管是俄狄浦斯杀父娶母的故事，还是英雄鲁斯塔姆杀死儿子、杰姆杀死情同父亲的师傅、私生子恩维尔杀死自私的父亲，都是可怕的伦理悲剧和命运悲剧。他们之间既是父与子、师傅与徒弟，又是上层与下层、亲人和仇人的关系。不管是悲伤的父亲还是痛苦的儿子，所有问题的关键都在所谓的父子关系上。在命运的巨大力量之下，人的意志和情感竟然如此渺小。杰姆和恩维尔都可以算是没有父亲的人。杰姆与他的亲生父亲阿肯关系疏远，阿肯从来没有给过杰姆一个父亲的关爱，甚至为了自己的私情抛弃了杰姆母子二人，让他们的生活陷入了非常窘迫的境地。带给杰姆父亲般温暖的马哈茂德师傅又因为杰姆的自私和软弱被孤独地扔在了井底，自生自灭。杰姆从来都不知道自己竟然有个儿子，他从未在恩维尔的生命里出现过。当他们得知对方存在的时候，父子之间除了单薄得不能再单薄的血缘联系，尽是戒备、冷漠、厌恶和挣扎。杰姆渴望见到自己的儿子，但是又恐惧见到这个儿子，因为儿子很可能会凭借血缘的便利谋夺自己的家产，也说不定会因为他私生子的命运而杀了自己。对于恩维尔来说，杰姆也根本就不像个父亲。这个自私自利的商人，年少时胡作非为、害人害命的奸夫和凶手，对自己充满防备的中年男人，怎么会是他所期待的父亲？父子的关系在奥尔罕·帕慕克的笔下是这么沉重，"没有父亲"的杰姆，最终生下恩维尔这个"没有父亲的孩子"，似乎他们悲剧命运的根源都在于这种非常错乱的父子关系，而这种错乱的父子关系还会沿着人们的血脉一代一代地传承下去。"（恩维尔）代表了在土耳其现代化进程中，那些失望、沮丧、怀有激进思想甚至采取行动的极端分子。他们对于像杰姆那样抛弃伊斯兰宗教思想、接纳西方思想并在土耳其现代化进程中成功获得个人经济利益和地位的阶层和人士，非常痛恨和不满。"[①] 因而，无论在实际行动中恩维尔弑父的行为是蓄意还是无意，至少在精神思想层面上，恩维尔的"弑父"是有意而为之。

父子关系到底意味着什么呢？就像奥尔罕·帕慕克在书里写的："我们到底需要一个什么样的父亲，是宽容我们的一切，还是教会我们服从？或许，在尝试了所有的自由之后，我们只想重新寻找一个意义、一个中心，一个能对自己说'不'的人。"我们想要一个父亲，他强大、果断，会告诉我们什么事情该做，什么事情不该做。为什么？这是因为分辨是

---

① 朱春发：《土耳其现代化的隐喻——论帕慕克〈红发女人〉中的弑父与寻父》，《外国文学动态研究》2019 年第 1 期，第 50 页。

非对错实在是太难了吗？还是因为我们需要有人告诉我们，我们是没有罪过的？我们每时每刻都需要父亲吗？还是只有当我们大脑混沌，世界乱成一团，灵魂畏缩不前的时候，我们才需要父亲？什么是父亲呢？奥尔罕·帕慕克认为，父亲是世界的开端和中心。如果你相信你有一个父亲，即使他不在你的眼前，你心里也会有非常踏实的感觉，因为你知道他就在那里，他会用慈爱来保护你。如果你在成长的过程中没有父亲的陪伴，你就不会明白这个世界有一个中心，还有一个边界，你会以为什么事情都可以做，但是很快你就会不知所措，你就只能孤身一人在这个世界里寻找中心和意义，寻找一个能对你说"不"的人。其实在奥尔罕·帕慕克的笔下，父子关系已经不再是简单家庭关系，父亲是确定人生命意义的支点。父子的关系代表着生命的秩序。错乱的父子关系不仅仅是一出让人叹息的伦理悲剧，更意味着内在生命的失衡。

为什么"父亲的形象""父子的关系"会被奥尔罕·帕慕克赋予这么深刻的内涵呢？因为对他来说，支离破碎的父子关系就是现代土耳其文化困境的真实写照，现代土耳其人就像是失去了父亲的儿子。历史上的土耳其曾经有过非常辉煌的历史，在十五六世纪奥斯曼帝国的鼎盛时期，土耳其的版图曾经横跨欧亚非三大洲，是连接多种文明的"十字路口"，东西方各地文化汇集于此。但是 16 世纪以后，土耳其逐渐衰落，沦为了欧洲各国的殖民地，直到 20 世纪 20 年代的凯末尔改革，土耳其才重新开始崛起。但是凯末尔的现代化改革也带来了非常严重的危机。凯末尔认为，如果土耳其想要彻彻底底地成为现代强国，就必须彻底西化成为欧洲国家的一员。他对土耳其原有的文化和宗教传统进行了彻底的否定，力图把原本深受伊斯兰文化影响的土耳其改造成一个完全的世俗国家。但是，为了反抗凯末尔的彻底西化，伊斯兰文化的复兴运动也同样轰轰烈烈地展开了。对于现代的土耳其人，必须要回答一个问题：土耳其到底是一个欧洲的国家还是一个亚洲的国家？要选择成为一个抛弃传统的西化主义者，还是要成为一个坚守传统的伊斯兰保守主义者？这种抉择是非常痛苦的，而且这还不是二选一就能结束的问题。这种选择的困境注定了现今的土耳其文明必将将过去与现在、经典与时事、文化传统与现代发展纠缠在一起，它们就像覆盖在身体上的皮肤，一旦想剥掉其中一重身份，就必须把自己的身体撕扯得鲜血淋漓。痛苦的现代土耳其人就像消失在森林里的城市人，就像是失去了父亲的儿子，无所适从。如此艰难的文化选择困境里，奥尔罕·帕慕克到底又会采取哪一种立场呢？奥尔罕·帕慕克是土生土长的土耳其人，但是他的中学时期是在美国人办的学校里度过的，他从小就学会了流利的英语，阅读了大量西方的经典文学作品。帕慕克在某种意义上是一个思想西化的现代派作家，但其在情感上又是一个土耳其古老传统文化的守护者。他看到了西方文明的闪耀之处，期待通过西化的建设，土耳其能够脱离贫困落后的面貌。但是帕慕克也深深地眷恋着土耳其在奥斯曼帝国时期遗留下来的珍贵历史遗产。"土耳其开始正视伊斯兰教这种国家文化基因，逐渐修正共和国建立以来一直奉行的全面世俗化政策，采取'技术西化＋土耳其主义＋伊斯兰主义'的意识形态，因此奥斯曼及伊斯兰文化又得到了复兴，21 世纪初奉行温和伊斯兰主义的正发党的上台，更是助推了这一伊斯兰传统文化的复兴运动。"① 就像许许多多的土耳其人一样，帕慕克在他的书里反反复复地询问：我到底是谁呢？

《红发女人》中红头发的女人就像梦里的一个幻影，在父子的痛苦纠葛中只有那么短短的惊鸿一瞥。不管是俄狄浦斯的故事，还是鲁斯塔姆的故事，女人都没有属于自己的声音，女人是母亲、是妻子、是女儿，却唯独不是自己。她们总是默默接受自己不幸的命运，不能发出任何自己的声音。红头发在西方和土耳其语境中都代表了愤怒、叛逆、野性，也有幸福的意思。《红发女人》中的红头发并非天生，而是染成的，也就是说通过染成红发，女性主动选择了叛逆大胆的形象。她按照自己的意愿选择了自己的身份；她按照自己自由的意志，在年轻的时候和阿肯谈恋爱；按照自己的意志，在 33 岁的时候引诱了阿肯的儿子杰姆和他一夜风流，还生下了一个儿子恩维尔；她按照自己的意志和恩维尔相依为命，鼓励他热爱文学，热爱写诗，成为一个即使没有父亲也依然独立成长的男孩。她的生命就像是红发一样，热烈燃烧着，成为三个男人故事线索里最核心的一部分。故事的最后，她鼓励恩维尔继续写作。她说："小说怎么开头，你肯定比我更在行，但是你的书必须像我在最后剧目里

---

①　　朱春发：《土耳其现代化的隐喻——论帕慕克〈红发女人〉中的弑父与寻父》，《外国文学动态研究》2019 年第 1 期，第 48 页。

的独白一样，既发自肺腑又宛如神话。就像发生过的故事一样真实，又像传说一样亲切。"① 或许这也是帕慕克对于"我是谁?"这个问题给出的一个结论而非答案。如果刨根究底也无法确认自己的身份，那么就拿起笔来书写。书写不一定会带来答案，却可以记录历史和记忆。这正是帕慕克要表达的主旨，给迷失在文化困境里的现代土耳其人指引的方向。帕慕克就在不断地书写着历史和记忆，他说："我们写小说主要是为了两个原因：其一，表达自己，我如何看待这个世界，我的观念，我面对所见所闻产生的感慨和情绪；其二，去理解和我不同的人，从他们的角度看待这个世界，这很有趣。体验不同的视角是阅读至高的乐趣之一。我对写小说的本质有这样一个总结——写自己时，要让读者以为你在写别人；写别人时，要让读者以为你在写自己。"② 2006 年 12 月 8 日，诺贝尔文学奖颁奖典礼上，帕慕克发表演说《爸爸的手提箱》，回顾自己的文学成长之路。他在获奖演讲词中如是说："小说是一个人把自己关闭在房间里坐在书桌前创造出的东西，是一个人退却到一个角落里表达自己的思想——而这就是文学的意义。文学是人类为追求了解自身而收藏的最有价值的宝库。我们需要耐心、渴望和希望，创造一个只倾听自己内心的声音的深刻世界。真正文学的起点，就从作家把自己与自己的书籍一起关闭在自己的房间里开始。"③

① 〔土〕奥尔罕·帕慕克：《红发女人》，尹婷婷译，上海人民出版社，2018，第 302 页。
② 钟娜：《帕慕克：写小说是为看待这个世界，去理解和我不同的人》，澎湃新闻，2018 年 1 月 15 日，https://www.thepaper.cn/newsDetail_ forward_ 1950929。
③ 刘斌、邱胜编著《诺贝尔文学奖获奖者的故事》，金盾出版社，2017，第 687 页。

十六 莫言与《红高粱家族》

（一）莫言：山东高密讲故事的人

莫言，生于 1955 年 2 月 17 日，祖籍为山东省潍坊市高密县河涯乡平安庄（现为高密市东北乡文化发展区大栏平安村），原名管谟业，现任中国作家协会第十届全国委员会副主席。2012 年荣获诺贝尔文学奖，成为该奖项首位中国籍获奖者，获奖理由是：莫言的作品"将魔幻现实主义与民间故事、历史与当代社会融合在一起"①。

童年时期的莫言曾经历过 1959 年到 1961 年的"三年困难时期"。当时农田连续三年遭受大面积自然灾害，导致了全国性的粮食和副食食品短缺，新中国面临成立以来最严重的经济困难。"饥饿"给年幼的莫言留下了极为深刻的记忆。虽然历经物质的匮乏、饥饿与疾病的折磨，莫言却仍对文学充满着强烈的兴趣，自上学开始，他便经常阅读传统小说。由于时代的影响，莫言的求学之路十分坎坷，小学五年级便被迫辍学，随后是十年的农民生活，但农村辛苦的劳动也没有消磨掉莫言对于阅读的渴望。"文革"期间无书可看，莫言就阅读《新华字典》《中国通史简编》度过那段艰难的岁月。但艰难岁月带给莫言的不只是苦难，还有被苦难磨砺后的坚强意志、丰富阅历和敏锐的洞察力。1984 年，《透明的红萝卜》问世，莫言声名鹊起；随即，1986 年，小说《红高粱》又成功引起文坛的震动；1987 年，莫言担任编剧的电影《红高粱》获得了第 38 届柏林国际电影节金熊奖；2011 年小说《蛙》问鼎中国最高文学奖——第八届"茅盾文学奖"。

2012 年，莫言荣获诺贝尔文学奖，他的创作得益于其丰富的农村生活经验，他的一系列饱含"乡土情怀"的作品，充斥着对中国乡村的复杂情感，他满怀着对乡村的"情"的同时，还有着对乡村的"怨"，这

---

① 刘斌、邱胜编著《诺贝尔文学奖获奖者的故事》，金盾出版社，2017，第 725 页。

让他成为"寻根文学"的代表作家。莫言坦言承认自己的创作也受到拉美魔幻现实主义的影响。2000 年，莫言在美国加州大学伯克利分校发表演讲时说："他（马尔克斯）的约克纳帕塔法县尤其让我明白了，一个作家，不但可以虚构人物，虚构故事，而且可以虚构地理。"① 于是，仿照哈代笔下的"威塞克斯"以及马尔克斯笔下的"马孔多"镇，莫言虚构了一个被称为"高密东北乡"的传奇地域，构建起属于自己的文学王国。莫言通过对"高密东北乡"农村生活状态的描写，向读者传达出他所观察到的人性以及人类在特定状态下的生存状况。莫言总是将"人"放在一个巨大的、沉重的、困难的选择面前，拷问灵魂的高度，将复杂的人性放在一个大的时空中进行审视，那些与日常生活息息相关的吃、喝、玩、劳作、生殖、性爱、死亡等都是他对深藏于灵魂背后的人性的拷问，从而将作品推向了"追问现代人的存在困境"这一哲学高度。

例如小说《白狗秋千架》，采用回溯法，讲述了十年前出走的读书人井河，重回家乡遇到旧日恋人的故事，体现了怀乡与怨乡的双重情结。《白狗秋千架》改编为电影《暖》，讲述了叙述者"我"——井河和女主人公"暖"分别十年后的重逢。故事中充满了人生的痛苦与荒诞、人物的选择与反抗。小说《白狗秋千架》弥漫着一种伤感、悲凉的氛围，用强烈的民间叙事话语再现了农村生活的悲苦和可悯，并以近乎残酷的笔调展现了女主人公"暖"人生历程的起伏转折。"我"在故乡的河边，用未婚妻送的手绢擦脸时，看见有着一双黑爪子的白毛狗在颓败的石桥上走过来。这样的开篇将不堪的"过去与现在"连接起来。过去的见证者"黑爪子的白毛狗"与现在的已有"未婚妻"的"我"不期而遇。"我"回乡成为故事的开端，通过追忆，将"我"和"暖"过去发生的事情展现在读者面前。"我"满怀忧伤与忏悔地回忆起不堪回首的往事。"一晃就是十年，距离不短也不长"，原本不愿回来、也不愿记起，但总是难敌内心的不安。不安，终是牵挂与不舍以及对命运真相的追问。"狗卷起尾巴，抬起脸，冷冷地瞅我一眼"，"从路边的高粱地里，领出一个背着大捆高粱叶子的人来"。"我"和她相遇了，是命运的安排，抑或是

① 莫言：《福克纳大叔，你好吗》，豆瓣网资讯，2020 年 9 月 25 日，https：//www.douban. com/note/778936658。

狗的引领。已做了大学教师的城里人井河，因难抹内心的牵挂而还乡，偶然再遇到不敢再见又难以忘怀的女主人公——暖。小说中的"我"既用追忆性的视角对过去进行回忆，又用现在性的视角来陈述现在的故事。"十几年前，她婷婷如一枝花，双目皎皎如星"，如今却是一个贫穷邋遢的村妇。这种转变似乎都发生在"偶然"的命运之手中，令人感叹世界的荒诞与冰冷。十年前，能歌善舞青春姣好的暖，曾经历过两次爱情的期盼与无果的等待。一次是吻了她的额头对她承诺秋季来招兵的蔡队长，但是漫长的期待令人绝望；再一次是"我"邀请暖荡秋千，秋千绳意外崩断，一根刺槐针扎瞎了暖的右眼，"我"逃离了农村，而瞎了右眼的暖被迫嫁给邻村的一个哑巴。更为残酷的命运是暖一胎生了三个孩子，三个都是哑巴。婚姻不幸加之艰辛的农村生活的磨砺，使暖变为在高粱地里挥汗成雨，泼辣、衰败又让人同情的农妇。"我"逃离农村，也离开瞎了右眼的暖，做了大学的教师，但还是怀着愧疚牵挂着暖。在返乡后的"我"的眼中，这个依旧破败凋敝、黯淡凄苦的乡村，熟悉又陌生。"我"的一条牛仔裤，引发了乡人的指指点点，似在提醒着"我"，"我"的精神世界很难被乡人接纳。身在思念的故乡，却发现自己也许再也无法真正融入故乡了。主人公对旧日乡村的疏离、惶恐和不确定感，流露出现代人所感受到的人与外在环境的紧张和对抗，而内心又承受着道德与欲望的种种折磨。看到暖今天的不幸，"我"自责青春年少时的鲁莽与软弱。"都怨我，那年，要不是我拉你去打秋千……"[1] 井河是暖的爱慕者，是他拉着暖去荡秋千而导致暖右眼被刺瞎的，然后他又离开了暖，使暖陷入更为尴尬的境遇。

　　小说《白狗秋千架》的伊始，"我"通过第一人称介入故事，从"我"的视角陈述自己所亲身经历的事情。但是"我"在文本中的作用更多是故事的讲述者、见证者，甚至是作者意识中的被评判者。作者莫言对高密东北乡纯种的狗越来越少的感慨，就是在隐喻"我"当年导致暖右眼刺瞎而选择逃避，是个不敢承担责任的人，还不如那只"黑爪子的白毛狗"来得忠诚与坚守。人生选择了就要承担责任，如果选择逃避，就又要承担逃避的责任，因此"我"怀着愧疚再次回到阔别十年的故

---

①　莫言：《白狗秋千架》，浙江文艺出版社，2017，第219页。

乡，又再次遇到暖，不得不面对暖今天的悲苦生活而陷入深深地自责。女主人公"暖"人生也曾面临种种选择。她曾选择相信吻了她的额头对她承诺秋季来招兵的蔡队长，但是漫长的期待令人绝望；她曾选择和井河去荡秋千，结果秋千绳意外崩断，一根刺槐针扎瞎了她的右眼；她曾选择嫁给粗野的哑巴，结果一胎生了三个哑巴。无论暖主动选择还是被动选择，暖的命运似乎都被套上了魔咒，总有一个意外的偶然，让她的命运不可遏制地滑向低谷。世界是自在的存在，人是自为的存在。人面对冷漠残酷的现实世界和荒谬的生存环境，不会听任其摆布，必然会发挥人的主观意志，通过行动来介入和干预生活，改变世界，并一定会承担自我选择的一切结果。质朴的暖对于自己选择的后果没有躲闪没有抱怨，而是迎头坦然去接受荒诞残忍的命运，并以无惧的坦然反抗着荒诞的命运，就如同西方神话中不肯向死神和命运低头而被罚背石上山的西西弗。

女主人公暖曾经是村里村外众多男子的梦中情人，成了"瞎眼"后只能嫁给凶悍粗鄙的哑巴。昔日光彩照人、能歌善舞，可以有众多人生选择和美好前途的青春玉女，如今却是三个哑巴孩子的母亲。但经历人生命运种种捉弄的暖是勇敢的、坚强的，她没有向命运低头，在认命的同时还在与命运抗争。结尾处，白狗把井河引到了高粱地，暖提出："我要个会说话的孩子……你答应了就是救了我了，你不答应就是害死我了。有一千条理由，有一万个借口，你都不要对我说。"① 可见生一个会说话的孩子成了她唯一的精神出路，也是她对自己可悲命运的再次反抗。到此，小说戛然而止。小说震撼人心的力量也来自结尾处暖的"求种"行动，这一举动无论成功与否，都充分展现了高密东北乡女性不肯向残酷命运低头的强悍的原始生命力。但这个回到过去补偿现在的要求，却将人生的矛盾推向了极致。"我"曾经深爱过暖，但是现在的"我"是否可以满足她唯一的要求？"我"是否要毁灭她对未来的唯一希冀？而无论"我"怎样选择是否都意味着伤害？命运的难题再次令井河这个返乡者陷入在乡愁回忆与残酷现实中进退两难的尴尬境遇。小说体现了莫言对 20 世纪 80 年代中国乡村的观察与思考，既有对乡愁的赞美，也有对

---

①　莫言：《白狗秋千架》，浙江文艺出版社，2017，第 220 页。

残酷现实的挖掘和批判。

　　莫言所著的长篇小说《蛙》是其获得诺贝尔文学奖的重要作品之一。这部小说的内容是新中国成立 60 年间农村的生育历史，以名为"万心"的乡村女医生的视角，讲述了她在农村从事妇产工作 50 余年的经历，从侧面反映了中国"计划生育"政策的深刻变化和影响，从历史发展的变迁和对现实的深度思考中体现出对生命的理性思考。万心的父亲曾是一名非常有名气的医生，服务于八路军。万心走上从医道路后推行了新的接生方法，成功在乡村接生了许多婴儿，迅速取代了当时乡村接生的主力"老婆娘"们。伴随着计划生育政策的颁布，万心一边行医、收徒，一边带领着徒弟们在乡村认真落实计划生育政策。故事中的女主人公万心是矛盾的，虽然她接生的婴儿数量占了高密东北乡出生婴儿的大部分，但在万心手下未曾出生的婴儿数量也十分多。小说剖析了以叙述人"蝌蚪"为代表的知识分子卑微、尴尬、纠结、矛盾的精神世界。"《蛙》就是对人类生命的叩问，是对人性的思考，对人类灵魂深处的捕捉和坦诚，从小说中人物名字的设定、跌宕的故事情节到作品的名称，这部小说是在向生命致敬。《蛙》的最终意义在于：观照生命、歌赞生命、敬畏生命。"①

（二）《红高粱家族》：民间叙事与战争叙事策略

　　1987 年，莫言发表《红高粱家族》，充分体现了由"启蒙历史主义"到"新历史主义"的过渡。《红高粱家族》作为新历史主义叙事小说的开端，被评价为"是一部强悍的民风与凛然的民族正气的混声合唱"。冯牧文学奖评价莫言说："他用灵性激活历史，重写战争，张扬生命伟力，弘扬民族精神，影响了一批同他一样没有战争经历的青年军旅小说家，促使当代战争小说焕发出全新的面貌，充分展现了新历史主义叙事的诸多特色。"

1. 民间性历史叙事策略

　　莫言将民间流传的故事与社会历史融进小说的背景中，充满着魔幻现实主义的色彩。"最美丽最丑陋、最超脱最世俗、最圣洁最龌龊、最英

---

① 　卓雅：《诺贝尔文学奖得主眼中的人生》，中国财富出版社，2014，第 218 页。

雄好汉最王八蛋、最能喝酒最能爱的地方。"① 这就是高密东北乡。高密东北乡的土匪种子绵延不绝，官府制造了土匪，贫困制造了土匪，通奸情杀制造了土匪，土匪制造了土匪。乡土文学"红高粱"通过"我"的叙述，描写了抗日战争期间，"我"的爷爷奶奶在"高密东北乡"轰轰烈烈、英勇悲壮的人生故事。莫言在"红高粱"中表现出属于自身的独特飞扬的语言张力，他不仅借用传统文学诸如唐诗、宋词、元曲等增添小说的整体韵味，而且凭借农村生活的主题赋予小说独特的语言环境，将"高密东北乡"特有的方言灌注在小说中。有时既典雅又诗意盎然，如"湾子里水平如镜，映出半天星斗"；有时又粗俗得惊世骇俗，如"治男人阳痿不举，哪怕你蔫如抽丝的蛋"。作者选用了最朴实的民间语言，朗朗上口的大白话，拉近了文本与读者的距离，让读者感觉到真实，使小说充满活力，形成独特的美感。这种普通话与方言结合的语言包括各种各样的俚语、咒语、顺口溜、民间歌谣、俗话、野话、脏话等，相互嵌入、混杂，消除了卑俗与崇高的审美界限。如"红高粱"中，"我"的父亲在打伏击战的路上，想到了曾经和罗汉大爷抓螃蟹、吃螃蟹的趣事，那些描写天气、螃蟹和心情的通俗歌谣，以及戴凤莲为了留住罗汉大爷说的话，虽然充满道理却十分通俗，朗朗上口。这些浅俗易懂的方言俚语充满了民间乡村生活气息。"他的语言在地域的、文化的和个人习惯使然的综合作用下，不仅充满了民间泥土的气息，给人一种毛茸茸的鲜活感"②，还有一泻千里的气势，如"红高粱"中"我奶奶"临死前对这一生的总结："天赐我情人，天赐我儿子，天赐我财富，天赐我三十年红高粱般充实的生活……天，什么叫贞节？什么叫正道？什么是善良？什么是邪恶？你一直没有告诉过我，我只有按着我自己的想法去办，我爱幸福，我爱力量，我爱美，我的身体是我的，我为自己做主，我不怕罪，不怕罚，我不怕进你的十八层地狱。"③ 莫言之所以可以灵活地运用这些很有山东快板风味的语言，主要源于齐鲁大地的传统文化对他的深厚影响。

　　莫言充分运用中国传统野史的写作手法，在小说中穿插了荒诞离奇

---

① 莫言：《红高粱家族》，作家出版社，2013，第4页。
② 陈侠：《莫言的文学观念研究》，硕士学位论文，西南大学，2016，第18页。
③ 莫言：《红高粱家族》，作家出版社，2013，第65页。

的民间故事，使叙述寓言化。莫言的创作灵感来源于山东农村的东夷文
化中包含大量精、怪、鬼、神的民间故事、传说、演义等，这些民间文
学成为莫言作品中魔幻色彩的重要来源，创造着传奇生动的人物形象，
还原了原始的生存真实，展现了原生态的生命力。如"红高粱"里那象
征着蓬勃爱情和旺盛欲望的高粱地；"奇死"中，"二奶奶"死后离奇的
事件；"狗道"中，千人共坟、人狗大战等不可思议的场面。莫言放弃
模仿生活的单纯的写实，而走上传奇野史之路，形成民间的风俗叙事。
莫言努力从齐鲁文化、《聊斋志异》《封神演义》、元杂剧，从民间故事、
民间艺术（包括高密扑灰年画、高密泥塑、高密剪纸和茂腔等）等传统
和民间文化资源中汲取营养。如"红高粱"中描写"我奶奶"戴凤莲，
土生土长的农民，不到6岁就开始缠脚，"我的外曾祖母"用一丈余长的
布勒断了她的脚骨，缠就一双三寸金莲，戴凤莲出嫁时轿夫要闹花轿，
过门三天要回娘家等；"高粱酒"中，作者着重介绍了单家高粱酒的制
作过程，离不开好水好高粱，更离不开"我爷爷"那泡尿；"我父亲"
与罗汉大叔抓螃蟹的故事；"我奶奶"与"二奶奶"争宠的趣事；等等。
文本中处处体现烟火气，一切都围绕柴米油盐进行着，充满着传奇色彩
却不失真实。文中还着重介绍了剪纸艺术。"我奶奶"运用着手里的剪
刀，仿佛拿着神笔，利用自己脑海中的奇思妙想，剪出一个个生动鲜活
的图案来。这些都是在生活中平淡无奇的小事，但当作者将平淡融入传
奇中就增加了文本的趣味性，吸引着读者去体味高密东北乡的风俗人情。
《红高粱家族》不是还原民间的本来面貌，而是创造民间的传奇，讲述
着位于高密东北乡这一神奇地域里富有传奇色彩的抗日故事。

　　2. 多元性战争叙事策略

　　《红高粱家族》中涉及诸多战争描写，这些战争多是由土匪和村民
自发发起的民间战争。他们的队伍并非训练有素，而是连聋带哑的乌合
之众；作战工具也是奇形怪状，有打鸟的枪、打野猪的炮，还有用于唱
歌的喇叭、铁耙，这些却也能摆出连环阵挡住鬼子。这个铁耙连环阵的
计谋竟是丝毫不懂打仗的戴凤莲提出来的。作战过程也是千奇百怪，擦
枪走火，埋伏时鼾声如雷，本是一场伏击战最后变成遭遇战。游击队
"连聋带哑连瘸带拐不过40人，摆在大路上，30多人缩成一团，像一条
冻僵了的蛇"，却在一场伏击中消灭了包括一名少将在内的40多个鬼子

官兵。不太会打枪的"我"意外打死了日军少将中岗弥高。正是这些描写极大降低了历史战争的正统性，提高了战争叙述的滑稽与荒诞，这就属于民间叙事。如今审视莫言《红高粱家族》时会发现，其战争叙事冲破了以往写抗日战争的旧套路，塑造了复杂多元性的英雄。以往抗日传奇故事中的英雄人物会去掉农民身份，以其坚定而崇高的红色信仰，成为超越现实的神一样的存在。《红高粱家族》中的人物却不是红色政治的风云人物，他们从神坛走向平民英雄、草莽好汉。余占鳌幼年丧父，因母亲与人私通，他便一刀斩杀奸夫，逃出来后做了一名轿夫，与"我"的奶奶相爱，为她杀了单家父子，随后又用枪崩了土匪头子，还绑架了曹梦九的儿子，更是为了给"我奶奶"下葬，强抢了他人上好的棺材。以上都是余占鳌的土匪行径。然而这个土匪，在民族危亡之际，也能挺身而出，虽不是出于正义，却将正义进行到底。谁为土匪？或为英雄？谁亦非土匪？或亦非英雄？英雄就是能打得过敌人、打得跑侵略者的人。余占鳌英勇歼敌，不怕死。"我奶奶"戴凤莲出身一个普通的农民家庭，却聪明能干、伶牙俐齿。后来由于父母爱钱，把她许配给一个麻风病人。"我奶奶"具有天生的英雄气质，但同时她也有不守妇道的一面。在莫言笔下，英雄无法用善恶美丑来评价。无论余占鳌、戴凤莲，还是冷麻子、江小脚、任副官，他们都不再是可以上天入地、无所不能的人物，而是并不完美、触手可及的普通人。

《红高粱家族》不把战争过程作为叙事的重点，仅仅适当地运用一定的战争环境与战争背景，叙事的重心在于运用民间话语讲述民间故事，演绎民间传奇，传达渴望和平的心愿。莫言以独特的感官描写，展示暴力带给人生理和心理上的感受，这样就使得战争的过程看起来充满戏剧性和暴力美学。"红高粱"成为原始暴力的词典，收录了"通奸（野合）、纵酒、砍头、剥皮"等无法被现代文明接受的暴力语汇，彰显了"民族的原始生命力"的存在。"酒国"里的红烧婴儿、"筑路"中的剥狗皮、"食草家族"里的剥猫皮、"灵药"中对死人开膛取胆、"白棉花"里清花机搅碎人等对惨烈血腥场面细致的描写，完全背离了日常美感。又如"二奶奶"已有身孕三个月，却惨遭6个日本兵的残害，她的女儿也没能幸免；还有罗汉大爷被活剥的场面更是让读者毛骨悚然；"我母亲"在枯井下面对弟弟死亡的无助与绝望；等等。作者如此运笔的目的是力图还原历史真实，描写战争的残酷和战争必然给人造成伤害。战争毁灭人们的良知，使人变得冷漠无情。如"我爷爷"在经历全村大屠杀，亲人惨死之后变得无比残忍。他命令割下战俘的生殖器官，刀劈无助可怜、苦苦哀求的日本兵。莫言借"我"这个儿童的视角来观看这些冷酷和残忍的历史画面，表现战争无情地摧毁了人们的身体，消灭着人的精神。莫言不仅要写出战争的残忍，也要传达出人民对和平与安宁的渴望，如"我奶奶"去世时的细节描写，"我奶奶"被白鸽带走"飘然而起"。白鸽在文学作品中一直被认为代表着和平与希望，"我奶奶"与白鸽的远去象征着人们对和平安宁的渴望，对战争的反感与无奈。

莫言突破"现实主义"困境，采用寓言体创造民间传奇，利用民间话语对历史进行全新的诠释，努力呈现出历史或残酷或美好的真相。高密东北乡是几股力量不断较量的场域，是一个杀人越货、争权夺利之处。在作者笔下，余占鳌是英雄与坏蛋、勇猛与凶残、智慧与无知的结合体。抗击日本人时，他孤军伏击日本兵，血战到底；虽然外在表现上专横跋扈，但内在性格又十分善良，乐于助人。余占鳌身上既有富有血性的英雄气概，也充满了土匪的野蛮气质。如"高粱殡"中为了给"我奶奶"风光大葬，他抢夺了百岁老人的棺材；他生擒日本兵，又残忍地割下日本兵的生殖器；等等。"我奶奶"戴凤莲亦是女侠与女匪的结合体。莫言热情歌颂了"我奶奶"的聪慧美丽，初掌单家家业，使单家高粱酒走上巅峰，还在抗战中发明铁耙连环阵挡住鬼子不能前进。作者还着重描写了她临死前的场面，一切祥和安静，"我奶奶"完成了她的使命，化作一只白鸽，走向快乐、温暖。这充分说明，在作者心中，"我奶奶"是值得歌颂的形象，她是女中魁首。然而，这样的人物也会与人通奸，其生命个体的情感冲动与爱恨欲望，彻底冲破了红色经典中的英雄形象。莫言笔下的人物多具有多重性格，充分展现了农民意识的复杂性与生命的多样性。他们以自身的本体欲望与冲动反抗传统观念、道德与思想，还原生命本真。莫言用民间的方式塑造了多元共生的英雄人物，还原了特殊时代的历史真实，传达着渴望和平、枪响之后再无赢家的观点。《红高粱家族》跨越阶级，用人文主义的眼光和情怀来关注历史潮流中的人的生命，标志着现代作家开始冲破过去历史叙述的桎梏，独立认识历史，正视历史，思考历史，关注人的生命体验与复杂性。

3. 多维性时空叙事策略

莫言说："我不愿意四平八稳地讲一个故事，当然也不愿意搞过分前卫的、让人摸不着头脑的东西，我希望能够找到巧妙的、自然的、精致的结构。"① 他的作品之所以成为经典，不仅源于其深厚的思想内容，也源于他具有开创意义的叙述策略。莫言在借鉴马尔克斯、福克纳的基础上，总结中国传统叙述方法，开创了叙述方法的新气象。《红高粱家族》是长篇历史小说，必然要讲述故事，也必然存在故事发生过程的事实事件。但《红高粱家族》文本中的叙述时空是多维度的、错乱的，叙述时间不再等于事实时间，人物的成长史和历史的进程并非同步存在，时间置身于空间之中，在彼此交融之中达成一致。《红高粱家族》由五部分组成，五个中篇时间的联系被完全打乱，"我父亲"这个已经存在于过去时空中的叙述人，对更早时空中的"我爷爷""我奶奶"进行讲述，而"我"又时时对其进行评价和抒情，形成了现在与过去的对话。不同时空维度中的人物犹如河流两岸的人，反复进行着攀谈与交流。这种叙事时空让文本内容十分丰满、独立和开放。《红高粱家族》中贯穿始终的主线之一就是"我爷爷"所经历的一生，在此基础上分散出不同的侧线，串联起小说中其他人物的经历，运用不同的叙事手法如倒叙、插叙等，将完整的故事情节打碎重组，将原本清晰的时间顺序隐藏在作家的叙述时间之中。文本中的五节是相互独立的，但总体中包含了一个时间链条，即事情发生的真实时间，但章节的排序是依据作品发表时间的先后排序的，如"红高粱"—"高粱酒"—"狗道"—"高粱殡"—"奇死"，事件时间是"高粱酒"—"奇死"—"红高粱"—"高粱殡"—"狗道"，叙事时间切分了事件发生的真实时间，形成断面时间，以实现陌生化目的。如在"高粱殡"中开始讲述戴凤莲送余占鳌与豆官去胶东伏击日军后，又开始写与此情节毫无关系的高粱地以及文中"我"的生活回忆；后转入队伍行进；插入王文义的故事；之后继续叙述余占鳌队伍行进；然后再插入父亲抓螃蟹。莫言就是这样反复地运用倒叙、插叙、补叙等手法形成时空的多维，实现叙述时间与事实时间的结合，使文本空前丰富，以达到陌生化效果，同时避免了读者在长篇阅

① 管遵华：《跟莫言学写作》，机械工业出版社，2013，第136页。

读后产生的厌倦。莫言《红高粱家族》所运用的这种时空叙述的方法突破了中国传统小说的叙述模式，独特新颖，具有十分重要的突破性意义，而这种多维性时空叙事的巧妙之处还在于莫言对叙事视角的独特驾驭。

叙事视角是一部作品，或一个文本，看世界的特殊眼光和角度，也是"一个叙事谋略的枢纽"①。视角的存在直接确定了小说叙述的前提并且决定了作家叙述故事所能达到的深度和广度，为小说的叙事划定了一个无法突破的范围。所以叙事视角的选择就成为作家在构思小说创作的过程中需要仔细斟酌的一环。《红高粱家族》中所采用的是全知视角与限知视角相结合的叙事角度，为了增加读者的阅读兴趣，莫言在全知视角外选择了限知视角遮蔽了读者对故事发展的猜测。正是因为叙述视角的限制增加了人物间的冲突、情节开展的多种可能，引发阅读的悬念，而不单纯为了平铺直叙地将故事情节传达给读者。莫言在叙事过程中，一方面重视叙述视角的全知性，"我"在故事开篇便讲述包括爷爷奶奶、父母的过去经历，直接告知读者，"我"对所讲述故事结局早已知晓，"一九三九年古历八月初九，我父亲这个土匪种十四岁多一点。他跟着后来名满天下的传奇英雄余占鳌司令的队伍去胶平公路伏击敌人的汽车队"②。叙述者在这句话中就体现出对故事发展的全知性，已经清楚八月十五日日军在村子里大肆屠杀的故事发展。但叙述者并未将知晓的一切和盘托出，在散落的叙述中还带着欲说还休的讲述，讲述在 1923 年到 1939 年之间故事的同时，也为后续 1941 年（这一年有"我爷爷"与江小脚、冷支队、曹梦九之间的四角矛盾）的故事发展留下了许多线索，暗示着《红高粱家族》的早期历史与 1941 年之后的民族社会史有密切的关系。正是因此，莫言才能有创造这个家族传奇的机会，同时创造了呈现作者的机会。此外，由于莫言对自己根深蒂固的童年生活的记忆，在文本中，还采用了儿童视角。儿童总是作为局外人以纯真和好奇的目光不动声色地观察着世界，并留刻下难以磨灭的生活烙印。儿童视角既可以追忆往事，形成独白抒情基调，也可以作为身临其境的体验者，形成叙事对话基调。在这两个向度中，一个像汹涌澎湃的激流，一个像暗流

① 杨义：《中国叙事学》，人民出版社，1997，第 156 页。
② 莫言：《红高粱家族》，作家出版社，2013，第 3 页。

涌动的潜流，相互撞击，使作品充满跳跃感、动态美。而且儿童视角可以保持与社会现实的疏离，以儿童独特的睿智反衬成人，颠覆世界法则。这就是作者在文本视角上呈现的独创性与特色。这种独特性还与文本所选用的独特的叙事人称有着密切关系。文本中，一个由"我爷爷，我奶奶，我父亲，我母亲"组成的叙述人称系列，形成叙述与故事之间的分裂与张力。"我"这一叙述者作为人物们后代，讲述着已逝先辈们的生活。从文本的开头已然了解，这是一个现代人在讲述过去的世界，在叙述的此时此刻与故事中的彼时彼刻之间存在漫长的距离。如何合理地弥补这个距离空洞是作者要解决的问题，对第一人称的利用是作者想到的巧妙解决问题的方法。与其他讲述父辈故事的小说不同，"爷爷，奶奶，父亲"与"我"这三代的血缘关系使得每个人物在特定的刻度中占据一席之地。即使没有"一九三九古历八月初九，我父亲满十四岁"等明确的时间标志，这些时间及世代的差异也抹之不去。《红高粱家族》就像是一段时间旅程，但这个历程没有展现出清晰的时间标记，曾经的历史与正在进行的当下以及迎面而来的未来纠缠不清。1939 年的过去事件变成了正在进行的现在时，从戴凤莲送豆官与余占鳌参加抗击日军队伍的离别的场面又一下子转到了数年后豆官长久睡去的青石，那曾经的历史再次以未来的面貌呈现在读者面前。叙述人在曾经、当下与未来中反复变换，他可以肆意地在"我奶奶"弥留之际引入十六岁与余占鳌的初次相遇，在与"我父亲"的行进路上，想起曾经与罗汉大爷抓螃蟹的情景，各种时空叙事互相交织。莫言利用独特的人称设定弥补了叙事时间上的断续，不断地干预故事的讲述，形成在生与死之间、现在与过去之间的巨大张力。

十七　石黑一雄与《浮世画家》

（一）石黑一雄

石黑一雄（Kazuo Ishiguro，1954-）是英籍日裔作家，与拉什迪、奈保尔三人并称为"英国文坛移民三雄"。他以"国际主义作家"自称，曾被英国皇室授勋为文学骑士，并荣获法国艺术文学骑士勋章。诺贝尔文学奖颁奖委员会对石黑一雄的评价是："石黑一雄的小说富有激情的力量，在我们与世界连为一体的幻觉下，他展现了一道深渊。"① 石黑一雄虽不高产，但每一部作品都在国际文坛引发了巨大影响。村上春树评价石黑一雄是有趣、有质感的灵魂。他作品中的地点可以在任何地方，人可以是任何人，时间也可以是任何时间。也就是说，石黑一雄的作品里看不到地域的标签，留下的只有恒久不变、人性至深至弱的共同点。

1954 年，石黑一雄出生于日本长崎，6 岁时，父亲申请到英国国家海洋学研究所的工作，他随父母迁往英国，定居在萨里郡的吉尔福德小镇。石黑一雄的父母并不信仰宗教，但为了家人能够融入当地社会环境，他们每周末都会去参加教堂活动，还经常在家里谈论对英国社会的观察。1973 年，高中毕业之后，石黑一雄没有立刻去读大学，而是留起长发、蓄起胡须，背着吉他，独自穿越美国去旅行。他搭便车观览纽约，混迹在人迹罕至的地方，或者和无业游民见识着人间百态。石黑一雄曾梦想着成为优秀的摇滚歌手，但寄给唱片公司的作品全都杳无音信，于是他拿起笔来进行小说创作，所以他常常觉得写歌词的这段经历是他写作前的一种练习。石黑一雄的每部作品都像是一首长版本的歌曲，营造出微妙的情景，里面充满了时间、回忆和某种情绪。2009 年，石黑一雄出版了短篇小说集《小夜曲：音乐与黄昏五故事集》，五个故事都以音乐勾

---

① 温新红：《石黑一雄其人其书》，科学网新闻，2017 年 10 月 20 日，https://news.sciencenet.cn/htmlnews/2017/10/391530.shtm。

连，成为关于音乐的记忆。故事中的"我"是波兰人的后裔，一个名声不大的乐手，偶遇了一名过气的美国大歌星。"我"母亲非常喜欢他的歌声，因为在母亲最困难的时候，歌星的歌声一直陪伴着她。此时，歌星带着妻子回到相识、结婚的纪念地——威尼斯。这看上去非常甜蜜浪漫，但他带妻子到这里的目的是离婚。因为美国明星试图东山再起，一般会选择第二次婚姻、第三次婚姻，他们借与更年轻的女性结婚，来重新唤起粉丝们的关注热度，开启新的表演生涯。威尼斯的小河边，"我"与这个歌星搭讪。歌星说："我要做一件非常浪漫的事。我要给她唱小夜曲。地地道道威尼斯式的。这就需要你的帮助。你弹吉他，我唱歌。我们租条刚朵拉，划到她的窗户下，我在底下唱给她听。……我会给你优厚的报酬。"① 于是，"我"弹着吉他，他唱着一首首充满漂泊和离别的歌。男歌星的嗓音里"略带疲倦，甚至是丝丝的犹豫，仿佛他并非是一个惯于如此敞开心扉的人"②。此时此刻，一个美国人要离开他的情人，又不停地想念着他的情人。一个原本是为了离婚而设置的场景，反倒好像是在求婚，但这个歌星就是要离婚，然后再结婚，借与更年轻的女人的婚姻东山再起。"我"在描述这个场景的时候，不断想起母亲的情况，来应和歌星与妻子要离婚的这个场景，就像一个声音在讲述两个不同的人的故事，不同的人沉浸在各自的回忆当中。这两种回忆、两种生活不断地对比、交相呼应，构成一个令人哀伤、复杂的故事。告别的时候，他给了"我"很多钱。"我"说，你不用给那么多钱。当时歌星内心活动一定很复杂，但他走的时候只是说了一句"哦"。这个歌星为了重振他的事业，必须离婚再娶一个更年轻漂亮的太太。那么，这个太太离婚以后的路怎么走呢？这个太太也是要重新出发的。这个太太昔日千方百计、处心积虑嫁给这个歌星时，因为出身低微，只能凭借年轻漂亮，花了五年的时间才等到了他，两人相处日久，也有了真情。现在歌星丈夫要重新出发，那么妻子又将如何再出发呢？或许整容成更年轻漂亮的人，猎捕更有名声的另一个？叙述者"我"是一个爵士乐手，经纪人认为

① 〔英〕石黑一雄：《小夜曲：音乐与黄昏五故事集》，张晓意译，上海译文出版社，2011，第11页。

② 〔英〕石黑一雄：《小夜曲：音乐与黄昏五故事集》，张晓意译，上海译文出版社，2011，第30页。

"我"很有天分，但是"我"长得太丑了，妨碍了"我"成名。最后"我"与那位离婚的太太都被安排住到一个豪华酒店里面，找的竟然是同一个整容医生。故事结尾这样的安排设计，真是意味深长，充满了荒诞感。

石黑一雄6岁离开日本，再次回到日本时已经34岁了，虽离开家乡28年，但他似乎一直在记忆中追寻着自己对日本故乡的回忆，因此他的处女作《远山淡影》就描绘了他记忆和想象中的日本。《远山淡影》给读者提出关于记忆的追问：人的记忆会有欺骗性吗？人会被自己的记忆欺骗吗？日本经历了美国原子弹的轰炸后，有很多人怀着对往日痛苦不堪的记忆移居西方。小说《远山淡影》就以回忆的方式去感受日本长崎遭受的灾难以及战后的恢复。书中的记忆不是直接呈现的，而是经过了主人公记忆的改编和加密，随着故事的进展，记忆密码渐渐展开。诺贝尔文学奖的评审委员会曾评价说，石黑一雄作品的主题常常是关于"记忆、时间和自我欺骗"的"创作密码"，这在《远山淡影》中得到了清晰而深刻的体现。

日本寡妇悦子很多年前移居到英国，她的大女儿景子随她移居英国后自杀了。小女儿妮基是悦子与英国丈夫的女儿，住在另一个城市。这一天，妮基来看望悦子，悦子向妮基满怀愧疚地回忆、讲述了20世纪50年代她在日本长崎的生活。当年景子对继父和异国的新生活都十分抵触，悦子却忽视了景子的意愿，强行带她移居英国。景子因无法融入英国新环境，抗拒未来、沉湎过去，一直郁郁寡欢，最终选择了自杀。悦子无法面对自己间接害死女儿景子的事实，篡改了自己的记忆，把自己与景子的故事小心翼翼地隐藏到另一对母女故事的背后。当一个人无法承受自己所犯下的过错，当人们觉得自己的经历太过痛苦不堪的时候，他们往往需要篡改自己的记忆来抚慰内心，甚至是以别人的故事为开头，才能梳理出自己的过往。只是越接近自己的内心深处，这种虚构与真实的界限会变得越模糊。弗洛伊德所说的"转移"和"象征"的心理防护机制被精巧地用到了悦子的回忆当中。悦子对于自己回忆的追溯，便是对自己过往的逃避。比如，在佐知子和万里子的故事中，反复出现的那个淹死婴儿的女人，那也许并不是真实的回忆，而是一种意象和象征。悦子内心深处承认，自己是间接导致女儿自杀的凶手。然而，她无法面对这一真相，无法承受这一事实带来的愧疚心理。于是，虚拟出了一个在战争中溺婴的女人，来解释女儿的自我伤害和自杀倾向。这本书里的三位女性以及土生土长扎根于英国的新一代移民的生存状态，带有石黑一雄个人对于移民生活的体验。太多的体验藏在字里行间，如同密码一般，等待着读者去探索。人们在打开他人回忆的同时，也在审视自己。

诺贝尔文学奖颁奖委员会对石黑一雄的评价是："石黑一雄的小说富有激情的力量，在我们与世界连为一体的幻觉下，他展现了一道深渊。"那么，石黑一雄是如何划下这道深渊的呢？英语中，表示"怀旧"的单词 nostalgia 在汉语中有两种译法：一种是"怀旧"，一种是"乡愁"。前者指向时间，后者指向空间。在《远山淡影》中，这两个维度是并存的。中译本将书名 A Pale View of Hills 翻译成了"远山淡影"，这里的"远"字既是指日本的稻佐山与英国相距甚远，又是指悦子的记忆已经随着时间的推移而变得支离破碎。石黑一雄用这本小说，塑造了一个从未出场的历史创伤的受害者——景子。战争摧毁了母亲悦子的生活环境，也摧毁了景子的童年，她不得不跟随母亲移民英国。但童年的经历，却成了历史加在她身上的沉重负担，景子始终无法融入当下的生活，她被别人视为举止怪异的异类，进而被放逐、被忽视。《远山淡影》写于20世纪80年代，距离第二次世界大战结束，其实也不过就三十来年的时间。战争带给人的苦难，在和平的气氛中，似乎已经渐渐隐退了。但小说中，两位母亲，佐知子和悦子都无比期盼着离开创伤记忆的中心——日本，似乎只要离开了就能将苦难和伤痛封存在远方和过去，就能轻装上阵。然而，自杀的景子、不断回访过去的悦子，看似已经完全与故国割断联系，却还是无法在异乡安然入睡。对于历史的受害者来说，当下的生活与充满创伤的过去是无法彻底分割的。那些过往的记忆不仅会以情感、梦魇、潜意识的方式不断地叩访，而且直接形成和塑造着当下。

正如诺贝尔文学奖对于石黑一雄的评价："他的作品总以强烈的情感和细致克制的风格进场，揭示了人们在世界持有的一些图片认识的幻想性，可以将它用于任何事件。"这或许是由于其出生环境、成长经历的特殊性。石黑一雄6岁就离开日本，来到英国，因此他毫无对某个民族的归属感。因为他既不是纯粹的日本人，也不像英国人，这使他的写作往往没有任何标签，没有办法定义这是英国还是日本。作品也无法归类为虚构的故事，或者悬疑心理分析。石黑一雄的多重身份总是令人玩味，但他游离在一切混乱之外，打破所有文化或身份的局限，只是着力书写文字，记录普遍而细腻的人性。这样的作品才能不分时代、不分国界、不分文化地触动每个人。石黑一雄开始写作的时候仅仅是要追寻一种个人的记忆，但渐渐地他想突破一下自己，想要书写一下民族或者种族的记忆。比如在西方文化中，巴尔干半岛的卢旺达种族大屠杀就是欧洲人特别关注的一个话题。但他不想有特别明确的指涉，比如提到中国人就容易联想到中日战争，提到以色列人就容易联想到巴以冲突，提到欧洲人就容易联想到纳粹。几易其稿后，石黑一雄选中了公元五六世纪的一个远古奇幻的题材，亚瑟王圆桌骑士的故事。亚瑟王在去世之前，命令把与他对立的部族尽可能地全部杀死。为防止遗漏的族人日后复仇，大魔法师莫林让一条非常凶狠的母龙吐出迷雾，迷雾笼罩下的人会丧失所有的记忆，这样失去种族仇恨记忆的人们就可以和平地生活在一起。《被掩埋的巨人》讲述一个村庄里大雾弥漫，大家都忘记了过去。在这里有一对非常恩爱的老夫妇，老头子一直叫老太婆公主，两人在寻找儿子的过程中，逐渐有了一些回忆。他们感觉到他们年轻的时候并不是这样完美，好像都做过一些伤害对方的事情。但记忆存留时间总是十分短暂，原因就是山上的巨龙呼出的气息使村民不断地失忆。有些村民就提出要杀死巨龙，来保存住珍贵的记忆，但有些村民认为失去记忆也许并不是坏事，两派人对是否应该屠龙找回记忆发生了激烈的冲突。这里勇士屠龙的故事，承载着一个种族的记忆、复仇。石黑一雄说，他想借这部小说探讨记忆是如何塑造人们的生活的。人过着三重生活，一重是自己讲述给别人听的生活，一重是自己讲述给自己听的生活，一重是自己可能没有意识到的也从未被讲述的生活。"被掩埋的巨人"其实无处不在。这里大故事套着小故事，没有最后的结局，而是一个开放的结局。小说最后如果屠龙成功，记忆恢复，就会掀起又一轮的血腥屠杀。那么，一个民族到底应不应该忘记历史的种族仇恨？仇恨的力量在某种程度上确实可以让一个民族更加强盛，但仇恨也会摧毁和平，这就是《被掩埋的巨人》探讨的充满悖论的话题。

　　石黑一雄与妻子露娜在1986年结婚，育有一个女儿娜奥米，他们居住在伦敦。很多西方评论家依照惯例猜测，石黑一雄英籍日裔的身份应该将视角放在寻找自我认同和两个民族的差异上，因此设法试图从他的小说里找到一些后殖民理论的色彩，但石黑一雄曾说："我是一位希望写作国际化小说的作家。所谓国际化小说是指这样一种作品：它包含了对于世界上各种不同文化背景的人们都具有重要意义的生活景象。"① 纵观石黑一雄的几部小说，内容和题材鲜有重复。从欧洲中世纪到现代英国、从东方到西方、从克隆人的科幻到魔幻帝国的构建，他的每一本小说几乎都在开创一个新的格局，从不框定自己。1997 年 2 月，英国《自然》杂志刊登了克隆羊"多莉"诞生的消息，整个世界为之震动，科学界、文化界围绕要不要培育克隆人的问题，展开了关于伦理的大讨论，这场大讨论启发了作家石黑一雄，让他决定创作一部和克隆人有关的小说。描写克隆人题材的作品有很多，比如大名鼎鼎的电影《银翼杀手 2049》、雨果奖获得者凯特·威廉的小说《迟暮鸟语》，里面的克隆人或是受够了人类的奴役，或是发生了觉醒，他们联合起来反抗人类，希望建立新的秩序。石黑一雄的《别让我走》以克隆人为主角写未来的人类生活，那时的人们为了解决器官移植供需不足的问题，便培育出克隆人，专门负责捐献器官。《别让我走》讲述了校园里一群青春的少男少女突然发现自己是克隆人，未来的命运就是走上手术台，捐赠他们的器官给主人。小说并没有浓墨重彩地描写克隆人和人类的冲突，只是用平淡的故事记录克隆人短暂悲惨的一生。小说分为三个部分，他们在英格兰乡间的寄宿学校——黑尔舍姆学校学习、生活，然后离开学校，寄居在一个名叫"村舍"的地方，接受培训，等待捐献器官，最后在经过四次捐献后，走向生命的终点。这些克隆人没有反抗，顶多用呐喊来表达愤懑，而后就接受了自己的命运，直到死亡。凯茜认识了男主人公汤米。汤米很喜欢画画，他的画总是遭到同学们的嘲笑。大家嘲笑汤米的时候，只有凯茜关心这个不合群的男孩儿，她悄悄地走过去安慰汤米，主动在午餐时和汤米聊天，因此汤米慢慢向凯茜敞开了心扉，两个人成了无话不谈的小伙伴。汤米虽然脾气坏，心思却很敏感。他对凯茜说起自己的困惑："我不明白我们为什么要被严加管教。监护员说，黑尔舍姆的学生将来要成为捐献者，可是究竟什么是捐献？为什么我们必须要捐献？"凯茜的心

---

① 〔英〕石黑一雄：《无可慰藉》，郭国良、李杨译，上海译文出版社，2013，第 608 页。

中也有一连串的疑问："我们知道我们和监护员是不一样的，而且和外面的人也是不一样的。我们也许知道，未来漫长的生活中等待我们的便是捐献，可是我们并不明白捐献到底是什么意思。"有一次，监护员露茜小姐看到汤米抽烟，她说："最好不要抽烟，抽烟会让你们的情况更糟，因为你们是特别的，你们要保持自己的身体内部非常健康。"露茜的话戛然而止。凯茜想，难道她还隐瞒了什么？之后她发现，黑尔舍姆的栅栏是通电的，是为了防止学生逃跑。而那些校园里的恐怖故事，其实也是监护员们散播的，目的是让学生对外面的世界产生恐惧，好安心留在学校里。露茜小姐是一个矛盾的人，她同情克隆人的宿命，但是监护员的身份又不允许她说出克隆人的秘密。

为什么克隆人会如此平静地接受这种悲剧的甚至是不公的命运？其实可以从福柯的《规训与惩罚》中找到答案。这本书中，福柯认为"规训"这个词含有纪律、教育、训练、校正、惩戒等多种含义。规训是权力干预肉体的训练和监视手段，它可以通过长久的规范要求，给被监控者洗脑，使其臣服于管教者给出的观念。《别让我走》中的克隆人就是这样被驯服的。在黑尔舍姆学校，监护员对克隆人的监视精确到秒，告诉克隆人"逃跑没有好下场"。从克隆人手上戴着的电子手环、黑尔舍姆学校流传的恐怖故事到监护员的警告，都让克隆人觉得自己被时刻监控着，一旦逃跑就难逃厄运。更重要的是，克隆人从小生活在一种集体叙事之中。这个集体提倡个人牺牲、绝对服从，让他们意识到自己背负的捐献使命，意识到只有完成这个崇高使命，才能实现生命价值。因此，对克隆人来说，捐献器官是理所当然的事情，"反抗"二字，绝不会出现在他们的字典中。比起对他们身体的奴役，这种观念的驯服更加奏效。所以，哪怕克隆人发现自己被欺骗了，感受到了命运的荒谬，他们也不知道怎么反抗。在他们的生活和命运中，没有反抗这一选项，没有任何人、没有任何渠道，让他们懂得和学会如何反抗。他们只是依据自己的习惯，选择牺牲和顺从。

石黑一雄关注的重点不是反抗，而是如果克隆人具备了自我意识，他们该如何面对自己的宿命，如何处理挥之不去的身份危机。这群克隆人的悲剧命运，以及其所隐喻的现代人的精神困境，感染了众多读者。人类自身，何尝不是在生命的某一个时刻，难免面对被安排的结局，却只能在反抗后选择妥协。正如批评家詹姆斯·伍德所说:"《别让我走》中最有力量也最有讽刺意义的地方,在于它所绘制的,恰恰是正常人类的生活图景。"① 对人类来说,克隆人如同鸡犬牛羊,不过是被用之弃之的工具,一切都是高度理性和极度功利的。正如鸡犬牛羊被人类用作食物,克隆人则被用作器官捐献者,用自己的死亡换来人类的健康。至于克隆人的生命、自由和情感,全然没有人关心。石黑一雄描写这些克隆人的命运悲剧,实际上表达的恰恰是对人类自身命运的关注和恐惧。正如社会学家鲍曼所担忧的,现代社会推崇绝对的理性,导致人与人的交往物质化、功利化,社会以制造最大利益为目的,人本身被工具化,这不仅加剧了社会冷漠,更使得很多人陷入生存困境。正是在这个意义上,台湾学者陈重仁说,《别让我走》的重点不在于如何看待克隆人,而是如何将人看成克隆人,令人反思生命的意义。《别让我走》展现出石黑一雄的人道主义关怀,而深藏在文本中的人文精神,正是打动诺贝尔文学奖评委的关键。2018 年,在诺贝尔文学奖获奖演说中,石黑一雄说:"身处价值日益分裂的时期,文学要拓宽自己的边界,关心人类的境遇。要让整个世界变好是难事,但是至少我们应该考虑一下,如何在'文学'的小角落做好准备,如何搜寻和挖掘不同的声音,如何在社会的挣扎和争论中,提供一些情感的温度。"② 正是这种写作初衷和情怀,让《别让我走》在绝望的外表之下,呈现出善意和温情的底色。

Remains of the day 有人译成《长日留痕》,传递出一股挽歌的情绪。小说中的管家有个理想,就是希望自己能够成为完美的伟大管家,为此他甚至可以置弥留之际的父亲于不顾。为了达到这一伟大的目标,他具有极致的自律精神,甚至关闭了唯一可能走向爱情的门。女管家肯顿小姐与他之间原本有一种真诚的相互吸引,但是他绝对不容许这种温柔的情感妨碍他成为一个自律的伟大管家。一次,女管家肯顿小姐闯进他的房间,发现他在读一本爱情小说,就随口问:"你在看什么书?"他不想让别人知道他在看爱情小说,就为自己辩护,我看这个书,可不是为了什么爱情,而是为了训练语言。此时,读者可以明确地感知,他已经被

---

① 〔英〕詹姆斯·伍德:《私货》,冯晓初译,河南大学出版社,2017,第 41 页。

② 〔英〕石黑一雄:《石黑一雄诺贝尔奖获奖演说》,宋金译,上海译文出版社,2018,第 44 页。

自己的伟大理想给异化了，异化为一个完全丧失人类正常情感的人。故事的表层没有多少爱情，但仍有一种很伤痛很忧伤的惆怅。他见了肯顿小姐最后一面以后，来到海滨的小镇，与一个在小户人家做过管家的人聊天。他说自己已经自律到没有什么做人的滋味了，突然就忍不住痛哭失声。他难为情地说，我也不知道，我为什么要哭出声来。这个细节让读者看到，他坚硬的盔甲裂了一道缝。要成为伟大的管家，就要为伟大的人物服务。故事中管家服务的主人——达林顿勋爵堪称英国最古老贵族的一个传人，他是一个真正的绅士。管家服务的达林顿府也是整个英国的豪门巨族。但是通过管家一段一段的记忆、闪回的情节，读者逐渐意识到管家的叙述或者说他的记忆是可疑的。首先达林顿勋爵并不像他说的那么伟大，那么完美。按照他之前一个好朋友儿子的话说，达林顿勋爵已经成了希特勒最得力的一颗棋子，他在英国直接为希特勒卖命，是一个纳粹傀儡。也就是说，虽然达林顿勋爵一生的出发点可能是高贵的、无可指责的，但是他人生的最后阶段是完全荒废的，Vista a life 就是荒废的一生或者浪费的一生。这个结论意味深长，如果达林顿勋爵的一生是荒废的一生或者浪费的一生，那么管家极其严苛自律的一生又何尝不是荒废的一生或者浪费的一生！小说最后一段，海边的小镇上，主人公与一个不认识的人聊天，说黄昏才是一天中最好的时光，有种感伤"夕阳无限好，只是近黄昏"的情绪。石黑一雄在接受巴黎评论的时候说 *Remains of the day*（也有人译成《长日将尽》）就是想写一种荒废感，一种浪费感，一种挽歌情调。

（二）《浮世画家》：人生困境的抉择

石黑一雄作为日裔英国作家对日本文化有着深厚的感情，他的作品中时常以日本为舞台，通过日本历史上特定的时间段"第二次世界大战"来展现自己对复杂人生的思考，《浮世画家》便是其代表性作品。这篇小说采用第一人称视角，通过主人公小野的回忆来展现第二次世界大战前后日本国民的生活状态和思维模式，巧妙地使用了意识流的手法将主人公各个阶段面临的人生困境淋漓尽致地展现在了读者眼前。小说主人公小野是一位军国主义画家，他终其一生致力于寻找一条能够实现自己价值的道路，在这一过程中小野始终态度强硬，不顾身边人的阻拦三次"背叛"了自己的师长。最终，他认定战争是一条能让国家和人民走出困境的道路，并将自己全部的才华与忠诚投入进去，一时之间风头无两。然而随着日本战败，日本身为战败国不仅变得更加贫困，甚至不得不依附于美国并因此丧失了独立地位，残酷的现实促使民众从狂热中清醒并开始反思。变化的外界环境很快影响到了小野一家，小野过去取得的成就不仅无法给自己和家人带来荣耀，还给一家人蒙上了阴影。恰逢二女儿的婚事将近，为了女儿的终身大事，小野不得不在有限的时间内直面自己奋力拼搏却终无所得的一生，在这一过程中，小野奔走各处回忆着从前的种种，感叹着命运的无常。

1. 身份认同与身份焦虑

身份认同是对主体自身的一种认知和描述，指个人与特定社会文化的认同，包含许多方面，如文化认同、国家认同、民族认同。德国心理学家埃里克·埃里克森曾指出"身份的建立首先源于对自我对自己的认识和承认，保持个体性格发展的连续性和统一性；认同也根本地是一种对自我的认同，是个体、社会和生活世界的相互平衡与自觉"[1]。石黑一雄对身份认同困境的关注来源于自身的独特经历，他自6岁起随父母离开故国日本在英国定居，拥有英国与日本两种文化背景的石黑一雄，本身就面临身份认同的困境，其笔下的作品饱含对身份认同问题的探讨与摸索，对处于同样境遇中的人们有着深切的关怀。因此，石黑一雄自诩"国际主义作家"，他并没有将自己的写作拘泥于日本文化或英国文化，而是使用不同的文化特色来展示人的内心情感。身份认同危机通常是指处于多种文化背景中的个体如何获得自身归属感的问题，石黑一雄作为国际主义作家不仅在自己的作品中对个体如何处理不同文化背景所带来的焦虑感、缺失感进行探讨，还更深刻地探讨了复杂的人性与社会变迁之间的关系，探索人类生存的困境，表达其跨越了种族与文明的人文关怀，对人类的命运进行了深入的思考。

"认同"（Identity）一词，通常又被译为"同一性"或"身份"，表现为"在时间跨度中所体现出来的一致性和连贯性"[2]。小野正是因为无

---

[1]　赵静蓉：《文化记忆与身份认同》，生活·读书·新知三联书店，2015，第20页。

[2]　张向东：《认同的概念辨析》，《湖南社会科学》2006年第3期，第78页。

法保持对自我的连贯评价而逐渐产生了错位的身份认同。小说是第一人称视角，全书由小野来陈述自己的故事，在小说的开头，他介绍了自己所居住的宅邸以及得来这房子的经过。那是一座气派典雅的房子，当时并不富裕的小野在"信誉拍卖"中用低价获得了这栋房子。从购房的相关事宜和小野周围人的话语中，可以得知小野当时是一名事业蒸蒸日上的著名艺术家。然而小野在言语间却极力地否认自己曾有过较高的社会地位，因为此时的小野早已随着时代变迁遭到了人们的唾弃且为社会所不齿。一方面，小野清晰地认识到过去的高贵身份不可追回，为此他拒绝在回忆中透露自己的职业、地位，有意识地模糊自己的存在，隐藏起不光彩的身份；另一方面，小野仍然保持着落后的价值观念，不能完全接受巨大的身份落差，总是选择象征自己曾经身份地位的事物作为回忆的主体，反复回忆过去的荣耀，借此平息不断涌现的焦虑感。

　　可惜，当二女儿仙子的婚事进行到关键时期时，小野在回忆中为自己架设的"防线"便再也无法维持了。小野的二女儿仙子曾被退过一次婚，已经到了适婚的最晚年龄，因此此次与佐藤家的订婚对仙子而言异常重要，姐妹二人都迫切地希望不要再横生波折，这彻底地令小野失去了平静的家庭生活。小野遭到了女儿们不动声色但有力的谴责，因为之前使得仙子与三宅的婚事告吹的正是小野过去那不光彩的军国主义画家身份，这一无法逃避的事实给小野带来了极大的精神压力。为了女儿的婚事能够顺利进行，小野不得不联络旧友，预备应对男方的调查。随着小野与外界交流的增多，他身份困境的独特之处也展现出来。小野是土生土长的日本人，他的身份认同中最根本的部分始终是以日本文化为背景的家族身份认同，小野认为自己基于爱国心为国家和民族做出了贡献，即使日本战败，自己的贡献也不应被抹消，然而小野这番自我认同遭到了外界无情的打击，以三宅为首的年轻人都将小野视为战争罪犯。当下的社会文化给小野施加了难以承担的"责任"，而小野根本无力解决战争后的遗留问题，这使得小野进入身份认同困境中并产生了无法排解的焦虑。

　　小说的后半部分，这一点得到了凸显。随着与佐藤家商议结婚事宜的日期越来越近，小野的担忧也与日俱增，为了不再影响女儿的终身大事，小野急需改变自己长期以来坚持的理念，给出一个能让亲家满意的态度。许多曾与小野共事的伙伴选择了自杀谢罪，在残酷的现实面前，小野个人的力量是渺小的。小野的身份困境不是在不同的身份中进行抉择，而是毫无选择的权利，他只能被动地接受时代赋予他的身份。随着日本战后的发展，新一代年轻人成为社会的主导力量，小野便彻底地失去军国主义画家身份而与战争帮凶、帝国爪牙联系到了一起，这是无法避免的必然来到的趋势。小野一切的辩解和掩盖都不过是延长了自身的煎熬。最终，在仙子的订婚宴上，小野顺从地接受了命运的安排，承认了自己的过错，直面了自己作为普通人错误的一生。

2. 自我价值与社会价值

与晚年陷入困境迷茫无措的小野相比较，青年时期的小野个性强烈、野心勃勃，拥有广阔的天地和无限的选择，敢于不顾一切地追逐心中的梦想。小野热爱绘画，希望自己能够成为一名画家，他面对父亲的刁难毫不畏惧，甚至更加坚定了自己的信念，不惜放弃安稳的生活从一名小小的画匠做起。在竹田大师的公司中，艰苦的赶工生活不但没有使小野退缩，反而激发了小野学习的热情，小野不断增进画技，力图保质保量地完成工作。他的努力没有白费，浮世绘画家毛利大师对小野青睐有加并邀请其成为自己的入室弟子，这使小野摆脱了以画画勉强糊口的生活，甚至还帮助伙伴争取来了跟随毛利大师学习的机会，能够专心探寻绘画的艺术。这一时期的小野行事干净利落，从不优柔寡断，为实现自己的目标甘于付出全部的精力。毫无疑问，小野取得的成功并不是运气使然，他的确拥有才能，更重要的是，小野拥有更远大的目标，那就是作为一名画家在社会上拥有一席之地并取得一番成就。因此每当机遇到来时，小野总能依靠出色的能力和果决的判断把握住它。对于小野来说，他的个人价值实现与画家生涯的成功有着紧密的联系，事实上小野对绘画艺术的追求正是他执着于彰显自我价值的外在体现，小野坚信自己的绘画能够为他人、为社会带来价值，而他本人也足够为他人、为民族带来价值。

小野自 15 岁起便下定决心要作为画家出人头地证明自己的实力，从这时开始小野就将自我价值的实现建立在了社会价值的实现上，小野绘画生涯的最终目标就是得到整个社会的认可，这一观念深深地扎根在小野的脑海中并支配着小野的每一步行动。当小野帮因画得太慢而被围攻的同事"乌龟"解围时，小野认为是自己平日里高超的绘画技术为自己树立了尊贵的地位，这使得那些人不敢反驳自己的言论；当小野选择师从毛利大师时，小野给出的理由是"我们这些真正有雄心壮志的人，必须另寻出路"，换言之，小野认为继续待在竹田大师手下是无法实现自己的雄心壮志的，拥有能力的人应该尽力发挥出自己的作用。小野邀请"乌龟"离开竹田公司拜入毛利大师门下，都反映出了小野不愿将才华仅为个人所用，简单的混口饭吃绝不是小野的人生追求。毛利大师的教学给了小野很大的影响，然而当小野明确了毛利大师所推崇的美学是将画家与现实世界割裂开来、拒绝过问世事，追逐转瞬即逝的浮世之美后，小野就产生了强烈的不满，他认为艺术家不应该单纯地沉溺享乐，也应该将视线投向水深火热中的国家与社会，承担起艺术家的那部分社会责任，为国家做出贡献。小野在与松田智众进行了一系列交往对谈后，确立了自己的军国主义立场，离开了毛利大师的别墅，开始依照自己的想法创作鼓舞战争的宣传画。

小野的决定在当时看来是无比正确且具有先见之明的，日本很快确立了对外扩张的基本方针，小野的画作完美契合了军国主义的主流风潮，他因此受到了大众的追捧，无数的赞誉和奖项追随而来，许多优秀的年轻人慕名投入小野门下学习。此时小野的成功是他的父亲与老师们都不曾拥有的，无论是金钱、名誉，还是地位，都无人能赶超小野。酒馆"左右宫"也仰仗小野的光顾，所以为小野专门预留了一张桌子。在那张桌子边上，学生们请教小野的意见，与他把酒言欢。这段时光对小野的重要性不言而喻，它实质上是小野的个人价值与社会价值的具体体现，小野通过这些确立了自己的身份地位与能力水平。但好景不长，随着日本战败，整个社会都认识到了军国主义思想的错误，所有与战争相关的人士都遭到了全社会的排斥。失势的小野不仅无法再给周围的人带来好处，甚至连平淡的生活都无法保证，过去的学生登门请求小野与他划清关系，女儿的婚事也因此受到波及，此时的他已经成为一个对身边人、对社会有害的人。小野过去的傲气和自尊都无法继续维持下去，在和女婿的一系列交谈中，面对女婿的辛辣批评，小野总是无话可说；在家中，女儿们也不再像过去那样尊敬父亲，总是流露出不满与防备；最令小野感到坐立难安的是外孙一郎的无心之言，总是不断敲打着沉醉在回忆中的小野，提醒小野现实比他想象的还要残酷。在这些家庭风波的背后是时代变迁中小野人生价值的丧失。自我价值取决于个体对自身目标实现的满意度和认可度；社会价值取决于个人目标的实现对整个社会和人类的贡献量和影响度。将个人价值建立在社会价值之上的小野，在画作契合当道的军国主义时，便被大众奉为著名画家，而在新的社会价值观念之下，小野就成为战争罪犯。失去了一切社会价值的同时，个人价值自然也荡然无存。这正是小野作为个人的人生困境的表现，作为个人的小野始终爱着这个国家、爱着这个时代，渴望为它做出贡献，可惜由于自身的思想局限，小野自然而然做出的选择、付出的努力，却使小野陷入了价值虚无的困境，小野失去了过去的身份、地位、价值，找不到自身存在的意义，成为徘徊在回忆中的孤独灵魂。

3. 权威压迫与责任规避

小野出生于一个非常传统的日式家庭，传统的日式家庭观念通常认为家庭成员没有对等的地位，父亲即家中的独裁者。小野的父亲霸道蛮横，对家中的一切都进行了严格地把控，从对客厅秩序的死板维护到对小野人生抉择的否定都意在彰显其绝对的权威。父亲认为小野应该继承家族的产业，不顾小野的意愿每周在客厅内举行"商务会"，在会议中父亲总是有意识地营造出昏暗压抑的氛围，满口都是小野根本无法理解的行话术语与冗长的复杂计算。小野既无法满足父亲的要求，也无法让父亲停止这样的折磨，惶惶不安的家庭生活令小野深刻地感到了自身的软弱和无价值，这给年幼的小野带来了非常大的心理伤害，此时补偿心理便应运而生。补偿心理，即人们因为种种主观或客观原因感到不安并且失去心理平衡时，潜意识下发展新的优势和特长以减轻或抵消不安，从而达到心理平衡的一种心理防御机制。被长时间压抑的小野为了补偿自己的痛苦，将心力倾注在事业上，渴求以自身的成就来反驳父亲的断言，这使得小野充满了对社会地位的执念。饱受权威压迫之苦的小野非常排斥"孝""忠"这样的传统观念，为了追寻自我价值的实现，每当小野发现老师与同伴无法帮助自己达成目标时，就毫不留情地割舍掉他们。小野总是以出人头地为唯一的人生目标进行活动，看似合情合理的举动背后其实充满了隐患。小野创作的初衷实际上是发扬爱国主义，主张艺术能与社会责任协调共存，而一时的成功使得小野变得自大妄为，习惯于简单粗暴地处理一切而不加以思考分析，最终激进的小野错把军国主义与爱国主义混为一谈，为战争摇旗呐喊，造成了无法挽回的后果。

对出人头地的执念缔造了小野的人生悲剧，也使小野多次丧失挽回的机会，对名利的狂热压倒了小野内心的良知。出于对失去名誉地位的恐惧，每当小野需要为自己的错误承担责任时，他总是第一时间逃入回忆中，拒绝承认自己的错误，抗拒接受外界的批判。小野固执地认为那些曾为战争摇旗助威、提供了支持的人也是国家的栋梁，虽然战争给国家和民众带来了不可逆转的伤害，但他们是出于为国尽忠的本心来行动的，他们的成就也并非虚假的。小野言语间甚少提及自己，但他谈论的对象总是与自己有共同立场的人，这充分体现了小野规避责任的心理倾向。

在小说的开篇，小野不愿提及作为军国主义画家的过往并不是在反思过去的错误，而是拒绝接受来自外界的批评，小野看似通情达理的种种行为不是出于对自身的反省，而仅仅是退而求其次以维持自己的自我认同罢了。直到小野不知悔改的态度被仙子的订婚对象三宅所知，并因此退掉了与仙子的婚事，小野才幡然醒悟。自己的一面之词不会被现实所接受，在遭到了如此沉重有力的打击后，小野终于意识到了自己长久以来的执念带来的弊端，开始学习与自身和解。小野的行动与回忆就像一个迷宫，读者想要探寻真相就不得不有意识地去分辨小野隐藏了什么。小野总是对不利的一面闪烁其词，在回忆三宅和女婿的话时，小野几次表示记不清楚了，在回忆过去的辉煌时，小野却能将酒馆老板娘的一句话反复提起。小野将自己的所作所为割裂开来，找出好的一面并加以渲染，想要为过去的自己开脱，但越是掩盖，小野就越是煎熬。因为小野并非穷凶极恶之人，他仍然拥有廉耻观，二女儿仙子的第二次订婚对小野而言是一个认清自己的机会。随着见面会的接近，小野也逐渐找回了理智，之前无法完全承担起战争责任的小野，终于在仙子的订婚商谈中对自己进行了反思，为自己的错误致歉，这多少弥补了曾经的过失，也终结了漫长的煎熬。在小说的后半段，松田的一番话道出了小野一生真正的困境所在，"到了最后，我们发现自己只是芸芸众生，没有特殊洞察力的芸芸众生"。战争不只是小野一个人造成的，过多的苛责对小野来讲也并不公平，但小野一生的心血终于付诸东流，小野没有达成自己的梦想，成为一个彻头彻尾的失败者。

　　石黑一雄曾自述，他经常写那些经历过社会与政治巨变的个体，因为当这些人物回顾人生时，总是挣扎着试图接纳自己那些阴暗的、耻辱的记忆。20世纪以来人类社会的快速发展激发了无数世界范围内的社会问题，作者关心的就是应当如何应对这些问题带来的伤害以及与之相关的人或事物。《浮世画家》通过小野徒劳的一生，展现了复杂的人生困境。小野渴望反抗命运的安排，却因不辨世事而在错误的道路上耗费了一生，徒留下对人生的唏嘘。石黑一雄没有自行对小野做出批判，而是专注于展现其生命细节，通过这样的记忆书写来对当下的人们发出生存警示，对于处在社会巨变中的个体而言，内在的自我诘问是永远无法躲避的，企图通过选择性记忆逃避现实与责难只会使情况愈加恶化，人类需要不断地自省并保持思考，勇敢地探索真正的过去，唯有如此，才能迎来光明的未来。

十八 彼得·汉德克与《无欲的悲歌》

（一）彼得·汉德克：语言的挑战者

诺贝尔文学奖瑞典评委会认为，奥地利作家彼得·汉德克凭借其影响深远的作品和语言的独特性，探索了人类经验的外围和特殊性，荣获 2019 年诺贝尔文学奖。彼得·汉德克在成为当代德语文坛最重要也是最具有争议性的作家之前，差一点成为一名牧师，就像他自己的剧本《欲望之翼》中的那位天使一样，为了做一个真实的凡人，放弃了追寻永恒。

1942 年，奥地利克恩滕州格里芬的一个铁路职员家庭诞生了一个男婴。因为家里的孩子非常多，为了获得受教育的机会，汉德克只能去免费的牧师学校。按照惯例，他毕业之后应该做一个牧师，但这并不是他的人生选择。经历过成长中的穷苦、舅舅的不幸阵亡、村子被轰炸、母亲的自杀，汉德克很早就深刻地领悟到这人世间有太多的痛苦，人人都有自己的人生悲剧，人人都有自己不愿面对无法言说的人生痛点，他必须直面人生的种种黑暗，无论如何都逃离不开，因为这是他所处的时代。于是，在苦难中汉德克学会了用写作来应对种种痛苦。

第一部小说《大黄蜂》于 1966 年发表，起初并未引起批评界的关注。1966 年 4 月，彼得·汉德克一身披头士的打扮，在德国作家与评论家大会上，向老一代作家提出挑战，猛烈地抨击当代文学墨守于传统描写的软弱无能。此后，报刊上出现了大量对小说《大黄蜂》的评论，评论焦点是作品中非同凡响的语言实验和独特的形式追求。《大黄蜂》是一部回忆性小说，一个在战争中还是孩童的人，回忆着当年战争中所发生的种种事件。童年里对战争血腥暴力的恐惧，始终伴随着主人公的回忆，这无疑是一种心灵的创伤。年轻的讲述者是个盲人，在回忆中期盼那个失踪的弟弟能够归来。整个小说既没有脉络清晰、连续发展的情节，也没有对主人公的整体刻画，只有对一个个事件细节的描述，对一个个具体事物的感受和一个个毫不相干的回忆断片，这一切成为小说叙事的中心，甚至每个章节标题也成了启人深思的隐喻。小说中对一本失去的书的回忆情节起到了独特的叙事作用。叙述者所叙述的那些看上去最私密和最个性的东西，有让读者产生广泛联想的普遍意义。《大黄蜂》的独特叙事成就了彼得·汉德克对逝去的童年的寻找和与众不同的审美感知。叙述者以无与伦比的感知方式渗透到事物和事件的中心，撼动那些无生命的东西，使之发出休戚与共的悲伤。"我所看见的东西并不是通过眼睛，而是由于那些无生命的东西本身在颤动，其实此刻我既不觉得他们是异物，也不觉得他们和我之间存在距离，仅仅由于我看见他们，那些东西就会撕开我的血管，仿佛这种没有生命的东西，会为那个不用眼睛看它的人而痛苦地颤动，并且在向观看的人诉说着这种莫名的痛苦，仿佛我心中那可笑的愤怒，就是这些东西永远无法消除、永无止境的悲伤似的。"① 这种生存的痛苦奠定了他文学表现的基调，构成了其审美感知的内涵。《大黄蜂》发表后，汉德克放弃了法律学习，开始专门从事文学创作。1966年，汉德克发表了对传统戏剧进行公开挑战的剧本《骂观众》，并一举成名。全剧没有故事情节和场次，没有戏剧性的人物、事件和对话，只有四个无名无姓的说话者在没有布景和幕布的舞台上近乎歇斯底里地"谩骂"观众，从头到尾演示着对传统戏剧的否定："这不是戏剧。这里不会重复已经发生的情节。这里只有一个接着一个的现在……这里的时间是你们的时间。这里的时间空间是你们的时间空间。"② 1968年年初，说话剧《卡斯帕》批判传统语言与叙事的矛盾，迎来了汉德克戏剧语言批判的高峰时期，也因此招来了不少非议。彼得·汉德克期待文学作品表现还没有被意识到的现实，以破除一成不变的价值模式。他坚持文学艺术的独立性，反对文学作品为政治服务。

　　1979年，汉德克在奥地利的萨尔茨堡过起了离群索居的生活，并经历了写作危机，他沉浮在"再也无法写作"和"再也没有资格言说"的恐惧当中。阅读了大量法国新小说之后，他意识到只讲述外在世界是不够的，他先后写下了"归乡"系列，表现生存空间的缺失和寻找自我的主题。如《缓慢的归乡》讲述来自中欧的地质学家索尔格在靠近北极圈的阿拉斯加

① 〔奥〕彼得·汉德克：《无欲的悲歌》顾牧等译，上海人民出版社，2013，第7页。
② 〔奥〕彼得·汉德克：《骂观众》，梁锡江等译，上海人民出版社，2013，第6页。

地区进行地质研究。在工作中，孤独笼罩了他，使他迷失了自我，在种种关于天空与自身的思考中，他意识到欧洲才是他的精神故乡。《圣山启示录》描写了第一人称"我"两次前往普罗旺斯的圣维克多山，追寻法国印象派画家塞尚创作足迹的朝圣之旅。故事的深层结构讲述了一个自我疏离的男人与他粗糙麻木的灵魂之外的世界不断变换的关系，即主体与世界的冲突。在汉德克看来，现实世界不过是一个虚伪的名称，它有时是丑恶、僵化、陌生的，令人厌倦。他试图借助艺术手段去表现自我构想的完美世界，只有在那个虚构的艺术世界里他才能感受到爱与信仰的永恒与和谐。他常常会在文化寻根中哀悼传统价值的缺失，传达世界的无所适从、价值体系的崩溃和叙述危机。这种创作风格正是汉德克对现实世界的深刻省察与反思。

20世纪90年代，东欧剧变、苏联解体、南斯拉夫内战……不太平的欧洲等把汉德克拉回"外部世界"。汉德克的《去往第九王国》潜藏着战争的威胁、人性的灾难。游记《多瑙河、萨瓦河、摩拉瓦河和德里纳河冬日之行或给予塞尔维亚的正义》批评了媒体语言和信息政治，但也使他陷入是非争论之中，成为众矢之的。1999年，北约空袭的日子里，汉德克两次穿越塞尔维亚和科索沃，为了抗议德国队伍轰炸这两个国家和地区，还退回了1973年德国颁发的毕希纳奖。2006年3月18日，因汉德克参加了前南联盟总统米洛舍维奇的葬礼，西方媒体竟群起而攻之。他在欧洲国家的一些剧作演出也因此被取消。然而，作为一个有良知的作家，他无视这一切，依然我行我素。汉德克的创作一直坚持探索自我内心的世界，一再地试图打破语言的条条框框，告诉人们这是一个普遍缺乏自我主体意识和反思能力的世界。他要挣脱世界的虚幻，感受真实。他坚定地把文学创作看成对人性的呼唤、对战争的控诉，是对以恶惩恶、以牙还牙的非人道毁灭方式的反思。他坚持文学艺术的独立性，反对文学作品直接服务于政治目的。他说："我在观察。我在理解。我在感受。我在回忆。我在质问。"① 汉德克的作品总是从不同的角度表现真实的人生，寻求自我，借以摆脱现实生存的困惑。但这世界把他当作一个不合格的孩子，也是一个不合作的人。如今年逾七旬的彼得·汉德克

---

① 张杰：《诺贝尔文学奖得主彼得·汉德克3年前曾来中国自称"写作门外汉"》，凤凰网资讯，2019年10月10日，https://news.ifeng.com/c/7qfBSPlfiV7。

已经赢得无数的文学奖项，他由于不断地变换语言的创作试验，常常身陷舆论的旋涡，但仍然不肯低头。

（二）《无欲的悲歌》：非女权的女性叙事

1971年年底，彼得·汉德克的母亲自杀了，叙述者"我"立刻要撰写母亲那"简单而明了的"故事。小说《无欲的悲歌》从报纸报道一个51岁的家庭妇女的自杀开始，展示了虚伪、丑陋的现实世界的贫穷与战争如何异化了女性在家庭、社会中的地位和生存方式，如何摧残着一个普通女性的生存。"身为一个女人，出生在这种环境里，从一开始就是致命的。当然这件事也可以让人宽心地来看待：至少不用对未来感到恐惧。……反正对女人来说，所谓未来不过是个玩笑而已。"[①] 故事的讲述中，彼得·汉德克将人类的语言看作一个被人们自然而然所接受的社会秩序的统治工具，男权话语下的语言模式在人际关系中潜移默化地异化了女性的存在。《无欲的悲歌》中彼得·汉德克的讲述交织着对母亲的回忆和对语言的反思。作者细腻而真切地描绘了母亲在一个具体而僵化的社会现实里被扭曲异化的人生，描绘出一个女人如何在受制于社会角色和价值观念的生存轨迹中，从希望走向绝望。母亲曾经钟爱文学，因为文学可以给她带来一种解脱，至少使她有能力来"谈论自己"，感受自己。然而母亲最终无法逃脱社会角色和语言模式对自我生存的毁灭，自杀成为她反抗这个非人性的荒诞的异化世界无可奈何的一种自我选择。这就是一个女人受制于外在现实的生存之路。《无欲的悲歌》以巧妙的叙事结构和独具特色的叙事风格表现了母亲生与死的故事，其中蕴含着一种启人深思的愿望、一种值得向往的生存、一种无声质问社会暴力的叙述之声。如果说《大黄蜂》开始了汉德克反传统的小说叙述风格，那么《无欲的悲歌》则从趋向于语言实验的叙事模式，转向近乎写实的自传性文学，代表了格拉茨文学社新的转折，成为引领20世纪70年代德语文坛的经典之作。

1. 他我、自我与无我

故事讲述的背景是纳粹德国吞并了奥地利之后，希特勒阴谋戏耍了

---

① 〔奥〕彼得·汉德克：《无欲的悲歌》，顾牧等译，上海人民出版社，2013，第9页。

英、法、俄，整个欧洲都被拖进战火之中。战争和贫困直接改写了年轻时母亲的人生轨迹。母亲的两个哥哥成了第二次世界大战的炮灰，随之而来的经济萧条使原本就不富裕的家庭更加贫困。外祖父辛辛苦苦积攒了一辈子的钱财也在一夜之间化为乌有，全家人每日劳作并减少三餐的分量以应对生存的危机。战争使母亲失去了正常生活的基础，生存的磨难更是雪上加霜。在生活的重重重压下"母亲"日夜操劳，但她的存在却从来不被身边的人，不被"我"所感知，直到母亲病了、死了，她作为个体的形象才在"我"的脑海中清晰。

"母亲"一直缺乏对自我的感知，但是不可否认她潜意识中一直存在自己被感知的愿望。在接受贫穷的小市民生存状况之前，她也曾有过小小的反抗。童年时，母亲喜欢上学，因为上学能让她感到自我的存在，就像人们所说的："我自觉了。""上学"是她平生第一个愿望，并且也说出来了，她不断地说，直到"上学"变成固执的想法。母亲曾乞求外祖父允许她去上学，但这是不可能的，外祖父一个拒绝的手势就足以了结母亲的渴望。第二次世界大战爆发后，1938 年德国吞并了奥地利，使得母亲第一次离开了并不温暖也无人理解的家。年轻时的母亲曾在国外做过清洁房间的女工，那时她拥有众多的崇拜者，经常和人约会、跳舞、聊天、打趣，但她却对谁也不曾委身——"没有我喜欢的"。母亲第一次脱离了家庭的束缚，脱离自己长期以来的社会角色——一个天主教小农家庭的女儿，拥有自己的语言模式，不再囿于家庭拘谨的氛围，开始与更多的人产生联结，产生关系，融入更广阔、未知的大环境。都市生活里充满短裙、高跟鞋、大波浪、耳环和收音机里希特勒的声音。在纳粹德国狂热信仰的氛围中，年轻的母亲最终丢掉了最后一丝对肌肤接触的恐惧，感受情爱的快乐——爱上了一个德国的党员同志。"她直到二十年后还在渴望能够对什么人产生类似的感情。"[1] 她"享受生活，干活时跳着一个舞步，哼唱一首流行歌曲"[2]。

母亲生存的世界是非常狭小的，在一个天主教小农环境里，母亲耳濡目染受到的都是女性不可以有自我的欲望、社会男尊女卑的秩序不可

---

① 〔奥〕彼得·汉德克：《无欲的悲歌》，顾牧等译，上海人民出版社，2013，第 18 页。

② 〔奥〕彼得·汉德克：《无欲的悲歌》，顾牧等译，上海人民出版社，2013，第 21 页。

逾越、女人就要学会忍受苦难等种种束缚人性的道德教育。她只能在幻想中逃脱到过去的梦境里，但是幻想里的明天对她来说是陌生的。母亲临近分娩时，才嫁给一个德国防卫军的士官——一个酗酒者。这个人对母亲仰慕已久，也不在乎她就要生下别人的孩子。"非她不娶！"第一次见到她时，士官就这样想，而且马上和战友打赌说，自己能够得到她，同时她也会接受他。母亲原本不喜欢酗酒的男人，但是周围的"好心人"纷纷热情地劝说她要识时务、要有责任感，为了没出世的孩子也应该接受这个男人做孩子的父亲。在纷纷扰扰的舆论中，她不得不退缩，接受所谓的丈夫、孩子的父亲，却不是爱情。

　　第二次世界大战终于打完了，母亲想起了自己的丈夫，尽管没人想念她，但她还是又去了柏林。但是那个男人竟然早已忘却他曾经因为打赌追求过她，忘记自己是一个孩子的父亲，当时他身边还有一个女朋友，他们同居生活在一起。母亲是带着孩子来的，两个人便无精打采地遵守着履行夫妻义务的原则，住在柏林潘科区转租来的一个大房间里。男人做过有轨电车司机，后因酗酒离职；做过有轨电车售票员，因酗酒离职；做过面包师，因酗酒离职。母亲不得不带着第二个出生的孩子不断去找东家，哀求人家再给一次机会，同时一再承受丈夫的家暴，"丈夫从酩酊大醉中清醒过来以后会搂着她，表示自己是爱她的。这时，她就冷酷地给他同情的微笑"①。母亲身体的疾病越来越多，生活却依然重复着老调："今天是昨天，昨天是一切依旧。又挺过了一天，又过了一个星期了，新年快乐。明天吃什么？邮递员来过了吗？你一整天在家里都做了什么？"②母亲背着丈夫用针流掉一个孩子，然后，她就那样飘行在街道间。日子过得动荡不安，是为了让自己保持安宁。整日地东奔西走，是为了摆脱自我本身。"孤零零孤零零，像街上的一颗石子，我是这般孤零零。"她时常唱着这种假冒的乡曲，连傻瓜都能听出来歌曲里刻意的多愁善感，但为了娱乐大家，她还是要尽一份力。接下来，男人们开始讲笑话，那些笑话还没有讲出来，下流的语调就足以让人轻松地跟着大家笑起来了。"回到家里却是那四面墙，还有四面墙里的独自一人。兴奋的感

---

① 〔奥〕彼得·汉德克：《无欲的悲歌》，顾牧等译，上海人民出版社，2013，第22页。
② 〔奥〕彼得·汉德克：《无欲的悲歌》，顾牧等译，上海人民出版社，2013，第43页。

觉还能持续一阵,哼着歌,脱鞋时摆个舞步,想要忘我的愿望一闪而过,随后就又拖着步子穿过房间,从丈夫到孩子,从孩子到丈夫,从一件事到另一件。"① 可以想见,不幸的婚姻正是母亲走向死亡的开始。自从有了这样的丈夫、孩子、家庭、日子之后,母亲再没有了自由。贫穷、单调、重复的岁月逐渐磨灭母亲的个性,她只能屈从于社会角色的责任与特定语言模式,安身于贫穷小市民的生活,并被贫穷磨灭生活的热情与作为个体的尊严。母亲每天都为维持脸面不断操劳,但她却因此逐渐失去了灵魂。贫困的确是一种耻辱,对母亲而言,那无休止的贫困会贬抑她,贫穷有条不紊地剥夺了人的尊严。母亲一次次跑去求哥哥收回成命,不要解雇酒鬼丈夫;恳求检查非法收听的人不要揭发自己家里没有登记缴费的收音机;强调自己作为国家的女性公民也有资格获得房屋建设贷款;为证明自己的贫穷,在各个机关之间奔波;每年都得为当时已经上大学的儿子申请贫困证明;申请病假补助金、子女津贴,申请减少教堂税:这大多数都要靠别人大发慈悲,即便那些依法应该享有的,也需要仔仔细细地证明,直到千恩万谢地受到"批准"。

　　母亲在日夜操劳中早已失去对自我的感知,她很少提及自己,而是习惯于把自己放在别人生活的一部分的位置上,从而失去了自己的个性,失去了自己的声音。"每天下午她都坐在酒吧里,喝一杯特浓的咖啡。她给所有认识的人写明信片和信,其中只是顺便提到自己。"② 她在对他人的思念与同情中,原谅这些将妻子、母亲的义务加在她身上,而自己却没有做到一个母亲对于丈夫、孩子的期待的人。没有什么别的可以指望。很少心满意足,不管怎么说可以算幸福;基本上心满意足,却有些不幸福。没有其他生活方式作比较,也就没有什么需求。"母亲"在外在与内心的平衡中,选择顺从社会角色,压抑自己的个性;同时这种对自己的压抑,也让身边人眼中的她的存在变得淡淡的。"但是她对寻求刺激从来没有兴趣。这种事通常会过早地让她感到有负担,一直听人念叨羞耻心,现在自己成了羞耻心的化身。所谓刺激,她只能理解成是有人想跟她有什么。"③ 这让她望而却步,她不想跟谁有什么。她后来乐意相处的

---

　　① 〔奥〕彼得·汉德克:《无欲的悲歌》,顾牧等译,上海人民出版社,2013,第27页。
　　② 〔奥〕彼得·汉德克:《无欲的悲歌》,顾牧等译,上海人民出版社,2013,第56页。
　　③ 〔奥〕彼得·汉德克:《无欲的悲歌》,顾牧等译,上海人民出版社,2013,第24页。

那些男人都是绅士，她只需要从他们那儿得到温柔，这种美好的感觉就足够了。只要能有人说说话，她立刻就不再拘束，几乎感到了幸福。她不再允许人接近自己，因为她需要的是曾经让她感到自我存在的那种体贴，但只有在梦里才能够体会了。她成了中性的，在日常琐事中实现自我。于是，她愈发地与外界隔绝，并逐渐失去了安抚自己、平衡内在与外在的手段。母亲空虚的内心世界长期得不到满足，而当她想象到不空虚的生活，就对长期的生活记忆感到莫大的痛苦，她意识到自己的一生是空虚的、痛苦的、缺失自我的，就像浮萍浮在水面，飘摇无根。不管她说什么，医生都点头，立刻把细节甄别为某种病症，用"精神崩溃"这个概念将一切归纳进一个体系之中。这让她感到安慰，医生知道她怎么了，至少能给她这样的状态一个概念。"她装得好像脑子里一片混乱，就为了摆脱终于清晰起来的思想，因为如果脑子完全清醒了，她就会把自己当成特殊情况，对让人感动的安慰充耳不闻。"[1] 母亲去世前混乱的精神状态是长期被生活压抑的结果，揭示了女性注定困于家庭、看不到未来的不幸的一生，而其中占据主导地位的便是恐惧的情感以及寒冷的感觉。精神崩溃让母亲得以暂时逃离长期以来她所面对的个性压抑、被贫穷磨灭的尊严、被社会角色磨灭的个性，让她得以不再去感知自己的悲哀，逃避生活的悲哀，尽管她本来可以拥有另一种生活。

　　2. 从希望、绝望到无望

　　母亲在平庸烦琐的生活中也曾试图平衡内心世界与外在世界，她试图脱离生活的固定路线，重塑自我主体意识和反思能力，挣脱世界的虚幻，感受真实。母亲一向喜爱文学，在文学的阅读中她能感受到一种自由的喜悦和超越现实的解脱，她可以依据书本上的人或事谈论自己的生活和内心的感受。"她爱看报，更喜欢看书，书里的故事能让她拿来跟自己的经历作比较。""她对这些书没有什么高深的见解，只是复述引起自己特别注意的章节。她有时会说'这跟我还是不一样'，就好像作者描写的就是她本人。她把每一本书都当作自己的生活来读，在阅读中苏醒，通过阅读生平第一次袒露自我，学会谈论自己。"[2] 她在书中找到了各种

① 〔奥〕彼得·汉德克：《无欲的悲歌》，顾牧等译，上海人民出版社，2013，第46页。
② 〔奥〕彼得·汉德克：《无欲的悲歌》，顾牧等译，上海人民出版社，2013，第45页。

错失的、永远无法再弥补的遗憾。"当然，她只是把这些书当作过去的故事来读，从来没有对未来的憧憬。……文学并没有教会她，从现在开始为自己着想，而是告诉她现在这些都已经太迟了。"① 文学并没有改变她现实生活的困窘或者教会她原本不必太在意别人的眼光。

《无欲的悲歌》不是无欲，而是被压抑的、被剥夺的、被阉割的欲望，正是因为这种欲望并未消失，欲望仍存在，才有悲，才是"无欲的悲歌"。奥地利克拉根福的乡下，天主教教会的统治与封建传统思想，注定了该地区女性的一生，毫无机会，一切都已经注定：短暂的爱情、孩子出生、厨房的忙碌、无人倾听、自言自语、各种疾病、癌症、死亡。一个人的命运，彻底被生活中鸡零狗碎的种种苟且非人化了，连做白日梦的余地都没有。人自我泯灭在宗教、习俗和种种道德束缚中，最后残酷的生活将人个性中最后一点人性的东西都压榨得不存在了。"节日时在教堂前集市上给人看相的女人，从来只给男孩儿看手相占卜未来，反正对女人来说，所谓未来不过是个玩笑而已。毫无机会，一切都注定了。男人小打小闹的调情，吃吃地一笑，短暂的目瞪口呆，然后是第一次陌生和克制的表情，随之又开始忙里忙外。一个个孩子出世，忙完厨房的活儿后再跟家人待一会儿，从一开始说的话就没人听，自己也越来越不听人说话，自言自语，然后是腿脚的不灵便，静脉曲张，只剩睡觉时的一声嘟囔，下身的癌症，最后，注定一切随着死亡而圆满。就连当地的女孩儿们常玩的游戏也是这样：累了/倦了/病了/病重了/死了。"② 1971年11月18日，母亲服下所有止痛片、抗抑郁药和安眠药，就这样走向了死亡，走完了一生。

《无欲的悲歌》对母亲故事的描写与叙事审美感知上的反思交织在一起。叙述者感知母亲被扭曲的人生，是一个痛苦的过程，也是一个叙事问题。在叙事过程中，叙述者越来越偏离了最初保持距离的客观叙事态度，成为身临其境的经历者、感同身受的回忆者。汉德克讲："在我写这个故事的几周里，这个故事也不停地让我思考。写作并不像我最初以为的那样，是对自己生活中一个已经完结的阶段的回忆，不过是以语句

---

① 〔奥〕彼得·汉德克：《无欲的悲歌》，顾牧等译，上海人民出版社，2013，第45页。
② 〔奥〕彼得·汉德克：《无欲的悲歌》，顾牧等译，上海人民出版社，2013，第9~10页。

的形式不断装作回忆的样子而已，这些语句只是宣称保持了距离。我依然会不时地在深夜突然醒来，就像从内心深处突然被轻轻地推出睡梦，体验到自己如何在因为恐惧而屏住呼吸的同时，身体一秒一秒地在腐朽。黑暗中的空气凝固不动，让我觉得所有的一切都失去了重心，仿佛拔地而起，只是在没有重心的状态下无声地四处飘动，马上就要从四面八方砸下来，把我憋死。"① "母亲"的生活可分为三部分，"幸""不幸""幸与不幸的交汇"。母亲一向喜爱文学，在文学的阅读中她能感受到一种自由的喜悦和超越现实的解脱，她可以依据书本上的人或事谈论自己的生活和内心的感受。但在阅读行为和由此而产生的对话中，语言作为社会异化的工具转化为分析自我生存条件的工具。母亲最终无法逃脱社会角色和语言模式对自我生存的异化与毁灭，内心与外在的不平衡迫使母亲走向死亡，自杀成为她无可选择的必然归宿。母亲的一生就是一个女人为了生存不得不受制于外在环境而内心又无处可逃的悲剧的一生。《无欲的悲歌》以巧妙的叙事结构和独具特色的叙事风格表现了母亲生与死的故事。小说的题记，引用了鲍勃·迪伦 1964 年反战歌曲中的经典歌词——"没在忙着出生的人就在忙着死去（He not busy being born is busy dying）"。在叙述者极具张力的感同身受中，"母亲"的故事成为一个具有普遍意义的社会案例，引发人们对于冰冷、残酷、丑陋的战争与贫穷的反思，思考人类应该如何运用人类的智慧去创造怎样的世界。

---

① 〔奥〕彼得·汉德克：《无欲的悲歌》，顾牧等译，上海人民出版社，2013，第 66 页。

参考文献

中文著作类：

［1］高威编著《50 部必读的外国文学经典》，北京工业大学出版社，2006。

［2］刘斌、邱胜编著《诺贝尔文学奖获奖者的故事》，金盾出版社，2017。

［3］杨义：《中国叙事学》，人民出版社，1997。

［4］朱光潜：《西方美学史》上卷，人民文学出版社，1979。

［5］张松辉：《老子译注与解析》，岳麓书社，2008。

［6］曾建华：《文坛群星——诺贝尔文学奖史话》，海南出版社，1993。

［7］张玲霞：《探骊寻珠——二十世纪外国文学名著导读》，清华大学出版社，2002。

［8］赵静蓉：《文化记忆与身份认同》，生活·读书·新知三联书店，2015。

［9］卓雅编著《诺贝尔文学奖得主眼中的人生》，中国财富出版社，2014。

［10］崔道怡、朱伟等编《"冰山"理论：对话与潜对话》，工人出版社，1987。

［11］鲁迅：《鲁迅全集》第 2 卷，人民文学出版社，1981。

［12］莫言：《白狗秋千架》，浙江文艺出版社，2017。

［13］莫言：《红高粱家族》，作家出版社，2013。

外文译著类：

［14］《萨特研究》，中国社会科学出版社，1981。

［15］〔法〕加缪：《西西弗神话》，杜小真译，商务印书馆，2018。

［16］〔土〕奥尔罕·帕慕克：《我的名字叫红》，沈志兴译，上海人

民出版社，2006。

［17］〔土〕奥尔罕·帕慕克：《伊斯坦布尔：一座城市的记忆》，何佩桦译，上海人民出版社，2007。

［18］〔土〕奥尔罕·帕慕克：《红发女人》，尹婷婷译，上海人民出版社，2018。

［19］〔奥〕阿尔弗雷德·阿德勒：《自卑与超越》，马晓娜译，吉林出版社，2015。

［20］〔奥〕彼得·汉德克：《骂观众》，梁锡江等译，上海人民出版社，2013。

［21］〔奥〕彼得·汉德克：《无欲的悲歌》，顾牧等译，上海人民出版社，2013。

［22］叶渭渠主编《川端康成集》，东北师范大学出版社，1996。

［23］〔日〕川端康成：《雪国》，叶渭渠、唐月梅译，南海出版公司，2013。

［24］〔德〕赫尔曼·黑塞：《荒原狼》，赵登荣、倪诚恩译，上海译文出版社，2010。

［25］〔法〕克劳德·西蒙：《弗兰德公路》，林秀清译，上海译文出版社，2008。

［26］〔哥伦比亚〕加西亚·马尔克斯：《霍乱时期的爱情》，蒋宗曹、姜风光译，黑龙江人民出版社，1987。

［27］〔德〕君特·格拉斯：《铁皮鼓》，胡其鼎译，漓江出版社，1998。

［28］〔法〕格勒尼埃：《阳光与阴影——阿尔贝·加缪传》，顾嘉琛译，北京大学出版社，1997。

［29］〔美〕罗纳德·阿隆森：《加缪和萨特——一段传奇友谊及其崩解》，章乐天译，华中师范大学出版社，2005。

［30］〔法〕让·保罗·萨特：《词语》，潘培庆译，三联书店，1988。

［31］〔苏〕И·С·库列科娃：《哲学与现代派艺术》，井勤荪等译，文化艺术出版社，1987。

［32］〔美〕欧内斯特·海明威：《老人与海》，王之光译，北京联合

出版公司，2014。

　　［33］〔法〕热拉尔·热奈特：《叙事话语　新叙事话语》，王文融译，中国社会科学出版社，1990。

　　［34］〔英〕石黑一雄：《无可慰藉》，郭国良、李杨译，上海译文出版社，2013。

　　［35］〔爱尔兰〕萨缪尔·贝克特：《贝克特选集3·等待戈多》湖南文艺出版社，2016。

　　［36］〔美〕威廉·福克纳：《喧哗与骚动》，李文俊译，人民文学出版社，2019。

　　［37］〔英〕威廉·戈尔丁：《蝇王》，龚志成译，上海译文出版社，2014。

　　［38］〔奥〕弗洛伊德：《精神分析引论》，高觉敷译，商务印书馆，1984。

　　［39］〔英〕洛克：《人类理解论》，关文运译，商务印书馆，1959。

　　［40］〔美〕尤金·奥尼尔：《天边外》，王海若译，中国书籍出版社，2008。

　　期刊文献：

　　［41］李左：《文明冲突下的人性对话——评库切的小说〈耻〉》，合肥工业大学学报（社会科学版），2006年第3期。

　　［42］李自国：《论〈红高粱〉的叙述视角》，《江汉论坛》，2012年第2期。

　　［43］莫言：《捍卫长篇小说的尊严》，《当代作家评论》，2006年第1期。

　　［44］仵从巨：《"在流沙中行走"：论〈植物园〉的叙述》，《外国文学评论》，2001年第4期。

　　［45］朱春发：《土耳其现代化的隐喻——论帕慕克〈红发女人〉中的弑父与寻父》，《外国文学动态研究》，2019年第1期。

　　［46］张向东：《认同的概念辨析》，《湖南社会科学》，2006年第3期。

　　学位论文：

　　［47］陈侠：《莫言的文学观念研究》，西南大学硕士论文，2016年。

［48］庄华萍：《真实的虚构与虚构的真实——库切小说中的自我与真相》，浙江大学博士论文，2015年。

网上数据库：

［49］温新红：《石黑一雄其人其书》，科学网新闻，2017.10.20，https：//news. sciencenet. cn/htmlnews/2017/10/391530. shtm。

［50］钟娜：《帕慕克：写小说是为看待这个世界，去理解和我不同的人》，澎湃新闻，2018.1.15，https：//www. thepaper. cn/newsDetail_forward_ 1950929。

后　记

　　学术的天空是深邃而辽阔的，当我们仰望这里的星辰，希望有所发现、有所触动时，却感到凝视越久就越迷茫、越酸痛、越怀疑自己。看着眼前电脑屏幕上拥挤的文字，心中已经全然没有了最初的痴狂与轻松，却陡然想起刘勰在《文心雕龙》中谈到创作时的感到的遗憾与困扰："方其搦翰，气倍辞前，暨乎篇成，半折心始。"想必书稿虽成，心意还在途中，或许这也是一种成长的过程。屏幕上的文字还在不停地变幻，岁月已在我们手中、探讨中、焦虑中毫不留情地逝去。思想的长大总是以时间为代价的，无数个星星陪伴的夜晚，让我们渐渐生出华发。

　　此书稿是本人主持的黑龙江省哲学社会科学规划项目"诺贝尔文学文本的文化研究"的学术成果，感谢哈尔滨师范大学对此书稿的认可、支持与资助。特别要感谢引导与鼓励、点拨与关注过我的师友们，情感是我前进的动力，也是我思想的源泉。在我写作过程中，我的爱人以及我的学生们都给予我诸多支持与帮助，本书出版过程中杨春花女士给予了无私的帮助，在此一并表示感谢！同时也希望大家对书稿中的不足与错误之处予以批评指正。

2022 年 5 月 27 日

图书在版编目（CIP）数据

诺贝尔文学获奖者的文本解读 / 张冬梅著 . -- 北京：
社会科学文献出版社，2023.3
ISBN 978-7-5228-1471-1

Ⅰ.①诺… Ⅱ.①张… Ⅲ.①诺贝尔文学奖-作家评
论-世界 Ⅳ.①I106

中国国家版本馆 CIP 数据核字（2023）第 031677 号

诺贝尔文学获奖者的文本解读

著　　者 / 张冬梅

出 版 人 / 王利民
组稿编辑 / 宋月华
责任编辑 / 李建廷
文稿编辑 / 程丽霞 等
责任印制 / 王京美

出　　版 / 社会科学文献出版社·人文分社（010）59367215
　　　　　地址：北京市北三环中路甲 29 号院华龙大厦　邮编：100029
　　　　　网址：www.ssap.com.cn
发　　行 / 社会科学文献出版社（010）59367028
印　　装 / 三河市尚艺印装有限公司

规　　格 / 开　本：787mm×1092mm　1/16
　　　　　印　张：14　字　数：220 千字
版　　次 / 2023 年 3 月第 1 版　2023 年 3 月第 1 次印刷
书　　号 / ISBN 978-7-5228-1471-1
定　　价 / 89.00 元

读者服务电话：4008918866